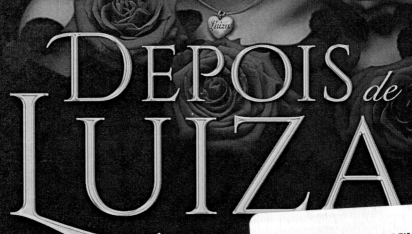

Editora Appris Ltda.
1.ª Edição - Copyright© 2024 da autora
Direitos de Edição Reservados à Editora Appris Ltda.

Nenhuma parte desta obra poderá ser utilizada indevidamente, sem estar de acordo com a Lei nº
9.610/98. Se incorreções forem encontradas, serão de exclusiva responsabilidade de seus organi-
zadores. Foi realizado o Depósito Legal na Fundação Biblioteca Nacional, de acordo com as Leis nos
10.994, de 14/12/2004, e 12.192, de 14/01/2010.

Catalogação na Fonte
Elaborado por: Dayanne Leal Souza
Bibliotecária CRB 9/2162

	Santana, Andréa
S232d	Depois de Luiza / Andréa Santana. – 1. ed. – Curitiba: Appris, 2024.
2024	242 p. : il. ; 23 cm.
	ISBN 978-65-250-6445-1
	1. Romance. 2. Tempo. 3. Confiança. 4. Amor. I. Santana, Andréa. II. Título.
	CDD – B869.93

Appris editora

Editora e Livraria Appris Ltda.
Av. Manoel Ribas, 2265 – Mercês
Curitiba/PR – CEP: 80810-002
Tel. (41) 3156 - 4731
www.editoraappris.com.br

Printed in Brazil
Impresso no Brasil

Andréa Santana

Depois de Luiza

Curitiba, PR
2024

FICHA TÉCNICA

EDITORIAL
Augusto Coelho
Sara C. de Andrade Coelho

COMITÊ EDITORIAL
Ana El Achkar (Universo/RJ)
Andréa Barbosa Gouveia (UFPR)
Antonio Evangelista de Souza Netto (PUC-SP)
Belinda Cunha (UFPB)
Délton Winter de Carvalho (FMP)
Edson da Silva (UFVJM)
Eliete Correia dos Santos (UEPB)
Erineu Foerste (UFES)
Fabiano Santos (UERJ-IESP)
Francinete Fernandes de Sousa (UEPB)
Francisco Carlos Duarte (PUCPR)
Francisco de Assis (Fiam-Faam-SP-Brasil)
Gláucia Figueiredo (UNIPAMPA/ UDELAR)
Jacques de Lima Ferreira (UNOESC)
Jean Carlos Gonçalves (UFPR)
José Wálter Nunes (UnB)
Junia de Vilhena (PUC-RIO)
Lucas Mesquita (UNILA)
Márcia Gonçalves (Unitau)
Maria Aparecida Barbosa (USP)
Maria Margarida de Andrade (Umack)
Marilda A. Behrens (PUCPR)
Marília Andrade Torales Campos (UFPR)
Marli Caetano
Patrícia L. Torres (PUCPR)
Paula Costa Mosca Macedo (UNIFESP)
Ramon Blanco (UNILA)
Roberta Ecleide Kelly (NEPE)
Roque Ismael da Costa Güllich (UFFS)
Sergio Gomes (UFRJ)
Tiago Gagliano Pinto Alberto (PUCPR)
Toni Reis (UP)
Valdomiro de Oliveira (UFPR)

SUPERVISOR DA PRODUÇÃO
Renata Cristina Lopes Miccelli

PRODUÇÃO EDITORIAL
Sabrina Costa

REVISÃO
Marcela Vidal Machado

DIAGRAMAÇÃO
Amélia Lopes

CAPA
João Vitor Oliveira dos Anjos

REVISÃO DE PROVA
Jibril Keddeh

Ao grande arquiteto do Universo e aos anjos que me protegem.
A Paulo e Laura, com todo o meu amor.
Aos olhos azuis que tanto me inspiram.

As marcas de uma poetisa deverão ser lembradas além das madrugadas que passam como sopro, além de frases que se perdem com o tempo, pois nada é tão efêmero quanto passar pela vida sem deixar ao menos um poema, ao menos um registro de uma bela escrita.

(Andréa Santana)

APRESENTAÇÃO

Em janeiro de 2024 estive respirando letras desde que a música "City of Stars" serviu de inspiração para criar uma imersão literária dentro do universo musical onde resgatei alguns filmes marcantes paralelos à história de Bernardo e Luiza. *Depois de Luiza* é um romance com um toque singular, a intensa e perfeita inspiração do eu lírico e, portanto, tornou-se especial para mim. A obra que conquistou o meu coração. Foi deveras frenético, viciante e prazeroso escrevê-la, as três semanas mais empolgantes.

Depois de Luiza é o oitavo livro de minha autoria, mas o escolhi como sendo o primeiro a ser publicado. Os títulos que escolhi para nomear os capítulos foram inspirados em nomes de músicas, entre elas estão: "Você não me ensinou a te esquecer" (Caetano Veloso), "Aprender a amar" (Sandy e Junior), "Meu Segredo" (Bruno e Marrone), "Grito de Alerta" (Gonzaguinha), Evidências (José Augusto) e "Endless Love" (Lionel Richie).

Escrever é de fato libertador, tenho-me dedicado ao mundo dos livros desde 2021 e até então saboreio a prazerosa experiência de criar história de amor. E não poderia deixar de citar os meus grandes incentivadores, os quais nomeei carinhosamente de "soldadinhos de chumbo", o meu lindo esposo, Paulo, a minha princesa-gatinha Laura, as minhas amigas Aline Vilarinho, Eulidênia, Marcirene, Vanderléa Cardoso e Verônica Melo (a vocês todo o meu carinho e gratidão). Aos meus pais e a todos os amigos e colegas que vibraram por mim, eu nunca os esquecerei. E em homenagem a minha amiga Paula Brito, *since* 2006, do curso de Biologia e para sempre M. A. (melhores amigas), a qual tornei uma personagem.

A autora

Itabaiana/Sergipe/Brasil, janeiro de 2024

SUMÁRIO

CAPÍTULO 1
VOCÊ NÃO ME ENSINOU A TE ESQUECER 13

CAPÍTULO 2
APRENDER A AMAR 57

CAPÍTULO 3
GRITO DE ALERTA 97

CAPÍTULO 4
MEU SEGREDO 111

CAPÍTULO 5
EVIDÊNCIAS.. 158

CAPÍTULO 6
ENDLESS LOVE 201

O POETA QUE ME AMOU 243

Capítulo 1

VOCÊ NÃO ME ENSINOU A TE ESQUECER

    Ajeitava repetidas vezes as abotoaduras douradas do meu terno quando notei um risco na lapela, era um traço irritantemente cinza que me fez quebrar mais dois lápis da minha coleção. Na altura parei para olhar o enorme relógio da torre, na impressão de que as horas não passavam nunca. Ainda tinha mais duas reuniões e olhei o relógio de pulso, notei que a hora não batia com os outros relógios da minha sala.

    A ampulheta ainda em meio tempo de areia e os meus olhos de águia avaliavam a maleta de joias que estava sobre a mesa, entre elas os meus olhos exigentes miraram na pedra de 20 gramas. Era um diamante, uma preciosidade que levou quase um ano para ser lapidada. O brilho, as cores e a raridade me fascinam e hoje sou um grande apreciador. É uma verdadeira genialidade da natureza criar algo tão exuberante, resistente e valioso como o diamante.

    Milhões de anos são necessários para que apenas uma pedra de diamante seja formada, mediante processo de resfriamento do magma, durante a formação da crosta terrestre, mas é importante lembrar que um diamante sem as mãos do homem não passa de uma pedra bruta. O corte, os processos de lapidação e, por fim, os brilhantes para que nós designers possamos usá-los na elaboração das mais belas joias.

    O tempo, sempre o tempo para definir mudanças e aspectos evolutivos e ele trouxe-me o privilégio de acompanhar de perto essa preciosidade da natureza no resultado mais aprimorado das suas fases. E se todos enxergassem os diamantes através do meu olhar examinador jamais seriam enganados. Segurar um diamante é como ter a posse das cores que se formam no prisma de um arco-íris. É também sinônimo de poder e ter poder é o que me faz esquecer da dor. Dizem que os diamantes são os melhores amigos de uma mulher, eu diria hoje que eles são os meus melhores aliados.

As marcas em minhas mãos delatam o quanto tenho dedicado meu tempo a atividades de forte impacto, as quadras, o basquete não mais faziam sentido para mim. Eu tinha uma necessidade de extravasar algumas frustações em sacos. O suor que escorre do meu rosto lava um terço da minha alma perturbada, não me trazia paz, contudo canalizava a minha pior versão.

Se existir algo pior do que viver aprisionado ao passado é não desejar desligar-se dele e Bernardo Duarte era o melhor dos exemplos. Doze anos se passaram e a vida dele havia mudado da água para o vinho, ou melhor, das simples pedras para os diamantes. O importante empresário, designer e filantropo era o filho único da senhora Marilia Duarte e desde a morte do seu pai, o sonhador joalheiro Antônio Duarte, o astuto Bernardo transformou a sua humilde família em uma verdadeira potência no ramo das joias.

Introspectivo, romântico e sonhador, mas por fora era frio, insensível e indiferente, por muitas vezes arrogante, um tanto excêntrico e muito, muito misterioso. Solteiro, bonito e extremamente discreto, era um verdadeiro deleite para a sociedade capitalista criar rumores sobre a vida de Bernardo Duarte, CEO da empresa de joias AZIUL. O seu braço direito e inseparável secretario Marcelo era o único em quem confiava.

Mas as aparências sempre nos enganam, dia após dia, e ainda assim continuamos cometendo os mesmos erros e não hesitamos em julgar. Embora existissem várias versões, desde as mais simples, as mais elaboradas, o belo empresário na verdade guardava fortes sentimentos por uma garota que conheceu anos atrás e depois dela, depois de Luiza, ele nunca mais foi o mesmo.

Dinheiro, poder e mulheres. Bernardo tinha tudo em suas mãos, bastava estalar os dedos, mas ele não parecia tão realizado. Dedicava-se exclusivamente ao trabalho como se fosse a única coisa pela qual poderia suprir a falta que a doce Luiza causava em sua vida. Nem sempre é sobre chegar ao topo, mas sim quem levar consigo e quantos irão permanecer ao seu lado.

Azul ainda era a sua cor preferida e quase nunca usava ternos de outra cor. Tinha uma coleção de perfumes, sapatos e relógios, mantinha o cabelo irritantemente arrumado e acordava na mesma hora todos os dias para ir à academia de boxe, onde ele podia extravasar um pouco a sua revolta de não conseguir encontrar Luiza. A sua mãe, Marilia, preparava-se para o aniversário surpresa de 30 anos do seu querido filho, enquanto bolava uma estratégia que fosse infalível para fazê-lo casar-se e, assim, continuar o legado da família.

Porém o tempo não estava ao seu favor, Marilia já havia feito algumas tentativas e todas falharam. Assim como apreciava os melhores perfumes e tinha um olhar aprimorado para joias, sentia o cheiro de armação de longe, portanto ele nunca confundiria uma joia preciosa com bijuteria barata. Bernardo não era do tipo de aceitar qualquer uma e levar o empresário para o altar seria tão difícil quanto ver uma baleia voar.

A agenda sempre lotada e dois celulares para administrar, talvez fosse esse o motivo pelo qual o belo raramente era visto sorrindo e a seriedade dele chegava a assustar. Tinha o hábito de olhar o relógio repetidas vezes como se estivesse sempre apressado ou talvez esperando por alguém.

Era sabido que o tempo o fascinava, tinha vários relógios diferentes e uma ampulheta sobre a mesa da sua sala. Vislumbrava as enormes janelas, as quais tinham uma vista para a torre onde estava o maior relógio da cidade. Arriscaria dizer que tudo foi de caso pensado tomando como base o quanto ele é preciso e metódico.

— O que o senhor vai fazer hoje à noite? Quero dizer... Tem algo em mente?

— Não trate como se não soubesse que a minha mãe vai dar uma festa extravagante, com várias mulheres de vestido colado esperando a hora certa para atacar e até quem sabe colocar algum sonífero na minha bebida em busca de uma gravidez. Algo que me faça envolver advogados e muito dinheiro.

— Feliz aniversário!

— Ela vai fazer isso, não é?

— Não sei de nada, senhor!

— Se até o meu secretário foi comprado, eu não posso confiar em mais ninguém nesta vida. Relembre-me porque eu o contratei, Marcelo.

— Porque sou discreto, ágil, inteligente e extremamente confiável!

— Exclua o confiável!

— Sinto muito!

— Peça a Fred para me buscar às 19h.

— O senhor vai sair tarde outra vez no dia do seu aniversário?

— O que tem de mais importante do que dinheiro e joias?

— A sua mãe vai ficar desapontada, senhor!

— Vai ficar mesmo, porque desta vez eu não vou para casa. Ando sem cabeça para circos.

— E aonde vai?

— A um lugar tranquilo em que eu possa pensar, Marcelo. Eu preciso criar uma nova coleção de joias. Algo completamente diferente de qualquer coisa que os meus olhos cansados já tenham visto antes, design marcante, dramático.

— E quanto a mim? O que eu diga à senhora Duarte?

— Não ligue para os chiliques dela. Vá pessoalmente e aproveite para sair com alguma mulher, geralmente são bem bonitas.

— Eu não posso substitui-lo, senhor!

— Apenas relembre a minha mãe que tempos depois do meu último aniversário precisei fazer cinco testes de DNA e não me lembro de ter saído com nenhuma daquelas mulheres. Ela entenderá.

Manteve-se por horas no escritório até Fred buscá-lo. Ele o olhou com certo espanto, pois todos na empresa sabiam que era o seu aniversário, mas ninguém ousaria dar-lhe os parabéns. Sete muros de concreto era o que existia entre ele e os demais mortais. Ninguém pode ter tudo, Bernardo era um pobre milionário, solitário e infeliz.

Fred o deixou em seu lugar preferido, onde sempre visitava quando precisa criar, pensar ou talvez se esconder do seu próprio eu tão imperfeito, apesar da sua capa de perfeição. Bernardo nada mais era que um homem inseguro e cheio de medos, olhou para o relógio de pulso e finalmente chegaram ao seu jardim secreto, que o transportava para o passado.

15 anos antes...

Mais de 10 folhas amassadas na lixeira do meu quarto e tenho feito isso com frequência desde que vi aquela garota pela primeira vez, no dia do temporal. Eu a segui feito um louco por todas aquelas ruas, não costumo fazer essas coisas e o ato me deixou intrigado. Estou mudado desde então.

Tem algo a ver com o sorriso dela, ou talvez os cabelos negros sobre a sua pele alva e aqueles olhos, os quais tento rabiscar agora e não consigo porque preciso de mais 10 minutos perto dela somente para desenhá-la com perfeição, nada mais do que isso.

Um roqueiro não costuma usar muitos eufemismos, tenho andado estranho e isso me preocupa. Por algum motivo aquela garota de olhos únicos tem perturbado a minha cabeça enquanto tento dormir. É irritantemente satisfatório acordar pensando nela.

Talvez tenha sido por causa da chuva, o tempo cinzento, e o meu guarda-chuva foi arremessado para aquele bendito ponto de ônibus onde ela estava sentada. O meu corpo molhado respingou sobre a folha que ela rabiscava com devoção, e então a pequena me encarou. Na certa não gostou nem um pouco do estrago que fiz em seus escritos e eu, no entanto, adorei o fato de ela ter notado a minha presença.

Ter ido àquele mesmo ponto sete vezes em quatro dias não significa dizer que eu queria vê-la, eu apenas preciso de mais 10 minutos para concluir o meu desenho em paz. Os fones no meu ouvido fazem-me alucinar e, em meio às músicas de rock, a arrebatadora menina do ponto de ônibus.

A pequena arrebatadora queria ser a minha modelo de design gráfico, então a defini como a pequena grande notável. Durante as férias escolares não tem muita coisa para fazer a não ser pensar besteira, então é isso. Tempo de sobra, quando as aulas começarem não sobrará espaço para ela na minha cabeça.

Com impressos em mãos dos horários do primeiro ano, era mais um grandalhão no ensino médio e como sempre iria continuar na turma de basquete da escola, assim como Rafael e Junior. O Felipe também iria fazer parte da equipe, embora fosse nosso amigo, ele veio transferido de outra escola.

As meninas como sempre disputando o cargo de líder de torcida, não sei se porque gostam de exibir as pernas nas microssaias ou talvez adorem o time de basquete da escola. Reflexões... Talvez fosse o uniforme ou a altura, mas a minha turminha dos quatro mosqueteiros era um pouco assediada.

Uma semana exaustiva de aula e eu já havia rabiscado o rosto inacabado da pequena no meu caderno de Química. Sei lá, mas por algum motivo fazia sentido a correlação, eu tinha plena convicção de que não tardaria muito para eu esquecer o rosto daquela garota e voltar a ser o largadão. Nada mais era do que um deslize temporário de identidade, um destruidor das quadras não pode ser influenciado por uma garotinha frágil e indefesa.

Seria absurdo achar que ela me manteria sob seu controle, logo ela, tão pequena, linda e de sorriso espontâneo, olhos singulares e lábios de boneca. Não duraria mais que um mês, nada mais que cinco aulas de Física e três de História, trabalhos, provas e as garotas do ensino médio.

Passei as vistas rapidamente e a vi na arquibancada enquanto batia a bola com força no chão. Os meus amigos perceberam o meu passe perder a intensidade por causa daqueles longos cabelos negros cacheados. Havia no mínimo 100 pessoas nos assistindo, mas eu notei a presença dela e logo perdi a concentração no jogo.

— Bernardo, corre, cara!

— Foi mal, Rafa!

— Perdeu para Mateus, mano?

— Bernardo, o que foi isso mesmo?

— Desculpe, Felipe!

— Concentra, Bernardo!

— Outra, meu irmão?!

— A próxima eu faço!

— Tá com a cabeça onde, velho?

— Foi mal!

O meu estado de equilíbrio ficou frágil de repente, não sentia força em minhas pernas, tampouco nos braços e os meus olhos de águia a buscavam feito um predador à procura da sua presa. E ela, no entanto, não me notava nem por um segundo. Bati a bola com força brutal e fiz uma cesta. Ela virou-se para ver, mas não demostrou uma gota de empolgação. A pequena ainda não havia despertado interesse pelos garotos.

— Bernardo, acorda!

— Perdeu duas bolas!

— Cesta!

— Ufa! Não fosse o Junior teríamos perdido o jogo. O que aconteceu com o destruidor das quadras?

— Foi mal, Rafael. — Disse Bernardo arrasado.

— Foi mal, velho? Não tem nada melhor para me dizer?

— Você foi péssimo hoje!

— Junior, não precisa esfregar isso na minha cara.

Bernardo empurrou Junior.

— Não empurra ele, cara!

— Epa! Vamos parar por aqui! Não vamos brigar por causa de um jogo.

— É que o preferido das meninas ficou meio distraído com os gritinhos. — Disse Felipe.

— Já chega! Eu não vou surrar a sua cara, Felipe.

— Deveria estar acostumado com as suas fãs, Bernardo. Todo jogo é igual.

— Quer dizer as histéricas que querem trocar saliva com ele? — Disse Junior.

— Bem essas mesmo.

— Eu vou tomar um banho.

— Você tá estranho, cara!

— Eu sei!

Os meus olhos de decepção diante de um monólogo com o espelho frente à cobrança dos meus amigos e tudo em mim parecia ao avesso, ou em construção, não sei ao certo, mas era assustador. Abri o chuveiro no máximo e as gotas geladas batiam com força sobre o meu rosto, eu precisava acordar daquele curioso estado de transe. Tudo parecia queimar por dentro. Batendo o queixo e o incêndio devorando o meu corpo sem piedade. Vesti o meu uniforme azul, talvez gostasse da cor, e saí do vestuário tentando esquecer aqueles cabelos negros.

— Oi, bonitão!

— Oi!

Uma gota escorria pelo meu rosto quando a maliciosa o tocou.

— Deixe eu enxugar.

— Eu posso fazer isso, não se preocupe.

— Bernardo, não é?

— Sim!

Dei as costas e ela segurou o meu braço.

— Não vai nem perguntar o meu nome?

— Diga!

— Kelly. Sou sua fã!

— Obrigado por isso!

— Tenho prestado muita atenção em você.

— É mesmo?

— Com toda a certeza.

— Bernardo, eu estava te procurando, mano.

Kelly olhou para Junior com olhos de serpente.

— Diga aí, Junior.

— Estou atrapalhando?

— Não, cara!

— Oi, Junior!

— Oi, Kelly!

— Com licença, Kelly.

— Toda!

Junior deu dois tapinhas nas costas dizendo:

— Uau! Qual é o lance?

— Nenhum, ela é loira.

— Cê tá de brincadeira, né, Bernardo?

— Não! Vamos para a sala.

Junior lançou um olhar de espanto, enquanto os meus olhos de águia andavam pelo corredor do colégio. Procurava uma pequena distração de sorriso irresistível e pele alva como leite, cabelos negros como a noite. Logo precisei driblar os meus amigos e ir à caça, algo dentro de mim impulsionava-me a isso.

Todos os dias eu acompanhava seus passos, não era como se eu quisesse ficar perto dela, mas uma força estranha me atraía, tornando-me confuso e misterioso. Eu estava preso ao universo cor de rosa dela, todos os dias a levava em casa sem que ela percebesse. Esbarrávamo-nos nos corredores da escola e ela nunca me notava.

Certo dia ouvi uma voz límpida e extremamente afinada, usei de passos largos para encontrá-la, na certa a águia iria achar o rouxinol. Os meus ouvidos eram máximos, tinha um bom tino para vozes, um excelente faro para aromas e sabia examinar joias como ninguém. Foi o meu pai quem me doutrinou para isso, certamente a dona daquela voz era uma preciosidade.

A voz convidava-me e eu ia ao seu encontro mesmo de olhos fechados, sentia a melodia mapear a direção. Desci as escadas com pressa, fiquei preso a um aglomerado de pessoas e louco para saber quem estava cantando, fui insistente. Fiquei boquiaberto ao descobrir que era ela a pequena arrebatadora de olhos incomuns, ela mexeu os cabelos suavemente e eu paralisei.

Pus as mãos dentro do bolso da calça, sempre faço isso quando fico nervoso e dediquei toda a minha atenção a ela, para apreciá-la com calma. Seus lábios perfeitamente desenhados deixavam escapar as letras da música com primor, eu confesso nunca ter dedicado nem um segundo a outro tipo de música que não fosse rock metaleiro.

Senti uma curiosa leveza em meu corpo e umas batidas estranhas no meu peito, pensei que fosse enfartar. Ainda tentando compreender aquela parada medonha que mexia com as minhas emoções, os meninos aproximaram-se de mim e eu não consegui perceber.

— Qual é, cara? Desde quando curte este estilo musical?

— Ele nem responde! Alô!

— Que foi, Rafael?

— Hum! Totalmente "concentrado" ... Eu tô sacando qual é a sua.

— O que é que tem de bom aí? Deixe eu ver também!

— Sai fora!

— Agora entendi, eu sei quem é ela.

— Como sabe, Junior? Qual o nome dela?

— Interessadinho, né, Bernardo.

— Me deixa! Conta logo tudo que sabe, Junior.

— Não sei muito, ela é a novata da sétima série. E agora sabemos que canta para caramba.

— E encanta!

— Bernardo, ela é muito novinha pra você.

— Junior tem razão! Não tire a inocência dos olhos dela, essa garota deve ter uns 12 anos.

— Sei de uma coisa, Rafael.

— Do quê?

— De que vou esperar por ela.

— Eita! Nunca o vi tão decidido.

— Se o nosso amigo Bernardo está caidinho pela novata, é sinal de que devemos protegê-la.

— Na certa! E quem vai encarrar os grandalhões?

— Por acaso ela andou visitando a quadra, Bernardo?

— Ah!

— Aposto que a cantora foi o motivo que deixou o destruidor perder o passe.

— Sai daí, Rafael. — Disse bernardo irritado

— Foi!

— Quero sigilo, Junior.

— De boas!

Os meus punhos cerraram-se ao notar que alguns garotos se insinuavam para ela, eu não iria bater neles, embora sentisse vontade. Eu a vi entrar na sala de cerâmica e modelagem e juro que por um triz não atravessei aquela porta apenas para descobrir duas coisas, o nome dela e qual a cor dos olhos. Eu preciso descobrir, mas se os meninos soubessem que eu entrei naquela aula eles iriam me crucificar. Dei meia-volta, quando avistei uma lista na porta com a relação dos alunos e parei para analisar qual daqueles nomes combinaria com ela, mas a amiga dela facilitou as coisas para mim.

— Com licença!

— Pois não?

— Quero só saber se a minha amiga está matriculada nesta aula.

— Tudo bem!

— Achei! — Gritou Paula. — Vivi, a Luiza tá aqui.

— Ah, sim! Eu a procurei por todo lugar. Vamos entrar, Paula.

Luiza era o nome dela, Luiza de Alcântara Martins. Foi apenas o começo de uma incansável busca por mais informações. Durante os intervalos eu bolava um jeito de ficar perto do grupinho dela, usava um livro para disfarçar e boné baixo, quase um detetive. Aposto que Sherlock Holmes iria se orgulhar de mim. Não demorou muito para que obtivesse todas as informações básicas sobre Luiza e cada vez que entrava no mundinho dela esquecia-me do meu. Junior e Rafael também coletaram algumas informações, não sei por que eles se sentiam motivados a ajudar com a louca empreitada de bisbilhotar a vida da minha pequena.

Ela adora filmes de romance, é sentimental, nada que eu não imaginasse. Romantiquíssima, doce, frágil e gentil. Tinha um gosto musical de destroçar corações, desde os nacionais mais poéticos, como Djavan, Roupa Nova, aos internacionais, como Celine Dion, Whitney Houston e Andrea Bocelli. Era um fino gosto para uma garotinha de 12 anos. Amava bolo xadrez e tinha um verdadeiro fascínio por rosas, especialmente as vermelhas, e diferente do que imaginava a sua cor preferida era marsala, algo semelhante a cor de vinho. Por mais que tentasse, foi difícil desvendar a cor dos seus olhos, amendoados, únicos, completamente diferente de qualquer outro. Luiza tinha de ser peculiar.

Por Luiza, eu contava as horas, dia após dia, a esperava em silêncio para apenas vê-la passar por mim. Quando ela passa, o tempo para. Os seus cabelos cacheados eram um dos motivos para minha distração. Eu ainda não existia no mundo cor de rosa dela, não sabia sequer quem eu era e tampouco o quanto a observava.

O meu coração, até então vazio, foi sendo preenchido por um sentimento novo, pelo que li em alguns livros tem grande chance de ser paixão, a química. Confesso que me assustou um pouco, eu era calouro neste universo sentimental. Os dias *gray* ganhavam cores interessantes; o *rock and roll*, que tanto amava, foi aos poucos transformando-se em Djavan; as histórias de terror, que tanto adorava, em poesias. Eu havia mudado e aqueles eram apenas alguns dos sinais.

As outras garotas não chamavam a minha atenção, ou pelo menos nenhuma outra conseguiu prender-me com tanto poder e requinte. Os dias que se seguiram não foram comuns, os chuvosos, que tanto odiava, tornaram-se mais interessantes porque me faziam lembrar dela, encontrei um motivo para acordar feliz. A minha vida depois de Luiza nunca mais foi a mesma, como alguém tão pequeno conseguiu causar uma revolução em mim?

Nunca fui do tipo de apreciar poesias, mas algo de estranho acontecia comigo. Eu dormia e acordava com a voz dela, as letras daquela música que Luiza cantou na escola não saíam da cabeça, então numa manhã eu tive uma ideia e comecei a vasculhar. "Aprender a amar", de Sandy e Junior, era esse o nome da música, eu descobri.

— Que droga!

— O que foi, filho?

— Tentando escrever alguma coisa que preste e não sai nada.

— E o que precisa escrever?

— Um poema, é uma atividade da escola.

— Peça ajuda aos seus colegas, meu filho.

— Meus colegas são piores do que eu.

— Faça o seguinte: ponha uma música calma, não estes rocks meta-leiro que escuta, e tente se concentrar.

Quase esgotei uma resma de papel ouvindo a playlist dela e nada de bom saía dali, então fechei os meus olhos e imaginei Luiza na minha frente. O sorriso dela, seu rosto delicado e toda a meiguice cravados naqueles olhos me fizeram extrair algo. Naquele dia, cheguei mais cedo à escola, entrei na sala dela e deixei um bombom sobre a sua carteira com um poema, o mesmo que passei horas para escrever. Da próxima vez vou apelar para William Shakespeare. Devo deixar claro que não sou romântico, mas era o único caminho para entrar no mundo de Luiza.

"Bom dia!

Luiza,

Lembro-me dos pingos de chuva sobre o seu rabisco, embora não soubesse do que se tratava, se mais uma das suas habilidades. Ainda assim, fiquei fascinado pelo seu mundo doce e singular, pelos seus olhos amendoados e seu sorriso angelical. Para toda sorte deve se perguntar quem sou, então vos digo, eu sou seu.

BCD"

— Que fofo!

— Ei! Ganhou chocolate de quem?

— Não sei, Paula.

— Deixe eu ler!

— Espere! Estou sem ar...

— Nossa, que lindo! Com certeza não é da nossa turma. Olhe bem ao seu redor, amiga Lu, e me diga se tem algum garoto aqui da sala com este potencial?

— Não!

— Nunca! Ele deve ser do ensino médio e é aí que vem a interrogação: como a senhorita conseguiu conquistar um garoto do ensino médio, Luiza?

— Eu não conquistei, Paula. Aposto que ele apenas quis ser gentil porque sou novata.

— Não, filhinha! Ele está caidinho por você. O senhor BCD, vamos chamá-lo assim.

— Vivi, a Luiza tem um admirador secreto!

— Quê?! Como assim?

— Veja!

— Uia! Já chegou causando na escola.

— Precisamos descobrir a identidade dele.

— Não! Deixem-no em paz.

— Não está curiosa, Luiza?

— Estou com vergonha dele! E se ele vier falar comigo. O que eu digo? Caio durinha no chão!

— Tem razão! Melhor não!

— E se ele tentar beijar você, Luiza?

— Deus me livre! Eu corro! Agora fiquei tensa...

— Emocionante!

— Será que foi o Bento?

— Sem chance, Vivi. Ele nem sabe amarrar o cadarço direito, que dirá ter neurônios para um poema.

— Ei! Pode ser o Bruno Dutra do segundo ano. Ele é amigo do meu irmão.

— Será, Vivi? Ele tem cara de CDF.

— Ele é, Paula, tem grande chance.

As mãos sobre o queixo, tinha a mente e o coração fixados nela. A única forma de conectar-me a Luiza era através da escrita, portanto sempre que podia deixava-lhe um bombom e uma pequena declaração. Via-me perdido em meio à explicação do professor, mas completamente envolvido por Luiza. Recordar o seu rosto era como transformar memórias em versos, sentimentos em poesia. Ouvir a sua voz era o mesmo que transformar letras em canção, mas precisava mantê-la em absoluto segredo.

"Longe dos seus olhos não enxergo mais ninguém, pois és a luz que nasceu e agora emerge de mim.

BCD"

— Que lindo! Profundo!

— Como ele sabe do seu chocolate preferido?

— Não faço ideia, Paula! Ele é incrível.

"Depois de você, Luiza, eu nunca poderia dizer que estou sozinho, pois habita o meu coração pulsante por você e aquece todo o meu ser. BCD"

— Ai! Quando chego aqui e vejo o bombom sobre a mesa o meu coração dispara!

— Será ansiedade?

— Ou talvez nervosismo!

— Ou talvez esteja...

— O quê?

— Talvez esteja se apaixonando por ele também!

O rosto de Luiza corou-se e ela levantou-se rapidamente dizendo:

— Não! Não estou, Paula.

— Seria muito, muitíssimo lindo, não acham?

— Prefiro não pensar.

E cruzou os braços emburrada.

— Olhe para mim, Luiza!

— O quê? A professora chegou!

Luiza sentou-se ainda envergonhada, enquanto Vivi e Paula entreolhavam-se sorrindo.

Certo dia tentava concentrar-me na aula de Biologia quando uma estranha sensação me impulsionou a sair. Peguei a minha mochila e Rafael olhou com estranheza. Felipe fez sinal de interrogação e sem mais nem menos a imagem de Luiza invadiu a minha cabeça, parecia loucura, mas tinha uma necessidade quase que vital de fitar aquela garotinha.

— Com licença, professor.

— Pois não?

Sentei-me na frente da escola tentando entender toda aquela loucura quando eu avistei Luiza saindo. Parecia apressada, então a segui. Ela estava alguns passos a minha frente e eu admirava os cabelos dela, o jeito de andar, então prendeu os cabelos e eu notei o pescoço tão delicado, tive vontade de roubar-lhe o elástico para melhorar a minha concentração. O vento soprava o perfume dela e deixava-me preocupado com o meu estado de saúde, na certa havia sido acometido por uma patologia rara ou fora abduzido para um mundo paralelo onde existiam apenas a Luiza e eu. E quem sabe existindo apenas nós dois ela pudesse perceber que eu existo, tinha uma grande chance de Luiza não curtir os garotos grandes e fortes.

Mas, para minha surpresa, três garotos atravessaram em sua frente e não a deixavam passar. Os meus punhos já estavam cerrados e a briga já estava armada na minha cabeça, mas precisava ser cauteloso e foi outra coisa que aprendi por causa de Luiza, somente para não a assustar e para que não me enxergasse como um brutamontes.

— Olha só que bonequinha!

— O que faz aqui sozinha?

O meu sangue borbulhava, eu quase fiz um estrago.

— Eu estou indo para casa, quero passar, por favor.

— Ainda não!

— Por favor, me deixem passar!

— Ou?

— Ou eu vou gritar!

— Pode gritar, ninguém vai ouvi-la!

— Se gritar eu vou agarrar você, bonequinha.

— Saiam!

— Não!

Quando o de camisa preta tocou o braço de Luiza eu não me contive.

— Solte, por favor!

— Solta ela!

— Quem falou?

— Eu! — Disse Bernardo com eloquência.

— Se junte a nós, cara! Em quatro vai ser mais divertido.

— Solte o braço dela!!! Eu não vou mais repetir!

— Calma! Fique frio.

— Que seja a última vez!

Bernardo torceu o braço de um dos rapazes e os encarou de forma intimidadora.

— Relaxe, cara!

— Se eu sonhar que um dos três passou perto dela, aí podem saber... A coisa vai ficar feia para vocês.

Nenhum dos três pensou em revidar ao perceber o porte e a força que o guardião-surpresa empunhava no braço do amigo. Enquanto isso, Luiza assistia a tudo impressionada, olhos arregalados e respiração ofegante.

— Já estamos indo!

— Acho bom!

Enquanto os rapazes corriam, Bernardo os encarava, ele seria capaz de derrubar qualquer um.

— Tudo bem?

— Sim! Graças a você. Muito obrigada!

— Não foi nada! Vou deixá-la em casa. É melhor não andar sozinha por aqui, pode ser muito perigoso.

— Tem razão!

Caminhavam em silêncio. Bernardo com o boné quase cobrindo-lhe o rosto e Luiza vergonhosa pela desconhecida companhia. Na porta de casa, ele parou e disse:

— Agora que está segura, eu posso ir.

— Espere!

O coração de Bernardo acelerou ainda mais. Respondeu quase sem respirar:

— Quê?

— Não me disse o seu nome.

— Ah!

— Por favor!

— Bernardo! Muito prazer, e o seu?

— Luiza!

— Luiza, então tchau!

— Tchau!

Todos os dias depois daquele dia em que Luiza falou comigo pela primeira vez foram mais empolgantes e de espera. A perturbadora espera por um olhar, por um oi e quem sabe até por um pouquinho da atenção dela. Os apaixonados não são muito racionais e tendem a contentar-se com migalhas. Eu estava de pé no portão da escola e a avistei de longe.

Luiza levitava e os seus olhos brilhantes eram como dois faróis que acenderam a minha escuridão, o vento soprava sobre os seus lindos cabelos escuros e os raios de sol desenhava uma curva no instante em que ela abriu o seu lindo sorriso para mim. A minha postura de durão desmoronou. Olhei para os lados pensando estar enganado, mas não, era comigo, o meu presente havia chegado, depois de meses a admirando em silêncio. Ela me enxergou.

— Oi, Bernardo!

— Oi, Luiza!

Existe algo mágico que distingue os humanos dos animais, e não apenas porque somos racionais, e sim pela capacidade involuntária de enxergar outro ser humano como sendo o mais especial dentre todos os outros. A mente e o coração criam um laço que lhe deixa completamente ligado a este ser como se estivesse dentro de você, e consegue interferir diretamente em suas sinapses, passando a controlar o seu coração, é estranhamente assustador como alguém até então desconhecida, tão pequena e mesmo sobre uma distância segura é capaz de adquirir tanto poder.

Luiza falou comigo e perturbou ainda mais a minha cabeça. Repeti milhares de vezes a mesma cena e então pude entender por que eu nunca a esqueci. O fato era incontestável, ela simplesmente entrou na minha mente com a doce meiguice do seu olhar, era a sua arma mais poderosa. Luiza ensinou-me a amar do seu jeito puro e inocente, mas *não me ensinou a te esquecer.*

Livros e mais livros e o meu pensamento estava nos olhos dela, páginas por páginas e a minha mente a buscava entre as regras de Português, linha por linha e o meu coração acelerava porque as monossílabas fizeram-me recordar uma interjeição, aquelas duas letrinhas, oi, que dividiram a minha vida entre o Bernardo desconhecido e o que Luiza reconheceu. Ela olhou nos meus olhos, sorriu e me disse um oi, há dois dias e, portanto, eu não era mais um estranho que escreve poemas, eu era alguém em quem ela poderia confiar.

Eu fui o culpado por ter esculpido cada detalhe do seu sorriso dentro do poema mais bonito que escrevi para ganhar o seu coração.

— Ele é desafiador! Muito desafiador.

Os dias de Luiza também estavam agitados, eu quase não consegui vê-la no intervalo e tal situação deixava-me extremamente irritado. Era sexta-feira e tinha um final de semana inteiro para atrapalhar a minha vida amorosa, pois neste longe e entediante intervalo de tempo eu não iria vê-la. Embora eu precisasse estudar e muito, a minha mente não mais obedecia, era quase que impossível Luiza deixar a minha cabeça livre do sorriso dela, nem dormindo.

A agonizante e impiedosa rotina de um garoto de quase 16 que se apaixona por uma menina de 12 anos era um misto de culpa e nem poderia me sentir culpado, porque na verdade eu não tive direito de escolha, Luiza dominou o meu coração. O destino foi muito zoado comigo, ele tinha que bagunçar a minha vida com um amor impossível?

Eu nem ousaria sonhar com um beijo de Luiza, não naquela conjuntura. O que alegrava os meus dias era saber que ela estava bem e segura, contentava-me em vê-la passar, olhar para mim e acenar. Mas eu esperava uma contrapartida do destino chamada tempo, que ele passasse rápido sem causar tanta dor e que o amor também florescesse no coração dela. E que fosse por mim, para mim que ela entregasse o seu coração.

Era sábado e a minha mente hiperativa buscava estratégias que me levassem o mais perto possível de Luiza, então pus o meu boné preferido, o da equipe de basquete, e peguei o ônibus. A minha razão apontava todos os argumentos possíveis de que estava sendo irracional, mas não me importei e dei ouvidos apenas ao meu coração.

Sentia falta de Luiza e por falar nisso a linda voz dela não mais foi ouvida na escola desde que me propus a escrever poemas, mas como evitar? Foi a única fuga que eu encontrei para expressar um pouco de todo o meu sentimento, seria frustrante demais abandonar o meu lado romântico recentemente adquirido e ainda em expansão.

Baixei o boné e comecei a caminhar. A área era perigosa, pois caso nos encontrássemos Luiza iria me reconhecer, eu havia perdido a noção do perigo e na altura subestimava a inteligência investigativa de uma garotinha, apenas por ser tão inocente e fofinha. Ouvi um barulho, eram de pedais, e quando olhei para trás Luiza vinha em minha direção e o meu coração quase saiu pela boca. Eu descobri que Luiza era distraída, ela tentou frear e esbarrou em mim. Em meio à colisão ela caiu e o meu coração outra vez deu estranhos sinais, senti um aperto, o qual me impulsionou a segurar a sua mão e ajudá-la a se levantar. Jamais poderia imaginar aquele desfecho e por tanto o meu corpo estremeceu ao vê-la no chão.

— Não!

Luiza gritou preocupada. Ainda confusa respondeu:

— Sinto muito!

Baixei a cabeça tentando esconder o meu rosto entre a aba do boné, mesmo sabendo que seria em vão, foi algo involuntário. Como mencionei anteriormente, andava meio irracional. Luiza ergueu a cabeça e logo notou o meu rosto, surpresa disse:

— Bernardo?

— Oi, Luiza... se machucou?

Luiza baixou as vistas, mostrou-me a mão e exclamou:

— Está ardendo!

Toquei no braço dela para examinar o estrago. Já apreensivo disse-lhe:

— Deixe eu ver.... Poxa! — Eu a segurei com muita força para que não caísse. Não queria que se machucasse.

— O que fazia por aqui?

— Eu?

— É, você! Do nada apareceu na minha frente... Ai que vergonha!

— Por que está envergonhada?

— Por ter atropelado justo você!

— E o que eu tenho de diferente dos outros que não posso ser atropelado por você?

— É meu amigo!

— Eu sou?!

— Mas é claro! Só um amigo salva alguém de uma situação de perigo. Lembra?

— Lembro!

— E os anjos também!

— Anjos.

— É um amigo-anjo.

— Isso significa que eu sempre devo estar perto de você! Certo, Luiza?

— Com certeza!

— E como seu amigo, eu preciso cuidar desse machucado na sua mãozinha. É tão branquinha, vai demorar um certo tempo para voltar ao normal... Eu aposto que quando se machuca fica uma mancha bem roxa, acertei?

— Acertou em cheio! Eu odeio ser tão branca assim!

— Por quê?

— As pessoas prestam muita atenção em mim e isso me incomoda.

— Pense o contrário, Luiza.

— Como devo pensar, Bernardo?

— Que talvez as suas características sejam um dos motivos que a diferencia das demais.

— Você é legal, Bernardo!

Ainda aproveitando o deleite de tocar a sua mão, alisei involuntariamente quando ouvi a sua doce confissão e aproveitei para fitar-lhe os olhos tentando desvendar a cor. Ela me olhou com ternura e sorriu, aquecendo o meu coração.

— Assim como você, Luiza!

— Posso perguntar uma coisa?

As minhas pernas tremeram, era incrível como Luiza, tão pequena, conseguia desestabilizar o meu sistema nervoso, dominar o sistema muscular e principalmente o sistema cardíaco fazendo uso de poucas palavras. Logo concluí que o amor não é apenas químico, é também Biologia.

— Pode dizer.

— Como é no ensino médio?

Diante da indagação pude respirar aliviado. Ela continuou. Enquanto reparava outra vez em seus olhos, os lábios dela articulavam as palavras com tanta doçura, fiquei ainda mais desconcentrado.

— Deve ser muito difícil! Eu já estou surtando com as minhas provas de Matemática, imagina estudar trigonometria e lá vai...

— É uma garotinha muito inteligente, tenho certeza de que vai se sair bem!

— Como pode dizer que sou inteligente?

— Eu aposto que é.

— Hum!

— Se precisar de ajuda, posso te dar umas aulas de Matemática.

— É sério?

— É claro! É para isso que servem os amigos. Os seus olhos são amendoados, não é?

— Acho que são.

— São incomuns, precisa prestar muita atenção neles para conseguir decifrar a cor.

Sem que Luiza pudesse imaginar, já havia escrito toda a sua biografia, sem lhe pedir qualquer permissão. Sabia as suas notas, os trabalhos em grupo, a que horas saía de casa e com quem. Certamente não desejava ser processado, não tinha intenção alguma de machucá-la, jamais. Eu apenas guardava as informações dela para mim.

— Tem uma farmácia logo ali! Eu vou comprar uma pomada e o Band-Aid.

— Como sabe sobre a farmácia?

— Eu vi naquele dia... Que te ajudei com aqueles garotos.

— Mas não fomos até lá.

— É que eu já vim neste bairro algumas vezes há muito tempo.

— Ah!

— Venha comigo.

Eu a apoiei e a coloquei sobre a bicicleta, não foi fácil administrar as palpitações meteóricas ao sentir Luiza próximo de mim.

— Eu pedalo desta vez.

Estávamos em uma aventura sobre duas rodas e vez ou outra olhava para trás e roubava uma bela cena de Luiza sorrindo. Era o mais perto que poderíamos estar. O vento tocava o meu rosto fazendo acreditar que não era sonho, ou mais uma das minhas ilusões, era real. Nunca andar de bicicleta foi tão empolgante quanto naquele dia com ela.

Eu a segurei pela mão para que descesse, e ela apoiou-se no meu braço. Luiza sorriu ainda de cabeça baixa com os seus cabelos cobrindo boa parte do seu lindo rosto, era um meio sorriso na verdade. Luiza é a luz de que os meus olhos tanto precisavam. Eu tive vontade de afastar as suas longas madeixas para vê-la na integra, mas não ousei fazer, quem sabe um dia.

— Obrigada!

Cada palavra que Luiza proferia era como uma porta que se abria para o paraíso, ainda que chovesse ou algum fenômeno natural ousasse interromper o nosso momento. Eu me transformaria em um guerreiro, a defenderia e nada poderia roubá-la de mim.

— Por nada! Sente-se aqui neste banco, eu volto já!

— Tá!

Enquanto comprava o Band-Aid mantinha o olhar atento a ela.

— Venha comigo. É melhor lavar a sua mão antes, ali!

Enquanto a água tocava a sua delicada mãozinha, os olhos dela encheram-se de lágrimas. Eu, no entanto, senti uma lança perfurar bem no meio do meu coração, presumi que as dores que Luiza sentia doíam 10 vezes mais em mim. Exponencialmente curioso.

— Ai!

— Doeu muito?

— Sim! Está ardendo!

— Eu vou assoprar!

— Melhorou um pouco!

— Ótimo! Agora vamos pôr a pomada.

— Espere!

— Sim?

— Vai doer?

— Não se preocupe! Pode apertar a minha mão se sentir dor.

— Tá bom.

Luiza apertava as pálpebras tanto quanto apertava a minha mão, era somente medo. Mas sentir a mãozinha dela fez-me estranhamente feliz.

— Pronto! Missão cumprida.

— Você é melhor do que o meu irmão! É mais cuidadoso.

Levantei as vistas surpreso, e a minha mente lançou o seguinte questionamento: como não amar você, Luiza?

— Ah! Tem um irmão?

— Tenho, mas ele foi embora faz muito tempo.

— Hum! Entendo.

— Então joga basquete?

— Como sabe?!

— O boné!

— Ah! Sim, eu gosto muito.

— É alto! Os altos geralmente jogam basquete.

— É verdade!

— Enquanto eu, como pode ver, sou baixinha.

— Ainda vai crescer, o tempo vai passar.

— Como será a minha vida daqui a 10 anos?

Automaticamente as minhas sinapses concluíram: eu terei colocado uma aliança no seu dedo, na mão direita pelo menos. Mas que pensamento presunçoso. Luiza precisaria antes e com toda sorte gostar de mim, o amor não pode ser unilateral.

— Espero que esteja feliz daqui a 10 anos!

— É, eu espero. E agora preciso voltar para casa.

— Tem razão! A sua mãe pode ficar preocupada.

Antes levei Luiza por um lindo jardim onde existiam apenas nós dois, admirando o cenário e contemplando a natureza, desconectados do mundo lá fora. Os rosais estavam carregados e multicoloridos, nos agraciaram com todo o seu perfume e beleza. Eu nunca tinha dedicado um segundo sequer para admirar a natureza, quanto menos uma rosa desabrochando. Luiza me transformou em alguém sensível.

— Elas não são lindas? Esta é ainda mais.

— Ela é a mais bela na verdade.

— Sabe por que as rosas possuem espinhos?

— Não, Luiza!

— É um mecanismo de defesa contra a herbivoria, tipo de relação ecológica desarmônica entre animais e plantas. Em outras palavras, os espinhos evitam que a delicada rosa seja devorada, a natureza é incrivelmente perfeita.

Ela olhou para mim docemente.

— E pelo visto gosta de Ciências, então vai amar Biologia.

— Amo Ciências! Tudo que envolve o meio ambiente, os planetas, as estrelas. O Universo me fascina.

Luiza enxergava beleza em tudo e isso a diferenciava das garotas que eu conhecia, a tornava única e especial. Estávamos sozinhos em um jardim e outras meninas na certa tentariam me seduzir, mas ela não, possuía pureza em seu olhar.

— Ela é fascinante mesmo!

Luiza sentou-se no banco ao meu lado, pôs uma flor no cabelo, abriu um sorriso e arrebatou o meu coração. O jeito doce com que admirava o jardim me fez refletir sobre o tipo de vida que eu deveria ter, foi sobre sentir-me em paz ao lado dela, lapidava-me e desde então batizei aquele lugar de jardim secreto. A minha doce Luiza havia ganhado um amigo, o mais fiel e sincero, leal e disposto a segurar a sua mão, não importava em qual circunstância. Eu estaria ao seu lado.

— Ah!

Luiza olhou-me com aqueles olhinhos lindos outra vez e apertou a minha mão. E outra revolução aconteceu dentro de mim, a cada palavra, em cada olhar, a cada gesto da minha pequena.

— O quê?

— Desculpe, Bernardo, pelo esbarrão.

— Não tem que me pedir desculpas, pequena grande notável!

— Obrigada, amigo! Já que somos amigos eu tive uma ideia!

— Qual?

— O dedinho!

— O quê?

— Estique assim o seu dedo mindinho, Bernardo.

— Assim?

— Isso! Agora cruze desse jeito, com o meu.

— Tá bom!

— Este é o juramento do dedinho!

Luiza abriu um sorriso para mim, o largo, e quase perdido em seus olhos, tentando formular uma frase, disse-lhe:

— Como funciona, Luiza?

— Assim... Selado e carimbado.

— Que graça! Eu não conhecia esse juramento.

— Os garotos não entendem muito sobre flores e nem sobre coisas de meninas.

— É verdade! Somos meio insensíveis, não é?

— São apenas diferentes de nós! Mas conseguem nos proteger como ninguém.

Que os laços que nos unem sempre possam nos prender.

Depois daquele juramento me senti meio comprometido com Luiza e a magia do nosso encontro inesperado causou efeitos irreversíveis em mim, confesso. Embaraçou ainda mais as minhas ideias, em outras palavras fiquei nervoso.

— Eu tenho que ir!

— Te vejo na escola, Bernardo!

— Sim! Nos veremos, Luiza.

Bernardo deu as costas um tanto impressionado com a mente bri-lhante da pequena grande notável, ele esperava uma conversa sobre bonecas Barbie, mas Luiza não era tão criança assim. A sua adorável distração proporcionou para ele uma aventura inesquecível, como um carrossel de emoções, dentro de um intervalo de 60 minutos ele a protegeu, segurou sua mão, a apoiou em seus braços e cuidou dos machucados dela feito um herói.

Na semana seguinte a minha alegria transformava-se em um caos ainda maior, porque o pequeno contato que tivemos deixou-me mais instigado a querer ficar perto dela. Era como um vício difícil de controlar, Luiza mexeu muito com os meus sentimentos e ser amigo dela tornou-se um alívio e ao mesmo tempo passou a ser o meu maior desafio.

Ficar perto e estar distante, ser amigo e enxergá-la como uma futura namorada, ser sincero e fingir não gostar, ver outros garotos olharem para ela era o tipo de tortura que eu tinha que suportar. Sofrer com ela pelas provas de Matemática e com as cólicas menstruais, se eu pudesse ao menos transferir todas as dores dela para mim seria bem mais fácil do que assistir à minha doce Luiza sofrer.

— Luiza, feche os olhos!

— O que foi, Paula?

— Venha comigo!

— Uma rosa!?

Os meus olhos encheram-se de alegria e de lágrimas.

— O seu admirador secreto deixou uma rosa e outro bilhete!

— Ai, meu Deus! Preciso respirar antes de abrir.

— Deve se sentar!

— Não sei se consigo ficar sentada, Paula, estou inquieta.

— Leia logo!

"Eu me perco na doce meiguice do seu olhar e me encontro tão próximo de ti admirando o seu sorriso, depois de segurar a minha mão no jardim mais florido. E mesmo entre as rosas mais perfeitas e vermelhas, nada se compara a sua beleza pùra e verdadeira."

— Ele não assinou desta vez!

— Ele não assinou, por que o senhor BCD não assinou?

— Não sei, Paula! A única coisa que sei é que ele está mexendo comigo.

– Sério?

– Pense comigo, Paula, não existem garotos que sabem sobre flores e escrevem poemas, então talvez este seja o meu rapaz.

– É romanticamente empolgante!

– Talvez seja um problema, Paula.

– Por que, Luiza? Ele me parece o rapaz perfeito para você.

– Ele chegou cedo demais na minha vida.

Na quadra eu tentava esmagar as bolas e fora dela eu escrevia poemas e ouvia Djavan. As minhas desafiadoras palpitações precisavam colaborar, afinal Luiza teria aulas comigo na biblioteca. Ela preocupada com as provas de Matemática e eu em como iria conseguir concentrar-me perto dela.

Cabisbaixo e usando o meu boné do basquete quando ela chegou, retirou o boné da minha cabeça e olhou-me travessa, sentou-se do meu lado e tocou no meu braço. As fagulhas ascenderam-se e os meus olhos traidores fitaram os lábios rosados dela, no mesmo instante roubei-lhe parte da sua fragrância com o meu olfato aguçado.

– Oi, Luiza!

– Oi, Bernardo. Desculpe o atraso, tá?

No instante pensei: quanta maturidade para uma garotinha.

– Tranquilo, vamos começar...

Luiza distraía-se facilmente e eu também, perdido no rosto dela por incontáveis vezes, e com a aproximação pude ouvir o som da sua respiração, a sua voz doce quase ao meu ouvido causaram-me certos arrepios. Era um desafio e tanto.

– Não entendi essa questão não, Bernardo. – Disse inocentemente, inclinando-se para mim.

Segurei o lápis dela e apontei para o coeficiente e por algum motivo ela parou e olhou-me com certa insistência, destruindo as últimas gotas de equilíbrio que me restavam.

– Por que gosta tanto de bonés?

– Não sei, eu apenas gosto.

– Hum!

— E notei que também balança a perna com frequência.

— Eu faço isso! É por causa das músicas de rock, lembro das batidas.

— Hum! Então curte rock?

— Sim! E você?

— As românticas.

— Acho que combinam com o seu estilo princesinha.

— Princesinha?

— Quis dizer menininha.

— Ah! Posso fazer uma pergunta?

— Pode! — disse um tanto preocupado.

— Você já se apaixonou?

— Eu!? Que pergunta é essa, Luizinha? Vamos aos cálculos.

— Desculpe, Bernardo! É que você é o meu único amigo, então fiquei curiosa para entender como enxergam o nosso mundo.

— Hum! Entendi! Olha, eu sei de uma regra para resolver esta conta de uma maneira mais rápida.

— Que legal! Eu vou precisar de toda ajuda possível. Estou muito preocupada com a prova.

Os desafios aumentavam a cada contato, ela segurou o lápis e fez um coque no cabelo, deixando duas mechas que tocavam os seus lábios e foi o suficiente para manter-me hipnotizado. Então, por impulso, aproximei-me dela e coloquei as mechas por trás da sua orelha, ela sorriu e o meu relógio apitou, não poderia avançar o sinal embora a quisesse em meus braços. Luiza pegou uma caneta e fez uma estrela no dorso da minha mão. Admirado, olhei para ela, que rindo pôs a caneta na boca esperando uma reação minha.

— Não vai revidar?

— Que bom que perguntou.

Raptei a caneta que na altura Luiza estava mordendo – que sorte da caneta – e fiz um desenho de um anjo em seu caderno.

— Que lindo, Bernardo! Mas por que não fez na minha mão? Logo vi, você não é do tipo vingativo, né.

— Porque você vai lavar as mãos e vai apagar, Luiza, e no seu caderno pode guardar por anos. Eu gosto de coisas duradouras.

— Quero o seu caderno também.

— E para quê?

— Não pense que vou desenhar, eu não sei.

— E o que pretende fazer?

— Verá! Não vale olhar, Bernardo. Você é muito curioso.

— Tá bom! Não vou olhar.

Luiza parecia concentrada com a caneta e a capa do meu caderno em mãos. Enquanto as palpitações quase acabavam comigo, na minha imaginação eu soltava o cabelo dela e deslizava os meus dedos entre os seus lindos lábios e no ápice da loucura a minha boca já havia tirado a inocência dos labos dela. Logo corrigi os meus pensamentos.

— Pronto, terminei!

— Deixe eu ver.

Para o meu melhor amigo,

Grandalhão, quero que esteja sempre ao meu lado como um anjo ou guardião, com escudo ou desarmado. Sou a garota que canta e você o jogador mais preparado.

— Que massa, Luiza!

— Gostou? Mas tá horrível.

— Não tá, não! Achei incrível!

Ela arrancou o meu melhor sorriso. Precisava cumprir alguns treinos bem cansativos e na certa seria difícil ver Luiza, mas eu iria encontrar um jeito nem que fosse por 10 minutos antes da aula dela. E frente à minha ansiedade eu deixei um bombom em sua carteira e mesmo na pressa não abriria mão de lhe escrever, ela precisava saber que o poeta havia passado para adoçar o seu dia.

"Se eu pudesse oferecer todas as flores do mais esplêndido jardim, eu o faria apenas para ver as cores vibrantes refletirem no seu olhar. E então sentir que além de um poeta também posso te conquistar. Do seu BCD."

Doce setembro, o mês das flores. Era primavera e um serzinho tão especial como Luiza não poderia ter nascido em outro momento, facilmente encontrei as respostas para tanta sensibilidade e romantismo, passei também a acreditar em signos. Ela faria 13 anos. Faz nove meses que a conheci e as amigas dela comentaram sobre uma surpresa. Éramos do tipo de turminha que trocava livros e jogava conversa fora, eu finalmente havia entrado no mundinho de Luiza.

Dois meses antes já estava ansioso sem saber ao certo como presenteá-la. Lembrei-me do oficial do meu pai, ourives e pensei "Por que não?", então peguei uma folha e comecei a rabiscar algo. Sempre fui bom com desenhos e nada além de um coração veio à mente, um coração de ouro com o nome dela. O meu pai não iria entender muito bem aquele presente, então eu decidi fazer sozinho e produzir algo tão minucioso na calada da noite não foi nada fácil, mas por Luiza eu sou capaz de tudo. Semanas a fio e finalmente a minha primeira obra ficou pronta e igual ao que propus no desenho. Perfeita, Luiza despertou-me para uma nova habilidade, além de desenhista era um ourives e tanto.

— Eu preciso ir agora, a minha mãe está doente. Sabe como é!

— Tudo bem, Paula!

— E eu tenho que buscar o meu irmão na escola!

— É sério, Vivi?

— Bom, galera eu já vou. Preciso fazer as compras com a minha mãe!

— E eu ajudo para a sua mãe não pegar peso!

— Tchau, meninos!

— Eita! Me lembrei que preciso ir à casa da minha vó, ela está doente.

— Que pena, Felipe!

— Eu... eu... eu...

Doía muito deixar Luiza sozinha e assim como os outros também elaborei uma mentira, mas quando a fitei não consegui executar o plano.

— Pode dizer, Bernardo!

— Eu fico com você, Luiza!

— Ufa! Finalmente alguém.

Éramos em sete agora, porque as amigas de Luiza tornaram-se nossas amigas também, mas nunca imaginei, na verdade não fazia ideia do quanto trabalhoso era organizar um aniversário, principalmente quando a aniversariante não pode saber. Todos fugiram justo em um dia tão importante e a minha consciência matava-me, mesmo comprometido a levar o bolo, eu tinha que ficar alguns minutos ao lado dela, não consegui resistir àqueles lindos olhinhos tristes.

— Vai estudar na biblioteca hoje?

— Hoje é o meu aniversário!

— É sério? Minha nossa! As meninas deveriam ter nos lembrado. Sabe como é, meninos são meio desligadões. Desculpe, Luiza.

— Não faz mal!

— Eu tive uma ideia!

— Qual?

— Eu vou comprar um bolo e vou levar à noite na sua casa!

— Vai mesmo?

— Vou! Pode esperar.

— Bernardo, você é o melhor!

Meu coração descompassou. Surpreendentemente pus-me a balbuciar.

— So... sou?

Luiza usou de eloquência.

— É!

O sorriso de Luiza dissolvia qualquer angústia ou tristeza que afligisse o meu coração e estar perto dela era a sensação mais incrível e mágica que jamais imaginei sentir.

Ela encostou a cabeça no meu ombro e o mundo ao meu redor parou, o relógio quebrou, paralisei o tempo, eternizado naquela sensação o momento que não queria que acabasse. Pensei como reagiria caso ganhasse um abraço da pequena grande notável.

Logo obtive a resposta do Universo. Passava das 18h quando eu fui buscá-la em sua casa e a avistei ainda mais linda em um vestido floral, batom nos lábios e sem saber ela que estava pronta para me enlouquecer. Assim que os meus olhos a fitaram, uma nova sensação tomou conta de mim, era um misto de amor com paixão, algo voraz e ao mesmo tempo brando, passei a compreender as contradições.

— O que foi, Bernardo?

— O quê?

— Por que está parado assim me olhando?

— Por nada!

— E o meu bolo?

— Quê?

— O meu bolo? O que você me prometeu!

— Ah, sim, é claro. Como é muito pesado eu deixei em minha casa, será que podemos comer lá? A minha mãe fez uns salgadinhos.

— Que ótimo! Eu adoraria!

— Então vamos!

Durante o caminho eu tentei ser discreto, mas a minha vontade era ficar o tempo inteiro olhando Luiza. O caminho foi muito curto, o seu perfume já havia embriagado as minhas ideias, estava lutando contra uma vontade louca de abraçá-la, ao menos uma mão em seu ombro. Porque sobre beijos eu tentava não pensar.

— Surpresa!

— Não acredito! Vocês me enganaram direitinho. Bernardo?

— Nada a declarar!

— A nossa amiga querida não poderia ficar sem uma festinha, afinal cravou os 13!

— Agora vão me fazer chorar!

— Não faz esse biquinho, não!

— É, não faz, não, que nós não vamos resistir. Abraço coletivo!

— Abraço coletivo!

Infelizmente no abraço coletivo eu fiquei longe dela, mas só de ouvir o som do seu sorriso já me deixou feliz. Estávamos conversando quando a minha mãe me flagrou olhando para Luiza e pela expressão dela pude perceber que a cada dia o meu disfarce tornava-se frágil. Afinal, usar uma máscara é tão cansativo quanto esperar o tempo passar até chegar o momento ideal para que pudesse declarar todo o meu amor.

— Agora, Luiza, vamos cantar os parabéns!

As chamas das velas enalteciam o lindo olhar de Luiza e eu outra vez estava preso a cada detalhe do rosto dela.

— Apague a velinha! Mas antes faça um pedido, um dos bons!

— O que vou pedir, minha gente?

— Que a nossa amizade dure para sempre!

— Boa ideia!

Rafael e Junior compreendiam a minha devoção por Luiza, mas Felipe, Paula e Vivi não faziam ideia de que eu estava apaixonado por ela. Portanto aquela amizade não era cem por cento verdadeira. A nossa aproximação trouxe frutos inesperados, assim como conflitos internos por ciúmes.

— Quatro mosqueteiros, vamos definir os que vão levar as donzelas em suas respectivas casas!

— Diz aí, Rafa!

— Então, vamos fazer assim.... Eu levo a Paula, até porque somos praticamente vizinhos.

— Fechou!

— E você, Junior, leva a Vivi!

— Beleza, Rafa!

— Sendo assim.... O Bernardo leva a Luiza!

— Pode deixar, Bernardo, eu levo Luiza. A casa dela fica perto da minha!

— Não, Felipe! Outro dia você leva, deixe o Bernardo, ele está mais acostumado.

— Então vamos os três! — Disse Felipe.

— É, vamos os três.

— Nossa, eu estou me sentindo a Whitney Houston com dois guarda-costas.

— Altos e fortes, Luiza!

— São sim, Paula, os nossos amigos do basquete são os melhores.

— Luiza, por falar nisso, eu soube que você canta!

— Eu gosto de cantar, senhora Marilia.

— Eu adoraria ouvi-la.

— Canta!

— Outro dia eu canto com a ajuda de Felipe, ele toca violão.

— É mesmo, Felipe?

— Sim e piano também!

— Que tal ensaiarmos juntos, Felipe?

— Uma boa, Luiza!

O retorno à casa de Luiza não foi do jeito que eu havia planejado, esperava ao menos privacidade para lhe entregar o presente e diante da circunstância acabei improvisando. Assim que Felipe e eu deixamos Luiza em casa, fingi tomar a direção contrária para disfarçar, mas na verdade apenas me escondi até perder Felipe de vista.

— Luiza!

— Bernardo? Por que voltou?

— Porque eu me lembrei do seu presente!

— Presente? Mas o bolo foi o presente.

— Claro que não. Abra!

— Ai, meu Deus, que lindo!

— Gostou?

— É logico! Mas não acha que é exagerado? Deve ter sido muito caro! Fico sem graça.

— Não foi! Eu mesmo que fiz!

— Você fez isso? Fez uma joia com o meu nome.

— Fiz! Eu desenhei primeiro e para minha sorte saiu igual.

— A letra está perfeita! Meus parabéns, deve seguir os passos do seu pai, Bernardo.

— Acha mesmo?

— Sem dúvida! Não foi sorte, é talento.

— Bom, já que gostou, será que eu posso lhe dar um abraço de feliz aniversário?

— Lógico!

Luiza abriu os braços e sorriu, então me aproximei dela e a envolvi em meus braços.

— Feliz aniversário, Luiza, espero que possamos comemorar esta data por muitos anos juntos.

— Também espero, amigo!

E o meu mundo azul paralisou nos braços da minha pequena Luiza. As fortes batidas do meu coração tornaram-se mais intensas, desejava não precisar soltá-la nunca mais. Pude sentir as mãos delicadas dela tocarem com carinho as minhas costas e ninguém mais além de mim seria capaz de compreender o quão incrível foi a sensação de sentir o corpo dela perto do meu.

— Agora eu tenho que entrar!

— Boa noite!

— Boa noite, Bernardo!

Mas Luiza não entrou em casa, ela permaneceu na porta vendo-me partir e longe dos olhos dela eu dei alguns pulos, afinal foram meses até que eu conseguisse um abraço da minha pequena grande notável. Quando entrei no meu quarto, local sagrado no qual Luiza jamais poderia entrar sem avisar, eu simplesmente desmaiei na cama. Na parede tinha escrito o nome dela ao contrário.

Ao contrário do que Luiza pensava, os meninos entendem meninas ou pelo menos esforçam-se para compreendê-las, tanto que o nosso amigo em comum, Rafael, nos deu uma grande ideia. No dia seguinte, no final da aula, ele estava sorrindo para mim e com olhos oblíquos para Luiza. Eu logo percebi as linguagens de Rafa e fiz sinal com a sobrancelha. Então ele verbalizou:

— Ei, grupo! Eu tive uma ideia!

— Qual, Rafa?

— Acabou de sair um filme muito massa no cinema, que tal irmos?

— É sobre o quê?

— É de romance, aposto que as meninas vão gostar!

— Que top, Rafa!

— Eu quero!

— Viu! Elas gostam.

— Luiza?

Notas sobre Luiza: ela estava usando o colar que eu dei. Pontos para mim.

— Tem alguma chance de ter um final triste?

— Não sei, Luiza!

— Eu sempre choro, o meu coração não aguenta casais que se separam no final. É terrível.

Quanta fofura, meu Deus. Luiza é única, pensei. Mas não demorou muito para eu receber um balde de água fria. Não, não, foi de soda cáustica mesmo e logo do meu amigo. Poxa! O parceiro do basquete.

— Se por acaso você chorar, eu fico do seu lado Luiza!

Lancei um olhar 38 para Felipe e juro que foi inocentemente, mas Junior percebeu.

— Como é que é, Felipe?

— O que foi que falei de errado, Junior?

— Nada, cara!

— Por que está me olhando desse jeito, Rafael?

— Porque perdeu a noção do perigo, Felipe!

— Não entendi!

O meu punho estava cerrado e precisei respirar fundo. Até Rafael encurtar a conversa, faíscas saíam dos meus olhos.

— É sobre as aulas de basquete, Felipe, vamos nos entender lá na quadra.

— Tá!

— Você não vai, Bernardo? — Perguntou Felipe.

Bernardo respondeu com rispidez:

— Vou!

— O que foi, Bernardo? Também está chateado comigo?

Cuspindo ironia ele respondeu:

— Por que eu estaria, Felipe?

— Todos ficaram estranhos de repente! — Disse Vivi.

— Ei, meninos, vocês estão estranhos... Vai rolar o cinema ou não? — Disse Paula.

— Vai!

— Sim!

— Vai, Paula!

— Ah! Já entendi!

— Que dia?

— No sábado, as 15h30.

— Beleza!

— Qual o nome do filme?

— *Crepúsculo*!

— Tem certeza de que é filme de romance, Rafael?

— Tenho, Paula!

— Se for de terror e você estiver nos enganando...

— Pode confiar, Vivi!

— Eu odeio filmes de terror e sabe disso, Rafa!

— Luiza, eu juro que não é. É romance.

— Vamos confiar nele, meninas!

Na quadra Rafael pôs o braço ao redor do pescoço de Felipe e simulou um golpe gravata. Ele arregalou os olhos tomado pelo espanto e o empurrou. E quanto a mim, o ferido, observava tudo calado.

— Sai daí, Rafael!

— Estou dando sinais, Felipe.

— Cara, vai me contar que lance estranho foi aquele sobre o cinema?

— Felipe, o que eu faço com você?

— Me digam logo o que houve. Rafael? Junior?

— Sem noção!

— Felipe, por acaso já fez o juramento do dedinho com uma garota?

— Eu não! Nem sei que parada é essa!

— Então, cara, não se mete no meio de um lance em que já rolou esse juramento. É algo assim.... De outro patamar.

— Rafael, na boa, ainda continuo sem entender.

— O nosso amigo Felipe é lento ou o quê? Burro?

— Nunca fui bom em interpretação!

— Junior, é a sua vez, talvez se saia melhor do que eu.

— O caso é o seguinte: o Bernardo está a fim da Luiza faz um tempão e ainda não percebeu?

— O que disse, Junior?

— Bernardo está na dela e você sempre entre os dois.

— Ai, meu Deus! Estou com um problema sério.

— O que foi?

— Eu também gosto de Luiza!

— Pera aí! O que foi que ele disse, Junior?

— Calma! Calma aí, Bernardo!

O meu sangue ferveu, na verdade ele entrou em ebulição.

— Ei, cara. Eu sou seu amigo, não vai me bater não, né?

— Rafael, é melhor você segurar o Bernardo só por segurança.

— Eu não sabia, Bernardo! Eu juro! Não sabia que gostava dela.

— Eu não vou bater.

— Oi?

— Não vou bater! Agora eu sei que gostar de alguém não é algo que se pode escolher, não tem culpa por Luiza ser encantadoramente perfeitinha.

— Nossa! Que maduro! — Disse Rafael.

— E agora?

— E agora o quê, Felipe?

— Como ficamos? Tipo, a nossa amizade, Bernardo.

— Na mesma!

— Na mesma? — Questionou Junior.

— Numa boa?

— Sim! Mas...

— Mas? — Perguntou Felipe com olhos arregalados

— Não pode mais olhar para Luiza, ficar perto dela e nem sonhar com abraços. Em hipótese alguma, nunca poderá pedi-la em namoro porque eu me apaixonei primeiro e, portanto, o direito é meu. Se não quiser morrer.

— Ah! Tudo bem. Acho que eu nem gosto dela tanto assim. Foi só um desvio temporário.

— Você mente muito mal, Felipe! Quando o cara assume para os amigos é porque o lance é tão alucinante que nem consegue mais controlar.

— É verdade, Junior!

— Rafael, Junior, vocês não estão ajudando!

— Foi mal!

— O que foi agora, Felipe? Ficou pálido.

— Estava pensando... Como vou mudar tanto? Luiza vai perceber, como vai ser a nossa amizade daqui para frente?

Com olhar impiedoso Bernardo respondeu:

— Estou pouco me lixando para como vai resolver isso.

— Que tal uma amizade a distância?

— Rafael e as suas ideias brilhantes!

— Eu gostei! De preferência você, Felipe, se mudando para outro país. — Acrescenta Rafael.

— Seria o ideal, Luiza e eu juntos e você no Azerbaijão! — Disse Bernardo.

Chegou o dia do cinema. Os meninos foram facilmente reconhecidos na fila, porque os quatro mosqueteiros resolveram usar seus bonés do basquete, era tipo a armadura moderna deles, a marca registrada dos grandalhões. As meninas, em contrapartida, usavam salto alto e vestidos da mesma cor, gloss labial e cabelos trançados.

— Rafael, as meninas entraram em alguma escola de modelo ou coisa assim?

— Não sei, Junior! Por quê?

— Olhem à direita!

— Uau!

Bernardo apertou com força no pescoço de Felipe.

— Desculpe, Bernardo! Saiu sem querer!

— Oi, meninos!

— Nossa, vocês até combinaram na cor! Legal.

— A ideia foi minha, Rafael.

— Vamos fazer um lance parecido qualquer dia desses, meninos?

— Não, Rafael!

— Tá louco? Já basta o boné.

— Nem pensar!

— Tá legal! Não está mais aqui quem falou!

— Vamos entrar?

— Vamos!

— As meninas ficam no meio e os meninos nas pontas.

— Ok, Rafa!

Luiza e eu nos sentamos juntos. Felipe, no entanto, na última poltrona a mando de Rafael. Quando se apagaram as luzes eu respirei fundo e dei início à apreciação, na verdade eu mal conseguia olhar para a tela, nada poderia roubar a atenção dela, foi o momento mais esperado dos últimos meses. O filme tinha duas horas e dois minutos de duração, era esse o tempo de que dispunha para admirá-la e com sorte segurar a sua mão. Se porventura a minha pequena chorasse, eu estava pronto para secar as lágrimas do seu rostinho de boneca.

— Não vai assistir?

— Eu?

— É! Percebi que não está olhando para a tela... com o pensamento bem distante!

Apoiei o cotovelo na poltrona, e com o punho fechado encostei a minha cabeça inclinando o pescoço na direção dela. Respondi em meia voz.

— Estou?

— Uhum!

— Com quem acha que ela vai ficar, Luiza?

— A Bela?

— Sim! A bela.

— Espero que seja com o Edward, apesar de o Jacob ser um gato!

— Um gato?

Desmanchei a minha posição de estátua.

— É. Ele é muito gato!

— Nunca falou assim antes sobre garotos.

Em questão de minutos percebi no semblante de Luiza que algo empolgante acontecia entre os personagens, então resolvi olhar para a tela. Eles trocavam um beijo apaixonado e, para minha frustação, Luiza e eu nem nos tocávamos.

— É! Eu acho que o Edward ama a Bela de verdade.

— Luiza, acha que ela o ama também?

— Acho! É possível ver a conexão da Bela com o Edward.

— Que sorte ele tem!

— Está interessado no filme e mal olha para a tela. É engraçado, Bernardo.

— Estou interessadíssimo!

Eu mordi os lábios analisando a forma encantadora com que Luiza articulava as palavras. O movimento dos seus lábios perfeitamente rosados deixava-me um pouco sedento.

— Ai, que susto!

— O que foi, Luiza?

— Você não ouviu? Os lobos pularam de repente! Foi, tipo, do nada.

— Ah! Eu acho melhor segurar a sua mão para que não se assuste!

— É!

Peguei a mão de Luiza e a trouxe para perto de mim. Estendia a palma da minha mão e comparei com a dela, tão pequena, então sorri. Enquanto ela estava atenta ao filme, eu entrelacei os meus dedos nos dela delicadamente, quase em câmera lenta, quando finalmente guardei a mão de Luiza na minha o meu coração disparou e acho que o dela também. Foi como um choque, ela virou-se rapidamente e olhou-me de uma forma diferente, como se eu tivesse a despertado de um sono profundo. E ficamos por uns "dois minutos" em uma troca de olhares enigmática, mas logo ela soltou a minha mão como se estivesse envergonhada e o meu mundo meio "rosa-azulado" desmoronou.

— Desculpe, Luiza!

— Não tem problema se ficarmos de mãos dadas porque somos amigos, ou tem?

— Acho que não!

Cruzei os braços e percebi que era a hora de prestar atenção ao filme. E como era de se esperar, Luiza começou a chorar. Quanto a mim, fiquei sem saber como proceder. Rafael, ao perceber o estado emocional de Luiza, fez sinal para mim esperando no mínimo uma atitude.

— Não chore, Luiza!

— O Edward está acabando comigo!

— O amor tem dessas coisas, ele se afastou dela pensando em protegê-la.

— É lindo, mas é triste!

— Olhe para mim!

O meu coração traindo-me outra vez, peguei o lenço do bolso e sequei as lágrimas dela. Ficar cara a cara com Luiza é deveras um grande desafio.

— O quê?

— Deixe eu enxugar... aqui!

— Obrigada, Bernardo!

Depois do cinema, as coisas ficaram um pouco estranhas entre nós. Acho que entramos em uma nova fase, na qual eu estava ainda mais apaixonado por Luiza, previsível depois da inesquecível troca de olhares e de entrelaçarmos as nossas mãos, mas ela manteve-se mais distante de mim.

És a minha única e perfeita inspiração e longe dos teus olhos, meu amor, não sou verso nem canção, tornei-me apenas chama que arde sem clarão.

Capítulo 2

APRENDER A AMAR

O semestre chegava ao fim e a amizade entre Luiza e eu tornava-se mais desafiadora, não poderia aproximar-me tanto e ao mesmo tempo não saberia ficar distante dela. As músicas de Djavan faziam realmente sentido para mim, "*Amar é um deserto e seus temores*", um oceano que transborda, mas quando se ama em segredo tudo não passa de um rio.

Outro dia, toda a escola estava agitada com os preparativos para o encerramento do ano letivo, mas para minha tristeza Felipe conseguiu roubar a cena e toda a atenção de Luiza. Os dotes musicais acabaram aproximando um do outro e, quanto a mim, fiquei apenas como telespectador dentro da minha bolha, afogando-me de amor.

Os ensaios deles eram de arrepiar, tenho que reconhecer o quanto Felipe era bom músico e sobre Luiza eu nem preciso mencionar, pois estava diante de uma diva. Entrava de intruso no teatro da escola e me sentava na última poltrona na companhia do meu boné preto, eu jamais poderia ser reconhecido.

— No três!

— Eu quero de vocês mais emoção e quando cantar, Luiza, precisa olhar para a frente, não baixe a cabeça. E algumas vezes deve olhar para Felipe.

— Tudo bem, professora.

— Vamos lá!

"Fascinação", de Elis Regina (Amando Louzato, Fermo F. D., Marcheli, Maurice Dominique).

— Bravo! Bravo!

— Obrigada!

— Você e o Felipe formam uma dupla e tanto.

Cada vez que eu tinha o privilégio de ouvir a doce voz de Luiza brotavam flores no meu coração, as suas melodias invadiam a minha alma, de olhos abertos ou fechados ela era a única que eu conseguia enxergar. Era o meu fascínio, o meu poema mais bonito e dotada de todo esplendor roubava a cena.

E por Luiza encontrei inspiração para escrever, voltei para minha sala e fiz alguns rabiscos. Nada demais, apenas mais uma forma de exteriorizar o que estava sentindo. E dei o nome de *"Depois de Luiza"*.

Depois de Luiza

És a dona absoluta de todo o meu jardim, outrora inexistente, agora floresce dentro de mim.

És o meu norte, os meus extremos.

És a minha canção mais bonita, a minha luz na escuridão.

És a minha paz mais perturbadora e o escudo que me protege de mim.

És a verdade dentro da maior mentira, quando finjo por ti nada sentir.

És o amanhecer mais silencioso que vibra ao te ver sorrir.

És o meu pensamento mais puro dentro da impureza de esperar sentir você.

És o meu lado mais bonito, que tanto oculto o quanto sofro por ti.

És a mais bela entre as perfeitas obras do criador.

És o meu tudo e o meu nada, porque sei que não posso tê-la.

És o meu tudo e o meu nada, porque de ti não tenho mais que migalhas.

E sou feliz porque a tenho mesmo como uma pintura emoldurada, a qual apenas admiro.

E em meus sonhos, somente neles eu vivo uma história com a minha doce e amada Luiza.

— Luiza, eu acho que o seu admirador passou por aqui!

— Ai, Paula! O meu coração está ficando acelerado.

— As suas mãos estão tremendo, Luiza!

— Deixe de suspense e abre logo, Lu!

— Espere, Vivi! Eu preciso respirar.

— Uau! O título: Depois de Luiza.

— Ele é do tipo de fazer qualquer menina suspirar.

— Quem poderia ser?

— Acham que pode ser... Não!

— Agora fale, Paula!

— Bobagem da minha cabeça. Não poderia ser, é alguém sensível.

Eu havia corrido o mais rápido que pude para alcançar o início da aula de basquete e ficar longe de qualquer suspeita. Mas para minha surpresa, Luiza apareceu na quadra e o meu coração, o qual não me pertence mais, desafiou todos os meus limites e descompassou de vez.

— Meninas, ali está ele!

— Ele quem, Kelly?

— O rapaz que estou paquerando!

— Deixe eu ver! Uau, é um gato.

— Sabe qual é o nome dele?

— Bernardo!

Luiza olhou com certa estranheza quando ouviu a confissão da garota, ela sentiu-se incomodada, mas não compreendia o motivo. Todas as vezes que Bernardo fazia uma cesta, Kelly dava um pulinho e gritava o nome dele. Uma estranha sensação crescia dentro de Luiza. No final do jogo, a moça desceu da arquibancada para cumprimentá-lo e Luiza continuou assistindo de longe.

Os meus olhos ainda acompanhavam todos os passos de Luiza quando algo chamou a minha atenção: assim que Kelly tocou no meu braço e enxugou o meu rosto com aquele lencinho bordado, a doce Luiza lançou um olhar tristonho e ver a minha pequena grande notável triste doeu mais do que cair de um penhasco, então deixei a minha "fã" para ir ao encontro dela.

— Oi, Luiza!

Com certa eloquência, Luiza respondeu:

— Oi!

— Fiquei feliz que tenha vindo assistir ao jogo, raramente vem.

— Não sei se foi uma boa ideia ter vindo!

— E por que não?

— Estou um pouco irritada hoje!

— Sério? Então vou comprar chocolate para você ou que tal bolo xadrez?

— Não precisa, Bernardo, eu já estou de saída.

— Espere!

— O quê?

— Eu te levo para casa.

— Não precisa! Acho que está muito ocupado com a sua nova amiga. Senti o meu rosto queimar, era um incêndio.

— Ficou brava?

— Não!

Luiza deu as costas para mim deixando-me sem palavras, mas segurei o braço dela.

— Deixe-me! Eu vou sozinha.

— Ok!

Luiza saiu da quadra muito chateada e a atitude dela me fez imaginar um monte de besteiras, isso inclui alheações, alucinações e delírios os quais me levaram a uma ideia. Ela poderia estar começando a sentir algo por mim, embora a distância tenha se tornado ainda maior desde então, entre Luiza e eu existia um oceano e para vê-la eu tinha que ir ao teatro. Era de fato emocionante ouvi-la cantar, mas em contrapartida precisava assistir ao meu amigo Felipe babando por ela. Diante da minha necessidade quase que fisiológica de fitar Luiza, eu encarava os riscos.

— Mais 15 minutos e estão liberados!

— Certo!

— Luiza, mais emoção ao olhar para Felipe.

"Essa professora é ridícula", pensou Bernardo.

No dia seguinte, a turma reuniu-se para tratar as questões do baile. Luiza ficou distante de mim e ao lado de Felipe. Enquanto articulavam-se a minha situação ficava ainda mais delicada. A grande culpada foi Kelly, afinal ela entrou no centro da nossa roda de conversa e me deu aquele maldito lenço bordado.

— Oi, Bernardo!

— Oi!

— Fique com o meu lenço!

Kelly aproximou-se e pôs o lenço no bolso da frente da minha calça.

— Não precisava!

— Uau! O que foi que perdi?

— Nada, Felipe!

Luiza baixou a cabeça e o meu coração despedaçou, Junior e Rafael tentaram contornar a situação, mas a expressão no rostinho dela ficou marcada em mim. Existia uma lógica, afinal entre Luiza e eu havia o juramento, o do dedinho, era um lance único entre amigos especiais, o qual me amarrava a ela, era tipo um compromisso.

— Temos que marcar o horário e o lugar para nos encontramos.

— Às 19?

— Bom!

— Na frente da quadra?

— Ótimo!

— Paula, qual vai ser a sua fantasia?

— Vampira! E a sua, Vivi?

— Alice no País das Maravilhas.

— E a sua, Luiza?

— Ainda não sei!

— E a de vocês, meninos?

— O Fantasma da Ópera! — Disse Bernardo com eloquência.

— Por quê? Por acaso quer acabar com o nosso show, Bernardo?

— Não é má ideia, Felipe!

— Se for assim, a Luiza deveria vir de Cristine. — Disse Felipe.

As bochechas de Luiza ganharam mais cor, ela saiu sem olhar para trás e os demais boquiabertos, calados. Farpas saltavam entre os olhos de Felipe e Bernardo.

— E você seria o cara que se casa com a Cristine no final, Felipe?

— Seria!

— Que raio de perguntas são essas, parceiro?

— Foi apenas uma brincadeirinha, Rafael.

— Pois vamos parar por aqui para que não tenhamos mortos e feridos no baile.

— Ok, capitão Junior!

— Não sei se entendi o lance das fantasias, Vivi. Eu sinto que preciso assistir a *O Fantasma da Ópera*.

— Paula, tem coisas que até me dão preguiça de pensar... Evitando interpretações.

No horário marcado, os meninos começaram a chegar. Rafael e Junior foram os primeiros e as fantasias dos "quatro mosqueteiros" diriam muito sobre eles. Rafael vestiu-se de vampiro, dando asas à imaginação do grupo, já que Paula iria de vampira, Junior foi de chapeleiro, logo depois Felipe apareceu de príncipe e, para surpresa de todos, Bernardo não mentiu e foi de Fantasma da Ópera.

Paula e Vivi haviam chegado, mas nada da doce Luiza. Estava cabisbaixo, ansioso pela chegada dela. Todos pensaram que ela havia desistido de ir ao baile, mas uma luz acendeu-se, Luiza chegou vestida de Cinderela e os meus olhos cravaram nos dela. Mas era Felipe o príncipe e eu, no entanto, o vilão.

— Que linda!

— Luiza, a sua fantasia ficou perfeita, amiga!

— Obrigada, meninas!

E quanto a mim, estava de mãos atadas, afinal Luiza e Felipe iriam dividir o palco. Muitos casais formavam-se, inclusive Paula e Rafael, até o Junior conseguiu dançar com uma fada, um pirata chamou a Vivi e ficamos apenas nós três, o triângulo amoroso. Felipe estava com receio de mim e eu sem saber mensurar se era a hora certa de me declarar ou deveria esperar que Luiza ficasse mais velha.

— Quer dançar comigo?

— Não!

Luiza já havia rejeitado o primeiro rapaz e enquanto eu a tratava como "criança" os outros já flertavam com ela na minha frente, passei a compreender naquele dia que Felipe e eu não éramos os únicos que enxergaram a pequena de olhos amendoados. E, portanto, estava correndo o risco de perdê-la antes mesmo de tentar conquistá-la. Rodeada por olhares, fui forçado a tomar uma atitude.

— Vamos dar uma volta? Aqueles meninos estão olhando de forma desrespeitosa.

— Quais?

— Aqueles!

— Não percebi!

— É porque é pura e inocente!

Andei ao lado de Luiza como um guarda-costas e foi uma boa estratégia de despistar os seus fãs, mas o destino armou uma para nós dois e o sapato dela prendeu no seu longo vestido. A queda estava encomendada, mas por sorte eu estava ao seu lado e a segurei em meus braços, o rosto dela nunca esteve tão próximo do meu. Respiração descontrolada e toda aquela louca sensação apoderou-se de mim.

Através dos seus olhos, eu transformo cada fração de minuto em uma eternidade apenas para que possa senti-la por mais tempo perto de mim. Através dos teus olhos eu transformo os dias em anos apenas para enganar o tempo e finalmente tê-la para mim.

Os olhos de Luiza ganharam uma luz especial e outra vez o relógio quebrou por "dois minutos", os mais intensos dos últimos meses desde o cinema. E para não dizer que foi fruto da minha imaginação, o nosso grupo inteiro, que tinha saído à nossa procura, presenciou.

— Bernardo!

— Luiza!

Em meus braços a mais bela do baile e mesmo tão perto é categórico ressaltar o quanto longe estávamos. Todavia tenha me enxergado dentro do seu olhar esverdeado, breve como um sopro fugiu de mim e o relógio voltou a funcionar, o ponteiro dos segundos esmagava de forma precisa qualquer traço de esperança.

— Bom, acho melhor eu ir para o palco agora.

Fitei-lhe os lábios no último segundo e com toda a sorte seria o mais perto que alcançaria.

— Boa sorte!

A adrenalina e o feromônio começaram a agir, logo descobri que a associação entre a química e o amor é extremamente compreensível. Luiza deixou os meus braços, subiu no palco e mostrou a sua voz, enquanto o meu corpo parecia uma escola de samba em pleno carnaval, certamente a quimera me traria um outro poema e desta vez metaforicamente abrasador, isento de eufemismos.

Mais um ano chegava ao fim. O que há de tão especial nisso? Férias e outras drogas, julgo como coisas chatas que me mantêm longe de Luiza e distante dela atiço o meu imaginário. Lápis e papel, não bastava apenas escrever mais poemas e deixá-los sobre a carteira dela, eu precisava ver os seus olhos, o sorriso e seu jeitinho tão peculiar, a forma como mexe nos longos cabelos e o seu aroma. O perfume que não me deixa, sim, o cheirinho dela.

Rabisquei enquanto a minha imaginação batia asas e me levava ao seu encontro para apreciar os mínimos detalhes do seu rosto de boneca, traço a traço eu capturava Luiza para mim. Ela agitava o meu coração, dançava em minha mente e agora me fez despertar para um dom aprimorado, desenhei o rosto dela com um quê de perfeição.

Os pais de Luiza não gostavam de mim, talvez me enxergassem além, como um potencial "ladrão", aquele que mais cedo ou mais tarde poderia roubá-la da companhia deles e não posso dizer que estavam errados. Eu tentaria a todo custo, mas uma joia tão preciosa geralmente é muito vigiada, então rondar o bairro dela não mais seria seguro.

— Bernardo!

— Oi, mãe!

— O Rafael veio te ver.

— Diga que entre!

— Ele está no quarto, pode entrar.

— Com licença, senhora Marilia!

— Fique à vontade!

— E ai, brother! Que cara é essa?

— A de sempre!

— Não! Notas: aquela cara que sempre faz quando fica muito tempo sem ver Luiza.

— Odeio ser previsível!

— Como pensei... Está na fossa. Espere ai! Que desenho é este, mano?

— Gostou?

— É tipo real, parece que estou vendo Luiza na minha frente em preto e branco.

— Sério?

— Surreal! Deveria pensar em fazer design gráfico, pode ganhar uma nota.

— Não é má ideia!

— Depois de Luiza a sua vida mudou muito. Está mais estudioso, porém distraído, mais sensível, porém ainda é um cara legal e até virou artista.

— Não exagere, Rafael!

— É sério, cara!

— Apenas está tentando me animar.

— Acertou! Eu tenho uma novidade.

— Sobre ela?

— Não exatamente, mas envolve ela.

— Diga logo de uma vez!

— Vai rolar um acampamento e a Paula, que aliás eu tenho que contar algo sobre ela, mas depois eu falo. Enfim, a Paula me disse: as meninas vão, e isso inclui a Luiza. São inseparáveis, se a Paula vai, a Vivi vai e a Luiza também.

— Não pode ser!

Ajeitei-me na cadeira e olhei para Rafael como se ele fosse o meu salvador.

— Mas é, amigo, e se as meninas vão os quatro mosqueteiros também, temos que as proteger. Lembrando que acampamento sempre rola o lance de olhar as estrelas juntos e coisa e tal.

— E desde quando ficou tão romântico, Rafael?

— É que eu assisti a isso em um filme.

— Sei!

— Quando vai ser? E se Luiza não for?

— Não seja pessimista! Eu vou sondar direitinho e te conto!

— Acho quase impossível os pais dela deixarem.

As mochilas estavam prontas, mas eu ainda não tinha certeza se Luiza iria realmente, partindo do princípio de que, caso ela fosse e eu não, nunca me perdoaria, então resolvi ir. Quatro monitores, um bombeiro e mais dois professores nos supervisionando e quando eu os vi enfileirados na frente do ônibus pensei "Tem grande chance de Luiza vir".

Olhei ao redor e nada de Luiza, respirei fundo e entrei no ônibus. De repente a avistei pela janela de boné – artigo raro, ela nunca usava bonés – e com uma mochila enorme. Então, quando o pai dela deu meia-volta, eu desci do ônibus, tirei a mochila das costas dela e estendi a mão para ajudá-la com os degraus. Eu sei, dei a maior bandeira, tanto que a galera inteira nos olhou admirada.

Depois de declarar paz e amor com a bandeira do Brasil aberta, de quebra Luiza sentou-se do meu lado, eu meio que tinha induzido a escolha dela, já que a ajudei com a mochila e outra vez os olhares interrogativos e cochichos começaram a surgir. Baixei o boné, abri um livro que nem sei por que levei e fingi demência, era o mais inteligente a fazer.

— Você cresceu!

— O quê?

— Eu percebi que você cresceu um pouco.

— Como pode saber isso, Bernardo, se nem eu percebi?

— Veja bem, antes a sua cabeça ficava aqui no meu braço e agora está aqui, mais um tempo pode passar do meu ombro.

— Quer dizer, em muitos anos eu posso chegar no seu ombro.

Luiza ria contidamente enquanto falava.

— Não ria! É sério! Não subestime o seu potencial de desenvolvimento.

— Não estou! Mas é que você é muito grandão e forte!

— Para te proteger!

— Bernardo!

— Sim?

— Posso te fazer uma pergunta?

— Sim!

Embora, no fundo, fosse um não. Talvez a pergunta fosse muito comprometedora, mas eu não sabia dizer não a Luiza.

— Lembra do nosso juramente do dedinho?

— Mas é claro! E é por isso que sempre estou ao seu lado.

— Promete que não vai fazer com outra garota? Quero dizer, com outra amiga. Não sei se saberei lidar com isso, é estranho.

Boquiaberto, soltei um risinho encobrindo o rosto com a capa do livro.

— Ah! Prometo!

— Por que está rindo, Bernardo?

— Não! Por nada!

— Não olhe para mim, pode continuar lendo!

— Ok!

O restante da viajem foi um misto de dúvida e embaraçamento. Luiza sequer virava o rosto na minha direção, enquanto isso eu fingia que estava lendo, mas a aventura estava só começando. Eu olhei para trás e avistei Kelly lançando um olhar 43 para mim e ao lado dela sentava-se Felipe, que não tirava os olhos de Luiza. Ficaram mais conectados depois de dividirem o palco, aqueles malditos ensaios.

Luiza era toda princesinha, então eu ajudei desde a montagem da barraca até os insetos e com os supostos riscos da mata. O lado bom, ela sempre agarrava no meu braço quando algum inseto aparecia e não soltava em hipótese alguma a minha mão. Os olhinhos de medo dela fazia-me suspirar e transformavam-me em um herói, o destino estava do meu lado. Mas ela escorregou enquanto colhíamos frutas, o lado ruim: ralou o joelhinho, o lado bom eu tive que carregá-la nos meus braços.

Em meus braços, com as mãos apoiadas no meu pescoço, assim como as cenas dos filmes de romance, o meu corpo inteiro reagia àquele empolgante resgate. Luiza olhava-me de um jeito tão encantador que me fez imaginar coisas. Fitei inocentemente por alguns instantes os lábios dela enquanto mantinham-se calados, frente ao silêncio eu me senti admirado por ela. Então o relógio quebrou por uns "quinze minutos".

— O que houve com você, amiga?

— Oi, Paula!

Paula olhou para mim com certa estranheza e posso imaginar o porquê, com toda a certeza em frente à "incerteza" as pessoas ao nosso redor imaginavam ou sabiam o que acontecia dentro de mim, o meu exterior dava sinais. As minhas atitudes e a forma de olhar para Luiza eram as chaves das portas onde eu guardava os meus profundos segredos sobre o que sentia por ela.

— Ela derrapou e machucou o joelhinho!

— Ela machucou o joelhinho? — Questionou Felipe ironicamente.

— Sim!

— O que foi que aconteceu, cara?

— Luiza caiu!

— Eita! Vamos, eu vou fazer um curativo.

— Vai doer, professor?

— Não!

Bernardo afastou-se de Luiza e Felipe o abordou.

— Não me admira ter sido você quem tenha salvado a donzela, Bernardo.

— Está com inveja, Felipe?

— Se gosta tanto dela, por que não se declara logo de uma vez?

— Luiza não está preparada para ouvir a minha confissão.

— Já parou para pensar que alguém pode cansar de todo este teatro e roubar a cena, fantasma da Ópera?

— Quem? Você?

— Talvez!

— Eu andei contido porque é meu amigo, Felipe, mas se cometer mais um deslize eu não respondo por mim.

— Não lembro de ter cometido nenhum deslize.

— Alguns na verdade, eu assisti a todos os ensaios e sei o que vi.

— Incorporou mesmo o fantasma da Ópera, pelo menos não derrubou o lustre sobre a minha cabeça, então não estou certo do que tenha visto.

— Seus olhares insistentes para cima dela, suas mãos sobre o ombro dela e, por fim, o lance de amarar o cabelo dela com aquela fita vermelha. Lembro de ter visto estratégias parecidas em algum filme.

— Ficou mesmo nos expiando!

— Claro! Então, Felipe, mantenha uma distância segura de Luiza e seja para mim confiável. Não me desafie.

— Não tenho culpa se eu sou um artista e isso me aproxima do universo dela. E quanto a você, é apenas um jogador de basquete, e Luiza quase não frequenta a quadra.

— Sou o melhor amigo dela e você é apenas um plano B, um coadjuvante.

— Por que acha que é tão especial, Bernardo?

— Por quê? Vou lhe dizer por que, Felipe. Eu a conheço pelo olhar, entendo suas dores e angústias, sei dos gostos dela e de tudo que odeia, conheço os seus defeitos e todas as qualidades. Aposto que nunca percebeu que depois do dia 10 ela fica mais irritada?! E que nesses dias adora comer sushi e bolo xadrez. Luiza chora por tudo e sorri na mesma proporção. Sempre mexe os cabelos quando está nervosa e morre de medo de baratas. Ela também ama músicas internacionais e escreve poesias, as quais ninguém pode ler. A minha pequena grande notável é distraída e por isso é péssima em Matemática e ama Ciências. Ela tem três sorrisos: o contido, quando está envergonhada, o aberto, quando quer ser simpática, e o largo, quando está feliz, e todos eles me fascinam. A cor dos olhos dela é incomum... Não posso esquecer das rosas, mas isso você já sabe, portanto não é que eu seja um super-homem, mas eu a enxergo diferente de qualquer outro. O amor que tenho por ela é superior ao meu desejo de conquistá-la porque no fundo eu sei que Luiza é muito nova para isso. Embora eu esteja pronto, o amor é paciente.

Felipe apenas me deu as costas, ninguém, afinal, nem o advogado do diabo conseguira derrubar os meus sinceros argumentos. Dois passos à frente e dei de cara com as artimanhas do demônio, aquele mesmo que acabei de citar, criou uma armadilha chamada Kelly. Não é por acaso que os furacões são batizados com nome de mulher. Loira, alta e sedutora, ela segurou o meu braço como um polvo se prende à sua presa envolvendo-o com todos os seus tentáculos.

— Fiquei me perguntando se viria, bonitão!

— Oi? Eu preciso ir ali, ainda não terminei de arrumar as minhas coisas.

— Eu ajudo! Sabe... à noite eu tenho medo de escuro.

— A Flavia veio, né?

— Mas a Flavia não é você, Bernardo, forte e grande.

— Eu realmente preciso ir!

— Eu sei que gosta de outra garota.

— O que disse?

— Tá na cara! Se não, por que iria me rejeitar?

— Nada pessoal, apenas não gosto de loiras.

— Que desculpa mais patética para alguém que quer te beijar.

Mas enquanto Kelly se insinuava para mim, a pequena, a grande notável estava assistindo a toda cena e eu outra vez magoei o coraçãozinho da minha amiguinha. Logo me afastei de Kelly e a maliciosa segurou a minha mão, encostou-se ao meu ouvido e sussurrou:

— Eu te espero!

A minha cabeça estava a um passo da loucura, sem saber como me livrar de Kelly e não magoar Luiza, andei um tanto ocupado e por fim estive distante das duas. Kelly, com seu olhar 43, e Luiza escondendo os seus lindos olhos de mim, sempre desviava o olhar e um estalo me ocorreu: será que ela, a minha pequena Luiza, poderia estar com ciúmes?

— Não viaja, Bernardo!

À noite todos reuniram-se ao redor da fogueira. Eu, no entanto, não sabia ao certo se deveria ou não participar, mas o Universo logo me deu a resposta de que tanto precisava. Kelly aproximava-se da minha barraca enquanto Felipe pretendia sentar-se ao lado de Luiza. Em um piscar de olhos eu me levantei para fugir de Kelly e sentei do lado oposto de Felipe, à esquerda de Luiza. Bendita seja Luiza entre os dois jogadores de basquete que tanto a admiram. Ela olhou para Felipe e para mim, mediante o reflexo da surpresa e a sincronização do ato de termos sentados juntos. Diria que parecia ter sido ensaiado, mas não era o caso, tanto Felipe quanto eu tínhamos o mesmo gosto por garotas.

— Eu trouxe chocolate!

— Obrigada!

— Bernardo...

— Oi, Luiza?

Quando Luiza faz uso de um vocativo, eu sei que vem seguido de uma pergunta e em sua maioria são difíceis de responder.

— O que Kelly falou?

— Não quero que imagine nada. Ela e eu não somos amigos, nada de juramentos!

— Vai namorar com ela?

— Não!

— Mas ela gosta de você!

— É! Ela gosta muito de você, Bernardo!

— Não chamei você na conversa, Felipe.

Éramos três no calor da fogueira e um assunto estranho.

— Desculpe!

— Então, por que não?

— Como assim por que não, Luiza?

— Por que não namora com ela?

— Porque a Kelly não faz o meu tipo.

— Fala sério! O tipo gostosa não faz o seu tipo? Melhore, amigo.

— Fica calado, Felipe!

— Foi mal!

— E qual é o seu tipo? Quero dizer... Que tipo de garota você namoraria?

— Que pergunta mais complexa, Luizinha.

— Fala ai, amigão!

— Felipe, pode por favor sair daqui?

— Não mesmo! Agora que o assunto ficou interessante.

Bernardo olhou de forma intimidadora para Felipe.

— Tá! Tô saindo!

— Estou esperando, Bernardo.

— Bom, Luiza, do tipo meiga, assim.... doce, fofa, sensível e alegre!

— Não sei se entendi muito bem, mas...

— E por que quer saber?

— Só por curiosidade, afinal é o meu melhor amigo e sabemos muito um do outro.

— Realmente sabemos! Talvez eu saiba mais sobre você do que você sobre mim!

— Acho que não, grandalhão!

— E você? Se estivesse a fim de um garoto, como ele seria?

— Romântico, carinhoso e fiel.

— Não ajudou muito!

— Viu que não sabe tanto sobre mim?

Éramos os únicos sobreviventes ao redor da fogueira e confesso ter calculado cada detalhe daquela estratégia pondo em conta todos os riscos que corria. Ficar a sós na beira da fogueira noite adentro com a minha cantora e servir como alvo de especulações no dia seguinte, ou voltar para a minha cabana e ser atacado por Kelly e perder a confiança de quem tanto amo? Evidentemente escolhi a primeira opção.

A noite estava fria, então eu a cobri com o meu cobertor e ficamos jogando conversa fora sobre o céu estrelado, eu encostei o meu braço na mão dela e pude perceber que continuava gelada, prontamente segurei a sua mão. Luiza me deu de presente um olhar diferente de qualquer outro e um sorriso largo, era um sinal?

— Sempre cuida de mim, grandalhão, e isso é bom!

— Fizemos um juramento, dona Luiza!

— E sendo assim fica mais difícil esquecer você.

— O que disse, Luiza?

Mas Luiza não disse mais nada. Apenas encostou no meu ombro e adormeceu em um sono profundamente assustador, tanto que me fez questionar se iria acordar e pôr um fim à minha precoce ilusão pós-frase de impacto. Então outra vez a carreguei nos braços para sua barraca, abri o saco de dormir, mas enquanto ajeitava o seu travesseiro, ela beijou o meu rosto e o relógio espatifou em mil pedaços, o tempo congelou por horas.

Taquicardia, dispneia, pupilas dilatadas, tensão muscular, os níveis de oxitocina aumentaram drasticamente assim como a dopamina e a serotonina. Em outros palavras, eram alguns sintomas, descobri naquela hora que o amor nada mais é que uma patologia sem origem etiológica cujos efeitos são devastadores e podem, sim, levar ao êxtase ou à morte.

— Boa noite, Bernardo!

— Boa noite, Luiza!

Passei horas tentando pregar o olho e ansioso por vê-la no dia seguinte, embora ainda estivesse um pouco descrente sobre o beijo no rosto ter sido real ou mais uma loucura da minha cabeça. Quando abri os meus olhos, Rafael, Junior e Felipe estavam de braços cruzados e fecharam a minha barraca, na certa ou seria um massacre ou com sorte uma reunião, frente às expressões intimidadoras deles.

— Bom dia, bela adormecida!

— Ai! Por que tem três marmanjos dentro da minha barraca?

— Para saber das novidades!

— Conta, cara!

— Contar o quê?

— Qual é! Passava das 23h quando eu fui dormir e vi você e Luiza lá fora sentados.

— Sentados não, Junior! Quase abraçados!

— Nos deve explicações!

— Sai daí, Felipe!

— Talvez a Felipe não deva, não, mas pelo menos a nós dois, sim!

— Todos fora!

— Bernardo, não seja assim.... Estamos há quase um ano nesta torcida.

— Na verdade já fez um ano.

— Como é?

— Não foi na escola que conheceu Luiza?

— Não! Eu a vi pela primeira vez num ponto de ônibus bem antes de as aulas começarem.

— E depois de um ano... finalmente rolou?

— Não!

— Cara, você é muito passivo!

— Luiza ainda é uma menina! Foi você quem disse, Rafael, "para eu não tirar a inocência dos olhos dela". Lembra?

— Parabéns! Você passou no teste de resistência ou está mentindo.

— Não rolou nada, ou quase nada!

— Como assim quase nada? Aí tem!

— Ela me deu um beijo, no rosto!

— A pequena grande notável beijou o seu rosto?

— Beijou!

— É um bom começo!

— Achei meio platônico!

— Felipe, não ponha defeito no avanço do romance do cara, pior fomos nós que nem isso conseguimos.

— E Paula?

— O que tem Paula?

— Bernardo não está sabendo?

— Não!

— Tá rolando um lance entre Paula e Rafael.

— Nem me fala nada, depois me cobra explicações.

— Eu ia contar, amigo! Mas no momento ainda não tenho quase nada a dizer.

— Resumindo, estamos no mesmo barco.

— Furado, no caso.

— É! Bem isso!

Luiza sorriu para mim. E meses se passaram até que eu recebesse outro presente dela, era meu aniversário de 17 quando a doce Luiza resolveu assistir a mais um jogo de basquete. O vestiário estava lotado e eu muito apressado naquele dia, então troquei apenas a minha calça pelo short do uniforme do time e saí com a camisa na mão, resolvi vesti-la do lado de fora, porém o que eu nunca poderia imaginar aconteceu, Luiza passou pela porta do vestiário no exato momento e de quebra esbarrou comigo. Foi um tanto constrangedor, Luiza me viu sem camisa, arregalou os olhos surpresa enquanto notava os meus músculos, porque a minha pequena Luiza já não era mais tão pequena assim, ela havia crescido.

— Luiza!

— Bernardo!

— Eu estava... Desculpe!

— Sempre nos esbarrando...

— Sempre! E isso me fez lembrar que não posso andar sem camisa, vou vestir agora.

— Vim torcer por você.

— Obrigado!

— Então tá! Eu vou por aqui.

— E eu por ali! Ah! Que cabeça a minha, feliz aniversário!

— Você lembrou!

— Mas é claro, como poderia esquecer o meu grandão?

— Talvez lembre porque eu seja grande!

— Não é só por isso, mas eu trouxe um presente!

— Sério?

— Espero que goste, B!

— B?

— Bernardo!

— Ah!

— Abra!

— Deixe eu ver.... Um boné azul! Adorei

— Sua cor preferida, e assim você deixa um pouco de lado este do basquete!

— Ótima ideia! Já sei...

— O quê?

— Tome! Fique com ele! E a partir de agora vou usar somente o que você me deu.

— Está me dando o seu boné preferido?

— Já te dei o coração, por que não daria o boné do basquete?

— O coração?

Luiza bateu os olhos assustada.

— Este que está usando, o que fiz para você.

— Ah! É verdade! Me deu o coração com o meu nome.

— Agora eu tenho que ir para a quadra.

— Antes eu devo lhe dar um abraço de parabéns!

— Eu iria lhe cobrar mais tarde, mas... Posso ganhar dois?

— Pode! Se ganhar o jogo.

— Todas as cestas serão para você.

Nunca estive tão fora da quadra quanto naquele jogo. A minha mente viajou para outro planeta, onde Luiza olhava para mim, mas meses depois estávamos na mesma situação. À medida que o relógio quebrava nos momentos especiais, ele também nos estacionava para me lembrar de que eu precisava esperar por ela, que o tempo fosse lento ou quase que imperceptível, mesmo assim eu precisava ser paciente, mas enquanto os meus sentimentos cresciam por ela as pessoas ao redor começavam a perceber.

Quando estou perto de você eu me jogo sem paraquedas e não temo a altitude.

Eu mergulho nos seus olhos sem temer a profundidade.

Corro em altas velocidades sem que eu tenha me afastado de você nem por um segundo.

Eu perco o ar, quando sinto que estou quase sufocando e perdendo a consciência eu busco a sua mão.

Logo, percebo que não é justo morrer sem antes beijar você.

Eu me visto de coragem, mas no fundo sou o maior dos covardes, em verdade.

Sou o que mais a ama e o que mais sofre em silêncio.

Por não ter forças para quebrar uma parte de toda a inocência que habita em ti.

Sou o seu tudo, já que por ti enfrento qualquer perigo.

Sou o nada porque longe de ti nada sou.

Paula fazia sinal para mim na porta da sala. Ela me contou sobre Luiza, que havia adoecido. Na verdade, estava no hospital e por mais que eu explique nunca irão compreender com exatidão tudo o que senti. O Universo abriu um buraco e eu caí, minhas pernas nunca correram tanto e os meus olhos jamais derramaram tantas lágrimas. Ofegante e eufórico, foi assim que cheguei ao hospital, mas não esperava ter que enfrentar o pai de Luiza. No fundo nunca estive pronto para isso.

— Preciso ver Luiza!

— Ela está no soro! Sente-se aqui!

— Como vai, senhor Rogerio?

— Não muito bem e você Bernardo? Também acho que não.

— Estou preocupado com Luiza, o que aconteceu com ela?

— Por que se preocupa tanto? Por acaso tem algo a ver com o estado dela?

Paralisei diante da interrogativa.

— Eu? E por que teria? Eu nunca faria mal algum à sua filha, senhor Rogerio!

— Veja bem, Bernardo. Eu já tive a sua idade e sei o que passa pela sua cabeça, sempre vive rondando a minha filha, a minha princesinha, e para quê? Sabemos o que os garotos fazem com as garotas.

— Não! O senhor está engando! Eu não fiz nada a Luiza!

— Tem certeza?

— Tenho! Seria incapaz!

— Fique longe de Luiza!

— O que aconteceu com ela?

— Forte hemorragia. Vai me contar o que fez com a minha filha?

— Eu juro que nem encostei nela!

— O médico vai examiná-la melhor assim que o sangramento cessar, então não adianta mentir.

— Vou ficar e esperar pela verdade! Porque não estou mentindo.

— Vá embora, já fez o que queria com ela. A minha filha deve estar perdendo um bebê.

— O senhor não pode estar falando sério! Eu nunca desrespeitei a sua filha eu a....

— Eu o quê?

— Eu a respeito! Eu apenas a respeitei por todo este tempo.

— É louco por ela, e os loucos me dão medo!

— Não é a mim que o senhor deve temer.

Horas depois e não trocamos mais nenhuma palavra até que finalmente a mãe e o médico de Luiza apareceram. Olhavam-me com indiferença, mas eu não me importava com nada àquela altura a não ser saber o estado de Luiza.

— Bernardo! O que faz aqui?

— Oi, senhora Lucia! Doutor, por favor, me diga como Luiza está!

— Luiza está bem agora, foi apenas uma hemorragia menstrual sem causa definida, é comum na idade dela. E baseado nas queixas da paciente, o seu fluxo vem aumentando ultimamente. Ao que parece, alguma alteração hormonal, nada com que devam se preocupar.

— E o senhor doutor a examinou?

— Ah! Sim... Está tudo nos conformes, sem nenhum rompimento.

— Como?

— Em outras palavras, não precisam se preocupar. A filha de vocês ainda é virgem.

— Nunca duvidei! — Disse Bernardo.

— Bernardo, sentimos muito!

— Bernardo?

— Sim!

— Por acaso é o namorado dela?

— Não, doutor! Apenas um amigo.

— É que Luiza chamou o seu nome repetidas vezes, enquanto adormecia. Como ela deu entrada se queixando de muitas dores abdominais, precisei administrar algumas medicações que causam sonolência.

— Entendi, será que eu posso vê-la?

— Se os pais dela permitirem!

— Pode!

— Luiza!

— Bernardo!

— Como está agora?

— Melhor!

— Me deu um baita susto, mocinha!

— Segure a minha mão!

— Os seus pais podem entrar e como sabe eles não são meus fãs.

— Bobagem! Preciso que segure a minha mão, Bernardo.

— Eu trouxe chocolate!

— Sempre me salvando!

— O que aconteceu?

— Sabe como é minha menstruação... Espere!

— O que foi?

— É estranho conversarmos sobre isso!

— Não é a nossa primeira vez.

— Mas é estranho agora, vou resumir.

— Então tá!

— Senti uma dor muito forte e então o fluxo ficou exagerado de repente.

— Que estranho!

— É!

— E os exames?

— Estão normais!

— Então, logo vai ficar tudo bem.

— Espero que sim!

— Lógico que vai!

— Bernardo?

— Hum?

— Obrigada por tudo!

— Não tem que me agradecer, minha pequena.

— Eu até cresci mais um pouco.

— Foi mesmo! Parabéns.

— B!

— Hum?

— Quando eu chegar no seu ombro, você namora comigo?

A minha alma saiu do corpo diante da pergunta.

— O quê?

— Não! Nada! Foi só uma brincadeira.

— Não deveria brincar assim comigo, pode acabar me machucando.

— Desculpe!

— Eu tenho que ir!

— Tchau, B!

— Tchau!

– O que eu disse? Estou ficando louca? Acho que foram os efeitos das medicações, mas espere! E por que eu iria machucá-lo se ele me vê apenas como uma amiga?

– O que foi, minha filha? Está falando sozinha?

– Não foi nada!

Uma noite de preocupação e no dia seguinte cheguei atrasado à escola e a aula de Redação estava de vento em popa, então a professora olhou para mim meio irritada e disse:

– Chegou cedo, Bernardo.

– Desculpe, professora!

Brenda sentava-se atrás de mim e não demorou muito senti a mão dela no meu pescoço, virei rapidamente e ela sorriu.

– Bernardo! Chegou atrasado e ainda disperso.

– Desculpe, professora!

– Eu quero que façam uma redação de tema aberto.

Peguei a caneta e coloquei involuntariamente na boca, lembrei de Luiza na hora, da nossa última aula de Matemática.

O amor

O amor nada mais é que um sentimento de grande poder, o qual é capaz de modificar os seres mais insensíveis. Posso dizer que um ser que nunca foi tocado pela magia do amor ainda não sabe a grandiosidade de esperar. O amor é paciente, e dentro de qualquer agonia entende que esperar por alguém é mais que um desafio, é um ato de amor, assim como ouvir e estar ao seu lado, segurando a sua mão nos dias greys.

É passar a compreender que as mudanças acontecem naturalmente, que é possível deixar de ser um egoísta e tornar-se um poeta, deixar de ser uma fera e passar a ser bom, deixar de ser sozinho e passar a ser a metade de alguém. É sentir-se completo com apenas um sorriso da pessoa que tanto ama ou um singelo gesto, ou pelo simples fato de ela existir. O tempo sempre nos convida a mudar e o amor também, ele transforma os corações mais endurecidos em joias preciosas, constrói um fio de esperança onde nunca houve nada, torna lembranças de conversas banais recordações preciosas.

Amar alguém é caminhar em terras desconhecidas sem mapas ou bússolas e sem medo de errar ou de se perder no caminho, porque quem ama segue a luz que a pessoa amada produz. Seguir os seus passos é tudo que mais importa e o resto torna-se pequeno diante da imensidão do ato de estar perto mesmo sem poder tocar. Amar é este sentimento de acolher que nos conforta ao ponto que desespera ao notar o mínimo de sofrimento nos olhos de quem se ama. Aprender a esperar é descobrir que não há nada mais grandioso do que ter um sentimento capaz de mantê-lo como um ser pacífico, que controla as suas vontades em nome da obstinação de respeitar o tempo certo, nada mais é que sinônimo de amor.

Partindo dessa premissa, é possível concluir que o amor é o nome dado ao conjunto de sentimentos e atos grandiosos que são capazes de transformar pessoas em seres melhores, é curar, cuidar, doar-se por inteiro e se anular pelo bem do ser amado.

— Terminaram?

— Agora eu vou chamar um de vocês para ler aqui na frente.

Mesmo cabisbaixa, com toda a certeza pelo fato de ter chegado atrasado, a professora foi criteriosa, fez uso de eloquência.

— Bernardo!

— Eu?

— Sim! Tem outro Bernardo na turma?

— Não!

Enquanto lia o meu texto, a professora Jô ajeitava-se na cadeira e as meninas da turma olhavam-me com espanto. Senti o meu rosto queimar e Rafael boquiaberto.

— Eu estou abismada, Bernardo Campos Duarte! Lógico que não fez o que eu pedi, mas se valesse uma nota iria levar 10. Meus parabéns!

Eu fui aplaudido pela turma. Mas naquele dia encontrei Luiza sentada sozinha no pátio, fiquei inquieto e ao aproximar-me dela notei os seus olhinhos tristes. Segurava uma folha de papel, o meu coração desmontou.

— O que aconteceu? Por que está triste?

— Problemas!

— Com quem? Sente dor?

— Não, Bernardo.

— Estou preocupado!

— Eu estou bem de saúde!

— Alguém tirando a sua paz? Eu preciso saber, Luiza.

— Não!

— Fala para mim, princesinha. Se não me disser eu vou descobrir e na certa a pessoa vai ficar no topo da minha lista negra.

— Não se preocupe, são coisas de casa.

— Eu posso fazer alguma coisa para ajudar?

— Infelizmente não! Mas quero que saiba, aconteça o que acontecer, eu nunca vou esquecer tudo que faz por mim.

— Eu nunca vou esquecer seus olhinhos de gratidão.

— Promete?

— Não preciso prometer, Luiza, você desenhou um marco, tatuou a sua chegada na minha vida e tatuagem não dá para apagar né, digo... A nossa amizade está presa a um laço eterno.

— Jura?

— Juro!

Mais uma estação. Era primavera e as flores brotavam ainda mais belas desde que Luiza entrou na minha vida, ou talvez pelo simples fato de ter aberto os meus olhos para contemplar os fenômenos da natureza. Os dias passavam muito rápido e não tive tempo de conquistar o carisma dos pais de Luiza, na verdade usar de eufemismos não iria resolver o meu probleminha com eles, Rogerio e Lucia não me queriam por perto.

Mas os 15 anos de Luiza estavam chegando e eu aflito como nos outros anos. Fechei os olhos para os obstáculos e elaborei um plano infalível, na certa o meu pai iria odiar, mas a minha mãe ficaria do meu lado. Comprei um enorme urso de pelúcia com um laço vermelho e também tinha planos de preparar uma festa surpresa, já que eu não era bem-vindo na casa dela. Todos os nossos amigos iriam menos eu, notei o olhar de desapontamento de Luiza ao me contar, mas eu já tinha plena convicção.

Sexta-feira, o dia D, acordei cedo, eu tinha prova e o aniversário de Luiza para organizar. Às 5h da manhã eu estava na cozinha de avental e mais perdido do que navegador sem bússola. O livro de receitas da minha vó em punho e notável ar de desespero, foi mais assustador do que a expressão da professora de Inglês quando pretensiosamente fingimos ser britânicos.

— O que pensa que está fazendo, Bernardo?

— Cozinhando, pai.

— Não, você está tentando, é bem diferente. É melhor acordar a sua mãe, tenho medo de que toque fogo na casa. E eu não vou poder culpar a Luiza.

— Hum?

— Nem adianta fingir, eu sei de tudo.

Boquiaberto soltei o livro de receitas e fui acordar a minha mãe. A manhã foi longa e produtiva, resolvi cuidar dos balões. Pensei na logística do urso e vi que seria muito mico, não iria funcionar muito bem, então decidi mandar um entregador levar na casa dela com um bilhete nada poético, é claro. Evidentemente eu não queria ser massacrado antes mesmo de conquistar Luiza, seria burrice.

Luiza havia marcado sua festinha no dia seguinte, mas o dia dela passaria comigo, na minha casa, com os nossos amigos. Nem que Jesus voltasse eu iria abrir mão disso. Bolo, música e sonhos era tudo que eu poderia oferecer naquele momento a Luiza.

Olhei para o relógio, 9h da manhã, e no exato momento a aniversariante deveria receber um lindo buquê de rosas vermelhas e lógico que não pude me identificar. Ela era a garota mais linda, desta forma eu não poderia ser o único culpado, muitos estavam de olho nela e encarar aquela dura realidade não foi nada fácil, confesso. Os quatro mosqueteiros do basquete a protegiam veementemente, desta forma ninguém ousaria se aproximar dela. Bendita seja Luiza entre os grandalhões, talvez nós intimidássemos um pouco os outros garotos, apenas um pouco.

O meu pai olhava-me e balançava a cabeça com toda a razão, eu dei um desfalque na loja dele, escolhi o anel mais bonito, pois toda garota aos 15 ganha um. O colar que já adornava o seu delicado pescoço era pouco, se eu pudesse cobriria Luiza de joias, de flores, de bombons e, também, de beijos. Se eu pudesse, é claro. A minha imaginação saltava sem paraquedas e levava-me a lugares perigosos, a sonhar com uma vida ao lado de Luiza, eu queria que não fosse loucura.

Ninguém além de ti conseguirá roubar mais que um minuto da minha atenção. Eu fui o culpado por ter esculpido cada detalhe do seu sorriso dentro do poema mais bonito que escrevi para ganhar o seu coração. Se eu pudesse oferecer todas as flores do mais esplendoroso jardim eu o faria, apenas para ver cores vibrantes refletirem no seu olhar. E sentir que, além de um poeta, também posso te conquistar. Se eu pudesse arrancar todas as suas dores e apagar os dias ruins, eu faria e os transferiria para mim. Se eu pudesse desenharia sorrisos por todos os lugares que passou apenas para que o mundo conheça um pouco da sua doçura e do tamanho do meu amor. Mas o meu único poder é enxergá-la além dos demais seres que habitam o nosso planeta. É brincar de Deus e te trazer milhões de estrelas. O meu único poder é vê-la passar e destruir o meu mundo sem graça. Sonhando criar laços contigo que nunca se desfaçam. Ai de ti se pudesse sentir uma gota de todo o amor que habita em mim, sentir-se-ia a criatura mais amada que já pôde existir. Ai de ti se compreendesse o quão imenso é guardá-la dentro de mim sem que ocupe nenhum espaço que já não tenha sido tomado por ti. Ai de ti se soubesse o quanto tenho a me mostrar e como anseio entrar no seu mundo e contemplar o seu desabrochar.

Recostado no portão da escola depois de deixar um poema e tomado por mais um devaneio sobre podem imaginar com quem e em meus braços, ouvi passos apressados na minha direção. Luiza tinha o dom de ganhar-me com apenas um sorriso, ou meio sorriso. Aqueles olhinhos esverdeados cintilando para mim, pôs as mãos nos meus ombros e disse-me empolgada:

— Eu amei o ursinho, ou melhor, o ursão. É tão fofinho. Vou dormir abraçada com ele esta noite, ou melhor, todas as noites, sempre.

"Que sorte do ursinho", pensei.

— Fico feliz que tenha gostado, Luiza. Ganhou outros presentes?

— Sim! Um vestido do meu pai e um sapato da minha mãe.

— Que legal! Mais alguma coisa? Sei lá... Dá Vivi ou da Paula?

— Não! Eu aposto que elas vão me dar amanhã.

— É verdade!

— Sinto muito pela festa, B.

— Não sinta, ficaria triste se não quisesse a minha presença, mas o caso é outro.

— Então, vamos para a sala?

Fiquei esperando Luiza me contar sobre as flores, mas hesitou. Na certa ela ficou preocupada de ter sido Felipe quem as enviou, ela sabia que a nossa amizade estava por um fio. Talvez não soubesse exatamente os motivos, mas queria nos preservar, sempre preocupada com o bem-estar de todos, paz e amor.

À noite eu a esperava meio impaciente, precisei que Paula e Vivi bolassem uma historinha para levar Luiza até a minha casa. O suor escorria pela minha testa, as minhas bochechas estavam realmente coradas na altura. E os meus pais tornaram-se meus cúmplices durante todo o processo.

— Apaguem as luzes, ela vai entrar!

— Surpresa!

— Que susto!

— Parabéns para você...

— O culpado se apresente, por favor.

— Tô aqui!

— Bernardo! Não precisava. Olhe tudo isso... Deve ter dado um trabalho danado.

— Nem se preocupe, minha filha, não foi nada.

— Senhora Marilia, nem sei como agradecer.

— Não precisa!

— Paula, eu quase morri de preocupação. Ela me disse que você estava muito doente, Bernardo, queimando em febre, então nem me arrumei.

— Perdão, amiga, foi a única desculpa boa que encontrei.

— Abraço coletivo!

— Abraço coletivo!

— Viva a Luiza!

O brilho nos olhos de Luiza enquanto apagava as velinhas nem um tesouro do mundo seria capaz de comprar. Aproximei-me dela e dei-lhe um abraço contido, afinal tinha uma plateia ao nosso redor.

— Tenho algo!

— Não! Não posso acreditar, Bernardo, já me deu o ursinho.

— Que ursinho, Bernardo?

— Um urso, Junior! Só um urso.

— E as flores? — Disse Junior sem querer.

— Flores?

— É! As flores também! — Disse Bernardo sem graça.

— Desculpe aí! Escapou. — Disse Junior.

Rafael deu de cotovelos em Junior e Paula olhou com estranheza. Vivi apertou a mão de Junior esperando uma explicação. As meninas entenderam que os meninos tinham segredinhos e que sempre envolviam Luiza. Aproveitando o ensejo, Bernardo ausentou-se, era uma boa hora para sair.

— Volto já!

Luiza, envergonhada, pegou a espátula para cortar o bolo e suas mãos trêmulas denotavam o tamanho do desconforto que o assunto das flores lhe causou. Marilia, percebendo, segurou a mão dela e a ajudou a cortar. Bernardo voltou com uma caixinha vermelha nas mãos e no exato momento Luiza entregou-lhe o primeiro pedaço do bolo, usando do ato para evitar quaisquer palavras sobre o buquê.

— Para mim?

Luiza fez sinal que sim. Bernardo provou um bocado, fitando Luiza docemente lhe disse:

— Espero que goste!

— Tem como não gostar?

— Sinto muito, Luiza, pelas flore... — Tentou dizer Bernardo quando Luiza o interrompeu.

— É muito lindo o anel! Mas eu não posso aceitar. — Respondeu Luiza quase sussurrando.

— Luiza, por favor! — Respondeu Bernardo já encaixando o anel em seu dedo.

— É realmente perfeito!

— Acertar o número do dedo de uma garota é difícil para caramba. Como conseguiu?

— Não é não, Paula! — Disse Bernardo sem graça.

— Agradeço a todos vocês, especialmente à senhora e ao senhor Antônio. E peço desculpas pelo trabalho.

— Imagine, Luiza, foi um prazer recebê-la em nossa casa.

— Obrigada! Os senhores são sempre gentis comigo.

— Não foi nada!

— Adoraria que os meus pais fossem assim tão legais feito os seus, Bernardo.

— Ela é mesmo adorável. — Disse a senhora Marilia.

— É! A Luiza é.... É amável. — Disse Bernardo.

Quase três anos resistindo aos encantos de Luiza e mais um final de ano. Porém aquele era o meu último ano do ensino médio e, também, para os quatro mosqueteiros do basquete. E como sempre Luiza ensaiando com Felipe e acabando com a minha paz. Em minha mente não passava outra coisa senão encerrar um ciclo tão importante nos braços dela.

Anos de poemas e singelas declarações, mas agora Luiza tinha 15 anos e eu quase 19, prestes a deixar a escola e entrar de cabeça no mundo gráfico. O meu coração aflito perdeu completamente a noção do perigo e apenas preocupava-se com o tempo, pois o meu andava curto.

O baile de máscaras

O baile era de máscaras. Tinha me esforçado para ficar elegante, de terno e gravata, pronto para enfrentar a minha pequena grande notável. Confesso que me senti um traidor por ter escondido a verdade por tanto tempo, em contrapartida enxergava-me homem o suficiente para resistir à tentação de amar a minha melhor amiga sem nunca ter avançado o sinal.

— Uau! Quem é o dom Juan de Marco?

— Deixa dessa, Rafael!

— Quase não o reconheci!

— Não exagera!

— Luiza já te viu, cara?

— A Luiza ainda não chegou!

— Ela vai apaixonar na hora, na boa!

— Se fosse fácil assim!

— Olha, Bernardo. Depois de três anos na cola dela, não acha que talvez a Luiza possa estar na sua? Tipo... ver você com outros olhos?

— Não sei, não!

— Talvez todo este escudo tenha lhe deixado um pouco cego. Inseguro, tem medo de sofrer.

— Talvez!

— Eu andei tentando arrancar alguma coisa da Paula, mas ela é o tipo de amiga bem fiel. Nem sobre propina abre a boca.

— Incorruptível!

— Totalmente dentro da lei.

— É! E já passaram de ficantes para namorados?

— Sim! Desviei ela um pouquinho da santidade.

— Hum!

— O Junior com a Vivi, eu com a Paula e você, cara... Tem de ser com a Luiza, vai fundo!

— Acha que Luiza já descobriu sobre o BCD?

— Na minha opinião, desconfia!

— Também acho, ela até me chama de B.

— Sendo assim, fica mais fácil. Melhor do que pegá-la de surpresa.

— Por um lado, sim!

— Não fica tenso, não, respira fundo e segue o seu coração. Foi certinho demais todo este tempo e cumpriu o prometido, esperou por Luiza.

— Realmente!

Rafael arqueou a sobrancelha dizendo:

— Por falar nela!

— Ai, meu Deus! Ela tá linda!

— E quando ela não esteve, Bernardo?

— Deseje-me boa sorte!

— A sorte e o destino estão do seu lado, amigo!

Existia uma escuridão inebriando todo o meu ser e então Luiza no meio de todo aquele caos. Ela era o único foco de luz que me prendia à realidade de viver um sonho, era a musa inspiradora para quem tanto escrevia, a minha doce e crescida Luiza fitava-me de forma insistente. O relógio ainda funcionava, obsoleto, porque eu esperava bem mais do que um sorriso, um abraço ou um simples aperto de mão, ou apenas um beijo no rosto como singelo sinal de amizade, o que esperava ter de Luiza era o seu coração.

Eu caminhava na direção dela e não parecia tentar fugir de mim, pelo contrário, vinha ao meu encontro usando um elegante vestido azul-turquesa e fiquei perguntando-me por que em tantos anos nunca a vi de azul. Frente a frente, então, fiz uma pequena reverência para Luiza e ela sorriu, segurou o vestido e também me cumprimentou. Era um sinal, havia chegado a hora de tirar as máscaras.

— Fiquei me perguntando de onde conhecia o cavalheiro, então assim que se aproximou de mim pude notar. A máscara quase me enganou, não fosse pela altura e o seu sorriso não iria reconhecê-lo.

Foi a primeira vez que Luiza mencionou algo sobre o meu sorriso e deveras me derrubou. Foi nocaute.

— É sério?

— É, senhor B!

E pelo rumo da conversa a noite seria bem interessante.

— Senhor B? É novo para mim, antes usava apenas B.

— Tenho outras letras também, mas vou começar por esta.

— Não sei se entendi! *Mas de tudo que sei, minha bela é que és a mais bela de todo o baile.*

— Obrigada pelo elogio! Ou será que o meu amigo de longa data está flertando comigo?

Soltei um risinho sonoro mediante o nervosismo.

— Ha há! E se eu estiver?

— Precisamos conversar, Bernardo!

— Mudou o tom de voz, Luiza, e quando faz isso não é bom.

— Conhece-me bem, tão bem que fico imaginando como seria se ficássemos distantes um do outro.

— Por que diz isso?

— Porque a vida nos prega algumas peças, mas não vamos estragar a noite.

— Luiza...

— Um vocativo?

— Quer dançar comigo?

— Não posso negar uma dança a um cavalheiro tão bonito!

— Acha mesmo?

— E quando menti para você, senhor B....?

— Luiza...

— Hum?

— Sabe... Eu nem sei por onde começar!

— Pelo começo! Segure a minha mão e me conduza seguindo a melodia...

Toquei a mão de Luiza e encostei o meu corpo no dela, em meu peito ela acomodou-se lentamente. Talvez fosse um sonho, mas era a nossa primeira dança, algumas sensações fora do normal começaram a surgir e sempre seguidas por uma onda de calor incontrolável.

— Tenho guardado um segredo e hoje eu preciso contar para você.

Luiza afastou o seu corpo do meu e comecei a congelar. Ela me fitou atenta e um tanto séria, extremamente séria, ela amadureceu rápido.

— Os poemas. Foi você, não foi, Bernardo? É o BCD!

— Sim! Sou eu.

— Imaginei!

— E como ficou com tudo isso, Luiza? Como se sente a respeito do assunto?

— Feliz!

— Feliz?

— Estou! Eu me apaixonei por um garoto que não sabia quem era, me encantei pela forma como ele me vê, pela forma como ele traduz os seus mais profundos sentimentos e então confiei nele. Fiquei curiosa e ao mesmo tempo tinha medo de conhecê-lo e me decepcionar ao descobri que apenas tinha fantasiado um rapaz especial. Mas eu comecei a enxergar o meu melhor amigo como o garoto que seria capaz de escrever tantas coisas lindas para mim e ninguém melhor do que ele para me conhecer tão bem.

— Luiza! Ouça-me!

— Bernardo! Se o seu coração estiver batendo forte agora, suba comigo para o terraço. A conversa que devemos ter precisa ser a sós.

— Certamente!

Subi as escadas apreensivo, as minhas mãos suavam, enquanto Luiza segurava o vestido com toda a sua delicadeza e desafiava a exaustiva escadaria. Os meus olhos estavam atentos a qualquer movimento dela, a um olhar, sempre pronto a ajudá-la e aquela cena remeteu a algum filme de suspense, a cada degrau um pequeno lembrete do quanto tive que suportar, as palavras presas a minha garganta sufocavam-me.

— Agora sim! Eu estava sufocando ali com tantas pessoas nos olhando.

— Preciso ter certeza de como me enxerga agora, Luiza!

— Não mais como um amigo! As flores que me enviou... Tudo faz sentido agora.

— Então, eu posso falar!

— Por favor!

— Desculpe por ter fingido, ou melhor, por ter disfarçado os meus sentimentos todo este tempo. Sinto muito por tudo que estou sentindo agora por você, neste momento. *Um verdadeiro poeta é nada mais que um mero sofredor, então compreendi que na verdade um poema são desabafos em forma de rimas.*

— E o que está sentindo agora? Descreva para mim para que eu possa entender o porquê das suas desculpas.

— O meu coração...

— Pode falar, B!

— Ele está me matando aos poucos, porque não consigo mais suportar tê-la tão perto e ao mesmo tempo não poder tocá-la. O meu coração não é mais meu, tem domínio sobre ele, sobre mim. Eu construí três paredes de concreto para separar nós dois e sempre as destruía todas as vezes que você precisava de mim e então segurava a sua mão, mas no dia seguinte eu refazia tudo outra vez para não tocar em você do jeito que eu precisava, do jeito que eu desejo. Porque sabia que não estava pronta e isso me feria muito, o esperar é desafiador.

— Imagino!

— Luiza!

— Bernardo! Agora acabou!

— O quê?

— Eu também andei te esperando.

— Verdade?!

— Jamais brincaria com os seus sentimentos.

— Então...

— Tenho pouco tempo para ficar perto de você, B!

— Como assim?

— O relógio!

— Não entendo! Eu tenho muito a dizer, Luiza, foram três anos, estou a ponto de explodir.

— Diga tudo que tanto deseja!

— É o motivo da minha maior angústia dentro da minha maior virtude por simplesmente ter roubado a minha paz com o seu jeito doce, tornou-me passivo mesmo querendo beijá-la todas as vezes que nos encontramos, porque os seus olhos me chamam mesmo sem perceber e o som da sua voz já domina o meu corpo. Sinto-me culpado!

— Não sinta!

— Luiza, você é o meu motivo de acordar feliz todas as manhãs, é a perfeita e mais incrível garota que me mostrou um mundo melhor, é a dona dos meus sentimentos e controla os meus instintos, portanto não existe outra capaz de tanto poder. Me acalma, embora me transforme em chamas toda vez que fica perto de mim, você me ensinou a amar, Luiza, desde a primeira vez que a vi em 2008, e desde então eu a tenho dentro de mim da maneira mais sufocante e intensa, mais pura e violenta.

— Eu realmente não imaginava tudo isso!

— Tornou-se a minha verdade absoluta dentro da minha maior mentira, de fingir não sentir esta revolução que a colocou na posição da pessoa mais importante da minha vida. E depois de você aposto que nunca nada será igual a antes.

— Minha nossa, Bernardo!

— Por favor, não chore, eu adoro vê-la sorrir. O seu sorriso, apenas o som dele, já desestrutura muita coisa dentro de mim, não suportaria um dia sem ouvi-lo, sem vê-la. Quando me abraçou senti o meu corpo inteiro estremecer, aquele beijo no rosto causou efeitos perturbadores que não me deixaram dormir por várias noites, tenho sonhos com você e acordo feliz porque neles sempre os...

— Fala! Pode falar, B. Sem máscaras.

— Em meus sonhos os seus lábios estão colados nos meus em um beijo intenso e lá eu posso ser seu sem culpa.

— Nem sei o que lhe dizer! Sempre fico sem palavras, da mesma forma quando leio os seus poemas... Consegue me deixar nervosa, não deve existir outro igual a você.

— Você para mim é como um cristal, Luiza.

— Senhor BCD! Dizem que quando conquistamos o amor de um poeta ficamos eternizados. Nunca morremos.

Os olhos de Luiza transbordaram e o meu frágil coração sentiu dor.

— Por que está chorando, Luiza?

Bernardo a abraçou sem barreiras e ao seu ouvido sussurrou:

— *Luiza, és mais que canção escrita por um poeta. És a minha única e perfeita inspiração e longe dos teus olhos, meu amor, não sou verso nem canção. Entre no meu mundo para que eu possa abraçar o seu nem que seja por um segundo. Através dos seus olhos, eu transformo cada fração de minuto em uma eternidade apenas para que possa senti-la por mais tempo perto de mim. Deixe a minha boca tocar a sua e com o poder do meu amor apagar todo e qualquer traço de dor que exista em ti.*

— Ouvi-lo declamar é ainda mais desafiador do que ler! Faz com que me sinta especial.

— Não chore, princesa!

Eu tocava o rosto de Luiza com delicadeza e pela primeira vez senti que poderia beijá-la, estava com os dedos no laço da máscara dela quando Felipe apareceu e a roubou de mim, a hora havia passado e ela iria cantar com ele. Tive uma estranha sensação, um pressentimento ruim. Mas nada que fizesse sentido, já que havíamos escancarado os nossos corações. Logo após a emocionante apresentação, Luiza desapareceu do baile.

— Paula, onde está Luiza?

— No teatro, Bernardo.

— O que foi, Paula?

— Nada, ela quer vê-lo. Nem me olhe assim, Rafael... É a única coisa que estou autorizada a dizer.

— Tá bom!

Então corri para o teatro. Muito embora as portas estivessem fechadas, eu ouvia a melodia, as minhas mãos estavam trêmulas, o meu coração em taquicardia, então abri a porta e a vi sentada ao piano. O clarão denunciou a minha chegada, por isso Luiza levantou-se e começou a cantar "Aprender a amar" para mim, somente para mim.

Enquanto Luiza cantava, eu seguia em sua direção mais seguro e sem medo, percebi que estávamos ligados por um sentimento que talvez fosse tão forte quanto o que eu sentia por ela e então subi no palco, olhei-a profundamente e à medida que me aproximava do piano lhe estendi a mão e a conduzi em minha direção.

Eu removi a minha máscara, não fazia mais sentido usá-la, e aproximando o meu rosto desatei a máscara dela. Em meio a uma troca de olhares intensa a nossa respiração alterava-se rapidamente enquanto os convidativos lábios de Luiza tremiam. Pus a mão em sua cintura e a trouxe para o mais perto de mim, senti o calor do seu corpo e notei o seu busto movendo-se ritmado à respiração ofegante, ela não desviou os seus olhos dos meus nem por um segundo. A minha pequena realmente havia crescido, então os meus lábios adormecidos da ânsia de um beijo finalmente despertaram nos lábios dela.

A minha boca ansiosa tentava acalmar a dela, então a segurei firme e, completamente envolvido nos braços de Luiza, eu perdi a noção do tempo, do espaço. Apenas a beijava com emoção, os nossos lábios molhados tornaram-se insaciáveis, mesmo sem ar, ainda assim não nos separávamos nem por um milésimo de segundo.

Eu a abraçava sem culpa e senti os nossos corações clamando por mais um tempo juntos. Precisava doar para ela uma parte de todo o meu amor, em meus braços Luiza deixou de ser uma menina e passou a ser a minha garota. Então a pus sobre a cauda do piano e continuamos nos beijando com certo desespero, tentando suprir um desejo por anos reprimido em um único momento, em um único beijo, como se nunca mais fôssemos nos ver, até ela sussurrar ofegante ao meu ouvido.

— Eu amo você, Bernardo!

O nosso primeiro beijo, que deveria marcar o início da nossa história juntos, tornou-se o início do nosso fim, porque depois daquela noite, depois de finalmente conhecer os lábios de Luiza, eu nunca mais a vi. *Depois de Luiza* foi um longo e doloroso caminho sem volta.

O que é uma vida sem a pessoa amada?
É como um emaranhado de palavras sem nexo,
Que não transmite sentido algum.
Se incapazes de formar uma frase, então de nada servem.
É sofrer na incompreensão.

Capítulo 3

GRITO DE ALERTA

Desde aquela noite, logo depois de finalmente conhecer os lábios de Luiza, eu nunca mais a vi e descobri que o amor nada mais é que uma doença com várias fases e distribuída em estágios dolorosos, por vezes agonizantes. O desespero, a revolta, a culpa e, por fim, a nostalgia para nos massacrar com lembranças de um tempo que não volta.

Eu procurei Luiza desesperadamente durante muito tempo, fechava os meus olhos e a encontrava sorrindo na minha ilusão eu a abraçava com tanta força, como se fosse capaz de impedi-la de partir, mas ao abrir os meus olhos deparava-me com a dura realidade, ela havia me deixado e sem nenhuma explicação. O relógio quebrou e desta vez não teve conserto, fiquei preso ao seu beijo, passei a reviver aquela cena incansáveis vezes durante anos, amarrado ao tempo, sem chance de escapar. O Universo e o destino me traíram de forma impiedosa e hoje me encontro num labirinto de dor ligado ao passado.

Trancafiado no meu quarto eu sobrevivia de lembranças. Eu havia mudado, não mais sorria como antes, não fazia planos, deixei os meus amigos, comecei a beber e mergulhei de cabeça no mundo gráfico, passei a trabalhar com o meu pai de forma incansável. Depois de Luiza eu me tornei um fracasso com as mulheres, como iria confiar? Era cansativo pensar em sofrer por amor, então me tornei um máster, mestre em joias totalmente fissurado em diamantes, todo aquele brilho era a luz que tanto eu precisava. Os diamantes são tão preciosos quanto encontrar um grande amor, mas eles, ao contrário das pessoas, nunca decepcionam, sempre estão ao alcance das nossas mãos para admirá-los o quanto quisermos.

O amor que construí por Luiza lapidou-me e a nossa separação me fez regredir e, portanto, voltei a ser o mesmo diamante bruto de outrora, numa versão ainda mais encriptada. Eu mergulhei de cabeça em grandes profundidades e consegui não me afogar, eu saltei de paraquedas e isso me fez compreender que também posso "voar", pilotei a minha moto com o vento cortando o meu rosto e em cada curva me senti mais vazio, era inútil fugir. Eu sobrevivi às situações mais perigosas em busca de adrenalina, algo para amenizar a minha dor, algum sentimento louco que fosse maior do que o amor que ela deixou em mim, mas foi pura ilusão. Os meus amigos achavam que estava tentando acabar com a minha própria vida, e como eu iria encontrar Luiza se não estivesse mais aqui?

O que faltava na minha vida era aquele ponto tão importante que marca o fim de uma história e o possível começo de outra, o qual Luiza deixou entreaberto. O nosso caso era uma porta entreaberta e meus amigos não compreendiam que eu estava gritando, era uma alerta, um *grito de alerta*. A minha Luiza me deixou sem ao menos um adeus e no meu coração ela cravou milhares de reticências agonizantes. Tantas atitudes irresponsáveis, para dizer "Eu sinto a falta dela", não houve um ponto-final e assim a minha vida era um rio prestes a secar.

Eu era um rio pequeno e solitário, no meio de uma grande selva de pedras, mas em um dia cinzento anos atrás a chuva trouxe Luiza para mim e aos poucos o que era rio transformou-se em um oceano. No mesmo oceano em que hoje escondo os meus segredos e mistérios bem guardados, e entre as profundezas desse mar sem fim eu a procuro, mas apenas ouço a sua voz límpida sobre as margens do rio que um dia fui. Ainda que tão inalcançável, minha pequena trouxe-me enchente e abundância, mas nunca mergulhou em mim. Eu a espero enquanto aprecio a mais bela canção soprar dos seus lábios, os lábios que me sorriam, os mesmos que me preencheram e ao mesmo tempo os que secam o meu oceano de sonhos e me transformam no mesmo rio por sempre me deixar sozinho.

Depois de Luiza foi um longo caminho sem volta...

Era mais um dia comum e eu estava indo para a faculdade, então de repente o céu ficou cinzento e na hora recordei o dia em que conheci Luiza. Percebi que cinza não era uma boa cor, ela me fazia lembrar momentos felizes que eu não poderia mais alcançar. O tempo passa, e o meu relógio nunca havia quebrado tantas vezes antes quanto naquele dia chuvoso. Desculpe, Djavan, mas eu odeio os dias frios e não mais existe para mim um bom lugar para ler um livro porque os meus pensamentos viajam no tempo até buscar os olhos dela e a tormenta causa mais um sintoma de amor, a abstinência.

O fato é que eu estava a planetas de distância da felicidade e na completa escuridão, longe das suas luzes e desejando-a incontrolavelmente, necessitando da sua presença assim como ao ar, então sufoquei. Olhos abertos ou fechados não mais conseguiam me enxergar, mas projetava com perfeição o rosto dela, então rabisquei durante a aula até chamar a atenção do meu professor e ele então notar que eu era muito bom.

— Tem um traço próprio, bem expressivo, algo seu. É bem diferente dos outros alunos.

— Chama-se dor!

— O quê?

— A dor nos destrói e, também, nos faz mais fortes, professor.

— O que pensa em fazer quando segurar o canudo, Bernardo?

— Ser designer de joias!

— Pode começar agora! Faça um portfólio, registre em cartório e busque as maiores empresas mundo afora para enviar. A internet é a ferramenta mais genial que existe, ela abre portas, constrói pontes.

— Para que tanta eficácia se a internet não me ajuda a encontrar uma pessoa?

— A moça do desenho?

— Ela mesma, porque depois dela não existirá outra.

— Será que ela deseja ser encontrada, Bernardo?

— Acha que pode estar se escondendo de mim?

— Talvez!

— Então, professor, eu vou fazer o meu portfólio e ser visto por ela, o senhor ainda vai ouvir muito falar sobre mim.

— Não tenho dúvidas! Mas por que joias?

— Porque é o negócio do meu pai, como ele sempre diz, o ouro é um metal nobre e o diamante, raro, é uma das mais duras e resistentes pedras, é a mais preciosa e brilhante, não pode ser arranhada por nenhum outro metal e isso a torna invencível. É o que eu quero ser.

— Mas mesmo o diamante precisa ser lapidado.

— Ele foi e, quando reluzente e perfeito, ela me deixou.

— Não existe um homem sem história, Bernardo. Seja triste ou alegre, é sua, faz parte da sua vida, é a sua trajetória. O que é uma revolução? É quando algo muda, as bases mudam e todas as mudanças geram perdas, aprendizados e ganhos.

Aquela aula mudou a minha vida por completo, e lógico que o professor não me fez esquecer a minha pequena grande notável, ele apenas fez eu enxergar o meu potencial. Fiz vários contatos com as empresas mais famosas no mundo das joias e, também, fechei alguns contratos, os quais me fizeram gerar capital para criar a minha própria empresa, na qual o meu pai e eu produzíamos as mais belas joias.

Em 10 anos eu já havia expandido o nosso negócio, mas o meu pai nos deixou e precisei mais uma vez enfrentar uma grande perda, certamente o Universo desejava ensinar algo para mim, sempre tirando da minha vida aqueles que mais amava. Fui tornando-me cada vez mais duro, envolto a uma cápsula (esporos), assim como algumas bactérias criam na busca por sobrevivência quando em lugares hostis. Precisava ser resistente, assim como os diamantes.

Construí um império de ouro ao meu redor, mantinha negócios com sheiks e toda a sociedade das joias, então pensei "Por que não uma arranha-céu espelhado?". Hoje estou vestido elegantemente em um terno azul-marinho de um famoso estilista italiano no meu escritório com vista para a mais alta e importante torre da cidade. Dia após dia eu olho para o enorme relógio do outro lado e pergunto-me a que horas e quando Luiza vai voltar. Mas diante da demora, algo me ocorreu: será que ela está viva?

— Senhor, boa tarde! O senhor Charles Xavier está à sua espera na sala de conferências.

— Obrigado, Margaret!

— Senhor.

— Oi, Marcelo. Por favor, nos deixe a sós.

— Com licença.

— Senhor Duarte, é uma grande satisfação conhecê-lo.

— Vamos para minha sala.

— Como quiser.

Bernardo abriu a porta e os ligeiros olhos do detetive fizeram uma varredura de 360 graus em um minuto.

— Sente-se!

— Eu quero os detalhes, tudo que lembrar.

Bernardo abriu a sua caixa de lápis, não era uma caixa comum, tanto que impressionou Charles, parecia um refúgio de joias. Então o empresário tirou o seu terno com forro de seda e desligou seus dois celulares para não ser interrompido. Desde a fachada, nos mínimos detalhes da empresa, até a sua sala era como passear pelos mais luxuosos hotéis de Dubai.

— Detalhes não são o problema. Apenas exijo sigilo absoluto.

— Terá, senhor! Vamos assinar um contrato de confidencialidade. Eu trabalho sozinho, então não tem chance de vazar.

— Gostei!

— Nome completo, gostos, amigos, inimigos. Qualquer informação, por mais simples que pareça, pode ser uma peça fundamental.

Bernardo pôs as mãos sobre a cabeça e levantou-se seguindo até a janela mirando o relógio, 10 anos haviam passado e tentava esconder o seu segredo a todo custo, mas um misto de desespero e angústia o assombrava. Pegou uma folha e anotou todas as informações, cada detalhe.

— Preciso fazer algumas perguntas.

— Pois não!

— O que aconteceu entre vocês? Digo, algum evento traumático ou uma discussão? Talvez uma atitude que tenha gerado nela algum tipo de aversão, uma desavença?

— Diga-me o que vê ao seu redor, senhor Xavier?

— Uma sala cheia de provas que me dizem o quanto o senhor é um homem bem-sucedido.

— Isso! E está vendo aqueles troféus? A custo de quê? De muito trabalho. Posso resumir, passei muitas madrugadas com o meu pai até fazer bolhas nas minhas mãos, elas sangravam e isso não me fazia parar, dediquei os últimos anos da minha vida a tudo o que vê e fazer jus a esta cadeira caríssima de presidente, para lhe fazer a seguinte pergunta: acha que tenho tempo para joguinhos?

— Não, senhor!

— Nem imagina quanto custa um minuto do meu tempo, este que vos falo agora.

— Imagino.

— A única coisa que fiz a Luiza foi amá-la e os poucos que sabem da história me acusaram de ter feito algo contra ela. Eu seria incapaz, não estaria investindo dinheiro e tempo, meu precioso tempo, se eu soubesse os motivos que a fizeram desaparecer.

— Tem razão!

— O senhor disse que ela tinha 15 anos.

— Isso!

— E acha que pode ter fugido com outro rapaz?

— Que tipo de pergunta é essa?

— Desculpe, senhor! É o meu trabalho.

— Luiza jamais faria isso!

— E os pais dela?

— Eles se mudaram. Depois de cinco anos eu os encontrei, pedi a minha mãe que implorasse por respostas, mas foi em vão, eles juram não saber nada sobre a filha.

— Pode ser mentira?

— Não tenho como saber! Talvez, eles não gostavam de mim.

— E por quê?

— Tinham medo de que eu a roubasse deles, coisas de pais.

— Entendo. Terei que dizer uma coisa.

— Diga!

— Pode ser doloroso.

— Não fale então!

— Eu com certeza não fui o único que pus as mãos neste caso.

— Soube que o senhor é muito bom, Charles, os outros fracassaram.

— Tem grande chance de Luiza...

O café que esfriava sobre a mesa era muito amargo, ácido, assim como a conversa que desenvolvia com o senhor Xavier. Em fúria, Bernardo estremeceu e virou a enorme mesa de vidro. O barulho estridente movimentou os seguranças a invadirem a sala de Bernardo, eles o viram possuído pela revolta, havia ódio em seus olhos e nem imaginavam o motivo, então o detetive deixou a sala sem mais perguntas.

— O senhor se machucou?

— Muito!

— Senhor, eu vou chamar alguém para limpar isso.

— Marcelo, quero que providencie uma mesa mais resistente, não gosto de coisas que não duram.

— Pois não, senhor!

Tentando juntar os cacos, contratei outras especialistas, mas ninguém conseguiu achar nenhuma pista sobre Luiza, então um certo dia o meu secretário Marcelo entrou em minha sala com um envelope em mãos. Pelo formato mais parecia um convite e, julgando o tipo do papel, eu diria que é de casamento. O meu coração descompassou e senti um nó obstruir a garganta.

— Abra você!

— Eu, senhor?

— Sim!

— Os senhores Paula e Rafael os convidam para o seu enlace matrimonial no dia 30 de setembro.

— Na primavera!

— O senhor vai?

Eu fui abduzido para o passado em frações de segundos e logo pensei nela, talvez fosse uma chance única de revê-la, já que Paula era a sua melhor amiga. Então, por um minuto, a minha mente traiçoeira me fez imaginá-la em um belo vestido marsala sorrindo para mim.

— Senhor?

— Eu vou! Com toda a certeza, o Rafael é um grande amigo.

— Anotado!

— O presente eu escolho pessoalmente.

— Ok! Tem mais duas reuniões hoje.

— Às 9h e....?

— Às 15h, e uma visita à La Port para analisar a lapidação e uma conferência.

— Hum! O dia está tranquilo hoje.

— E tem uma moça!

— Que moça?

— Tem uma moça à sua espera lá embaixo.

Eu levantei as vistas para Marcelo e então ele piscou para mim. Em passos largos eu peguei o elevador enquanto olhava para aqueles números intermináveis e questionava-me sobre o porquê de um prédio tão alto. Do 30º ao 1º piso em uma ansiedade angustiante. Pus as mãos no bolso, sempre faço isso quando estou sob tensão, e andei na direção da bela moça, ainda de costas para mim, apenas pude contemplar os seus longos cabelos pretos e foi o bastante para agitar o meu coração.

— Luiza!

Ela virou-se para mim graciosamente e juro, eu juro que não senti as minhas pernas.

— Senhor, Bernardo! Sou Rebeca.

O meu mundo de sonhos desmoronou rapidamente. Não é que as outras mulheres não me atraíssem, lógico que sim, afinal ainda corria sangue nas minhas veias, Luiza não tirou isso de mim, mas o grande problema era que o frenesi não durava mais que um mês. No fundo eu buscava nelas algo que não iria encontrar, algo que apenas Luiza deixou, que me tornou um poeta, era o amor. Elas não possuíam um terço da incomparável Luiza.

Rebeca era um desafio e tanto, a mulher possuía a cor dos cabelos de Luiza, um rosto delicado, assim como o da minha pequena, e olhos marcantes, provavelmente a mesma estatura. Sei que todos esperavam que eu tivesse um rolo com ela, mas eu, no entanto, não consegui. Foram apenas negócios. Embora a devorasse com os olhos, seria como uma traição, eu iria beijá-la usando a ilusão de estar beijando os lábios de Luiza e na altura a empreitada me conferia certa confusão mental. Em outras palavras, era muita loucura.

— Eu preciso que desenhe uma joia, algo com a sua marca. O seu design é único.

— E quais são as pedras?

— Rubis, a minha amiga é apaixonada por rubis, tem a ver com a cor preferida dela. Eu fui a algumas das suas lojas, mas não achei exatamente o que ela quer.

— E por acaso a sua amiga é alguém da realeza?

— Eu vou manter em segredo!

— Ok! Tem mais alguma especificação? Tipo... um símbolo ou algo que queira marcar na joia, personalizar?

— Não vai arrancar mais nada de mim, senhor Bernardo Duarte. A não ser....

— Então, passe o seu e-mail. Vou desenhar e, se aprovar, eu mando para a produção.

— Tudo bem, mas pode me chamar por aqui, este é o meu contato.

— Certo!

— Não me diga que separa negócios de prazer, senhor Duarte!

Existiam dois tipos de mulheres para mim, aquelas que eu precisava conquistar e as que se doavam em uma bandeja de ouro, e a última não fazia o meu tipo. Uma mulher, quanto mais recatada, melhor, mas a grande maioria delas não sabem deste meu gosto excêntrico. E o que poderia ser um romance logo transformava-se em filme de terror com a minha figura sendo associada com paternidade, dinheiro e zero sentimentos, era um jogo de puro interesse.

Então passei a negar e compreender que Luiza não mais iria voltar. Sendo assim, o amor era uma carta fora do baralho para mim, logo lembrei do maldito convite de casamento. O elo do passado batia à minha porta constantemente, assim como um tapa em minha face, mas fiz uma promessa de que, se naquele casamento eu não encontrasse Luiza, não mais iria esperá-la.

— Alô!

— Alô!

— Não consigo ouvi-lo!

— O que houve, senhor?

— Deve ser algum servidor tentando entrar em contato comigo. Rastreei a linha, Marcelo.

— Sim, senhor!

— É dos Estados Unidos!

— EUA?

— Temos alguém por lá?

— No Texas, sim, mas o número não é conhecido.

— Deve ter sido engano.

— A sua mãe está ligando, senhor.

— Oi, mãe!

— Eu vou viajar, mas eu comprei uma caixa com 50 lápis para o meu desenhista mais lindo.

— Obrigado!

— Estive em sua sala ontem e vi sobre a sua mesa 15 lápis, então pensei em como tudo começou. Tenho muito orgulho, meu filho, o seu pai estaria muito orgulhoso também.

— Eu sei que sim! E tudo que sou devo a vocês.

— E ao seu talento, ao seu trabalho e ao seu coração de artista.

— Para onde vai desta vez? Quando fica nostálgica, imagino que deve ser longe.

— Vou visitar uma amiga, na França.

— Não sabia que tinha uma amiga na França!

— Também não sei com quem saiu ontem à noite, Bernardo. Eu nunca sei.

— Para que não tente manipular as minhas escolhas.

— E quando fiz isso?

— A pergunta é, mãe, quando a senhora não fez. Por acaso encomendou uma joia com rubis?

— Não!

— Tem certeza, senhora Duarte?

— Tenho, por que eu faria isso? Se fosse escolher, seria com esmeraldas, sabe disso.

— Pediu a uma moça para vir aqui encomendar pessoalmente a mim?

— Não!

— Duvido muito!

— O que quero é que se case e me dê netos.

— Se entregou!

— Não tive tempo de elaborar nada, estou arrumando as minhas malas.

— Sei!

Era setembro e as folhas do calendário passavam lentamente. Paula tinha que ter escolhido justo este mês para se casar? Ela tornou-se uma psicóloga bastante conceituada e quanto a meu amigo Rafael, um competente engenheiro, o mesmo que projetou o meu império de ouro. Todos os meus amigos estavam lá, mas eu esperava alguém em especial, por quem quebrava muitos lápis e espancava sacos no boxe.

— Não acredito que viajou por cinco horas para vir ao meu casamento, cara.

— Somos amigos.

— Mas a sua agenda é louca!

— Eu me organizei.

— E ai, riquinho!

— Oi, Junior! Quanto tempo!

— Andamos ocupados, *brothers*.

— De fato. E como vai o consultório?

— Em ascensão!

— Fico feliz em saber que os meus amigos subiram na vida.

— Nós subimos e você, parceiro, decolou.

— Mas invejo vocês pelo que têm, e sabem do que estou falando.

— Me diga uma coisa, parceiro. Sente-se!

— O quê?

— Se por acaso a Luiza aparecesse aqui hoje, o que faria? Eu pergunto porque sei que existe uma revolta muito grande dentro de você, dá pra ver nos seus olhos.

— Eu já superei!

— Acredito, já faz tanto tempo.

— Pois é, eu simplesmente iria ignorá-la.

— É mesmo?

— Com toda a certeza!

— Então fala isso olhando nos olhos dela, porque a Luiza está bem atrás de você!

O meu coração descompassou e virei o rosto rapidamente.

— O quê?

O impulso foi mais rápido do que a dor.

— Viu, Junior? Eu sabia que era tudo balela!

— Idiotas!

— A pupila dele dilatou na hora, Rafael!

— Não deveriam brincar com isso!

— Foi você quem disse, Bernardo, que já tinha superado.

— A sua noiva está bem, Rafael? Ela tem certeza de que vai entrar nesse barco furado?

— A Paula não conseguiu encontrar Luiza, infelizmente eu gostaria que ela estivesse aqui conosco.

— Felipe! E aí!

— Oi, galera! Bernardo, como vai?

— Bem, Felipe, e você?

— Aposto que ainda ressentido do murro que deu nele, assim como Paula guarda algumas mágoas de você, Bernardo.

— Eu sinto muito, Felipe, eu não estava em mim naquele dia!

— Percebemos!

— Vou pedir desculpas a Paula pessoalmente, Rafael.

— Acho bom!

— A sua fúria deixou marcas em todos nós. Em uns mais do que em outros.

— Mas já passou!

— Obrigado por me compreender, Felipe, achei que estivesse mentindo para mim, que soubessem onde ela estava.

— Todos nós ficamos chocados, assim como você, Bernardo.

— Vamos parar de falar sobre ela, já chega. Eu estou disposto a encerrar, dei um ponto-final.

— Faz bem!

— Também acho, cara, ninguém pode viver preso ao passado, não.

— Vamos organizar a entrada, todos em seus lugares.

O casamento de Paula e Rafael foi muito bonito, uma verdadeira reflexão sobre a minha vida e uma regressão cronologicamente calculada, a qual me fez seguir em frente e avançou o relógio mais **cinco anos...**

Maio de 2024, era meu aniversário de 30 anos, o mesmo do qual fugi, o que fez uma retrospectiva dos meus últimos 15 anos. Enquanto me sentava sozinho naquele banco no jardim, eu tive a certeza de que existem pessoas que amaremos a vida inteira. Talvez eu seja um dos últimos, os que amam verdadeiramente, por isso a minha história vale a pena ser contada.

Era quase meia-noite quando entrei no carro já sem a gravata, sem terno e sem conseguir cumprir as promessas que fiz aos meus amigos no casamento de Rafael cinco anos atrás. Uma freada brusca trouxe-me de volta no tempo e logo olhei para o relógio, quando notei sete ligações da minha mãe, mais três de um número desconhecido e quatro de Marcelo.

— Alô!

— Alô!

E outra vez o silêncio que me mata por dentro, então retornei a ligação e continuei sem respostas. Aprendi com a vida que sempre existirão perguntas, mas as respostas só chegam no tempo certo. Desliguei o celular e fui passar a noite no luxuoso Hotel Palace Hall, já que a minha casa estava repleta de pessoas que não desejava ver em uma festa na qual não desejava estar. Entrei na banheira com uma garrafa de vinho e naquela noite dormi completamente sozinho.

Imergi entre as bolhas, sentia–me vazio. Era o meu aniversário e não tinha mais ninguém com quem desejasse estar. No meu dedo usava um anel com uma enorme pedra de safira desafiando-me a analisar todo o poder que eu conquistei enquanto apreciava a vista da suíte máster do Hall. E ainda assim afogava-me em tristeza profunda, numa solidão assustadora, mesmo tendo mil contatos de mulheres lindas no meu celular, a única coisa que me distanciava de qualquer uma delas era uma única ligação que não tinha vontade alguma de realizar. No fundo eu estava exausto de noites vazias, de prazeres sem emoção e de belezas exteriores que não mais me enganavam. Cansado de tudo, até de mim.

Capítulo 4

MEU SEGREDO

No dia seguinte fui acordado pela recepcionista no hotel a mando da senhora Duarte, podem imaginar o quão furiosa ela estava e eu, no entanto, sobrevivia a mais uma ressaca moral. Liguei o celular e já passavam das 7h, perdi a aula de boxe e parte da minha paz naquele dia.

— Sabe o papelão que me fez passar ontem?
— Sinto muito!
— Sente muito?
— A senhora sabia que eu não queria festa!
— As minhas amigas estavam lá, assim como os seus amigos também.
— Eu ligo para eles mais tarde.
— Quanto mais fica rico, mais perde a sensibilidade, Bernardo!
— Sem dúvida, esta última não fui eu quem escolheu.
— Podemos escolher, sim, nos tornarmos melhores todos os dias.
— Não anda funcionando comigo, mãe.
— Não seja injusto consigo mesmo, meu filho, saia dessa redoma que criou em volta de si. Liberte-se e seja feliz com o que tem, esqueça o que não pode ter.

Nunca as palavras da minha mãe fizeram tanto sentido para mim, ou talvez eu estivesse mudando. O tempo é o grande mestre que nos traz maturidade, resiliência e sabedoria. Mas o Universo muitas vezes conspira de forma estranha ao nosso favor e quando tudo parece dar errado temos a arrogância de atribuir a culpa ao destino.

A Aziul era uma empresa de muito valor no mercado nacional e internacional, portanto ser o dono dela com apenas 30 anos tornava-me alguém extremamente importante e de destaque. Muitos olhos voltavam-se para mim, sempre que os meus pés pisavam na empresa os funcionários estendiam um "tapete vermelho". Paparicado por todos ao meu redor e, também, cercado de serpentes.

— Bom dia, senhor!

— Bom dia, Margaret!

— O senhor Marcelo está à sua procura.

— Obrigado por avisar!

Bernardo ajeitou o cabelo, alinhou o terno e andou em direção ao elevador.

— Andar é para os fracos, ele desfila.

— Fale baixo, ainda não entrou no elevador!

— Como se o "senhor diamante" não soubesse, Rute. Ele tem espelho em casa.

— Eu soube que ele não apareceu na festa que a mãe organizou ontem.

— É! Eu vi nas redes sociais.

— Ele nunca posta nada.

— Mas as amigas da mãe dele, sim.

— Ah! Que babado!

— Onde será que ele estava? E com quem?

— Certamente não era com Marcelo.

— Francamente, eu nunca acreditei muito nessa versão.

— Tem muitos mistérios aí... O senhor Bernardo é como um oceano, esconde muitos segredos.

— Mas uma coisa nós sabemos.

— O quê?

— Ele é gato!

— E sexy!

— Só falta uma coisa para ele ser perfeito.

— Poderia ser um pouquinho mais agradável.

— Queria uma brecha.

— Vou rir, difícil ele baixar a guarda, a plebe não faz o estilo dele.

— Sorte dele porque eu iria me fazer na vida com um belo processo de assédio.

— Teria coragem de processar um homem inocente?

— Na altura teríamos um envolvimento e, sim, eu teria coragem em troca de alguns diamantes.

— Nossa! Você é assustadora Sheila.

— E ele, esperto. Veja quantas câmeras tem neste lugar, sensores e seguranças. É quase impossível fazer algo contra ele. Mas posso tentar gerar uma pane no sistema e desligar tudo por 15 minutos, invadir a sala dele e roubar a réplica da Marselha de Dirceu.

— Quem vê o seu rostinho nunca diria que tem uma mente criminosa. É inútil tentar.

Ao chegar em sua sala, Bernardo tirou o paletó, sentou-se e quebrou mais dois lápis.

— Bom dia, senhor Bernardo!

— O que houve, Marcelo?

— Ontem o TI identificou quatro tentativas de invasão em nosso sistema.

— E ele conseguiu rastrear?

— Ainda não, a chave está criptografada em um código hebraico.

— Hebraico? E isso é possível?

— Eu nunca vi nada igual. Temos que reforçar a segurança na fábrica e em todas as lojas.

— E tinha alguma mensagem associada?

— O logaritmo levou ao que parece ser um caça-palavras.

— Essa eu quero ver! Temos um gênio de olho na Aziul.

— E o senhor também recebeu esta caixa ontem, os seguranças deixaram comigo hoje cedo. Eles disseram que o entregador deixou por volta das 20h.

— E o remetente?

— Não tem, senhor!

— Deixe eu abrir então.

— Não seria melhor chamar o esquadrão antibombas?

— Acho que não é pra tanto, Marcelo!

— Mas nunca se sabe, senhor!

— O que é isto? Não devo ter tantos inimigos assim.

— Todo milionário tem!

— Sabe ser animador.

— Na verdade o senhor já é bi, então tem mais chance.

— Eu vou abrir!

Enquanto a minha mente havia dado uma volta completa ao redor do mundo imaginado quem tentaria me matar, o meu coração disparou ao perceber que no interior da caixa havia inúmeras cartas, bilhetes dobrados e um perfume bastante familiar.

— O que é isto?

— Pelo menos não é uma bomba.

— Mas talvez o estrago seja semelhante.

— Como assim, senhor?

Minhas mãos estravam trêmulas e abri um dos bilhetes com receio, porém o meu coração dava sinais de quem poderia ter envido aquele presente de aniversário.

"Longe dos seus olhos não enxergo mais ninguém, pois és a luz que nasceu e agora emerge de mim. BDC"

— Não pode ser!

Sentei-me sem reação.

— O senhor sente-se bem? Está pálido!

— É ela! Ou alguém que está tentando me enlouquecer.

— Vou buscar água!

— Melhor pensar na segunda opção. Alguém está tentando me desestabilizar.

Bernardo cavou fundo a caixa e não encontrou nada além dos poemas que escreveu para Luiza e anos depois o relógio dele voltou a funcionar. As estranhas sensações o abraçaram com força total tanto que o insensível empresário deixou escapar uma lágrima pelo seu belo rosto.

A partir daquele dia tentei fingir num esforço praticamente sub-humano que havia a esquecido, que seus sinais não me atingiam em nada, e ver os meus poemas, os quais fiz com tanto carinho pensando nela, não alterou em nada o meu estado de equilíbrio. Eu era um bom mentiroso! O tempo daria as respostas mais cedo ou mais tarde.

Todo mês de maio era igual, a minha empresa promovia o encontro anual de caridade e este ano a equipe de eventos decidiu realizar um baile de máscaras. Evidentemente que o ano de 2024 havia resolvido me desafiar em todos os sentidos, mas estava disposto a resistir, até porque não restava outra alternativa.

Entrei no meu quarto aquela noite onde sempre me lembrava de certas coisas que estava disposto a esquecer, como o boné que Luiza me deu e o seu jeito de olhar. Os perfeitos desenhos que fiz do rosto dela estavam guardados na terceira gaveta, as músicas que tanto ouvia enquanto pensava nela ainda arquivadas no meu computador. Lembranças e mais lembranças e cada uma delas prendia-me àquela noite na qual nos beijamos. O meu quarto era um museu e agora, por algum motivo, eu tinha a posse dos poemas.

Embora a máscara estivesse sobre a cama, aquele objeto tocava na minha ferida. Enquanto ajeitava a gravata, o celular não parava de vibrar. Embora estivesse vendo, o meu estado de transe não me deixava reagir e atendê-lo. E para onde eu fui? Para o meu maldito passado. Abri a caixa e por um triz não rasguei os poemas, na verdade por uma ligação.

— Alô! Fala alguma coisa! Por que insiste em me ligar se fica em silêncio?

O motorista estava à minha espera e eu ainda preso ao monólogo, então vesti o meu terno e ajeitei o cabelo, borrifei o meu perfume favorito e desci as escadas com certa pressa. Mas dei meia-volta e mudei a gravata, era cinza e odeio cinza, lembra-me os dias de chuva. A Rita amiga da minha mãe que me desculpe, mas detestei o presente. É que a senhora

Marilia tem muitas amigas, as quais me veem como um potencial genro, loucas para laçar-me, então decidi queimar a gravata.

— Azul é melhor!

— Vamos, senhor?

— Vamos!

Olhei para o relógio e pela primeira vez ele parou de funcionar e não foi metáfora, era real. Analisava o painel do carro e senti o meu celular vibrar insistentemente, mas desta vez nem pensei em atender, evitando outro possível monólogo. As luzes e o cenário do baile chamaram a minha atenção, desci do carro em direção às escadas e fui abordado por algumas damas e fotógrafos.

— Senhor Duarte! Por favor, uma foto!

— Bernardo, meu filho, por que não outra cor? E a gravata?

— Eu gosto de azul.

— E quando você gosta de algo tende a ser um tanto obcecado.

— Com licença, senhoras!

Baixei a cabeça por um segundo para olhar o celular enquanto entrava distraído no salão de baile, ao levantar as minhas vistas notei uma moça de vestido vermelho que se parecia muito com Luiza, mas desta vez eu não me deixei levar pelas aparências, mantive-me apenas a observando de longe. Ela virou-se e veio em minha direção, e meu coração bandido obviamente resolveu despertar, descompassadamente.

— Luiza!?

— Quanto tempo, Bernardo!

Era ela, mas fui relutante a acreditar.

— É realmente você?

— Sou eu, senhor BCD! Será que podemos conversar?

Quando ela se aproximou de mim, o meu corpo inteiro estremeceu, o sistema de defesa entrou em alerta. Luiza causou uma pane em todo o meu o sistema fisiológico com sérios danos no sistema nervoso periférico, os meus neurônios entraram em colapso comprometendo assim as sinapses, e como consequência usei de palavras incompatíveis com o que sinto por ela e na altura nem mesmo a Neurociência iria dispor de argumentos científicos que pudessem me salvar dos danos que causei.

— Acho que chegou tarde demais!

— Peço perdão por isso!

— O que veio fazer aqui?

— Ver você!

— Então já pode ir! Aliás, não deveria ter vindo, a minha vida está muito bem sem você por perto.

— Prefere a minha distância?

— Me acostumei com ela. Pode ir embora!

Os olhos de Luiza encheram-se de lágrimas e eu nunca pensei que fosse capaz de fazê-la sofrer, de ferir sem piedade alguém quem tanto amei. Partindo dessa premissa, pude concluir que a dor nos faz irracionais e nos transforma em armas perigosas, uma palavra dita não volta atrás.

— Tem certeza de que não quer nem me ouvir?

Respondi com empáfia:

— Já ouvi o bastante, apenas fique longe de mim.

— Tudo bem! Minhas sinceras desculpas por todo o mal que tenha lhe causado.

— Eu já superei você faz tempo e, como pode ver, estou muito bem agora.

— Estou feliz que esteja tão bem, Bernardo! Adeus!

Mas quando Luiza, a minha Luiza, deu as costas eu desmoronei. Ela conheceu o meu pior lado, o meu escudo e alguns muros de concreto que passei anos construindo para me proteger dela, da dor que o amor dela causou em mim, estava fugindo dos olhos dela, do beijo dela. Então eu fui um verdadeiro idiota ao invés de ter sido um poeta.

— O que foi isso, Bernardo?

— Eu não sei, mãe!

— Não posso acreditar que fez isso com Luiza!

— Nem eu! E agora tô sentindo uma dor insuportável aqui dentro.

— Meu filho! Eu não o reconheço mais.

A festa acabou para mim. Estava sem máscara, sem paz, sem Luiza outra vez, portanto estava sem nada e com o coração transbordando de angústia, Se a armadura verbal houvesse me protegido, não sentiria um profundo vazio dentro em mim. Descontar 12 anos de sofrimento ferindo a mulher que eu mais amo de nada adiantou, apenas para usar um disfarce de homem feliz, foi pura ilusão.

O relógio acelerou em uma noite, em claro e a mais perturbadora dos últimos anos. A minha cabeça ficou extremamente confusa, eu a esperei incansavelmente, embora houvesse um contrassenso, eu não estava pronto para ela. O orgulho e a revolta tomaram conta de mim e ao invés flores eu a ataquei.

O Sol já havia nascido e nem sequer fechei os olhos imaginando o impacto das minhas palavras sobre a vida dela e sobre mim. Peguei o celular e busquei as últimas ligações daquela noite, talvez fosse ela tentando ligar. Fiz várias ligações, mas todas caíam na caixa postal, foi então que o meu ar começou a falhar com o peso do arrependimento.

— O que foi que você fez, seu idiota?!

Ainda com a roupa da noite anterior eu peguei o meu carro e saí em alta velocidade, mas como eu iria encontrá-la? Então pensei que talvez no aeroporto. Corri feito um louco e a procurei por todas as salas de embarque, olhei para o painel e vi um voo para Los Angeles, então deduzi que poderia ser, pois no mês anterior recebi várias ligações na empresa de um número dos EUA.

— Por favor, senhora! Sabe me dizer se uma moça chamada Luiza Martins embarcou neste voo?

— Deixe-me olhar nos registros, senhor.

— Ok!

— Luiza de Alcântara Martins?

— É ela! Eu preciso muito falar com ela.

— O voo já vai sair.

— Mas é muito urgente!

— As portas já estão fechadas! Sinto muito!

— Droga!

— Se o senhor tivesse chegado cinco minutos antes, teria a alcançado.

— Inacreditável! O tempo, sempre o tempo.

— Ligue para ela! Eu não sei qual é a história, mas posso ver desespero nos seus olhos.

— Eu já liguei milhares de vezes enquanto estava vindo para cá. Ela não atende. Porque fui idiota!

— Em cinco dias tem outro voo para L.A.

— Eu nem sei onde ela mora, mas eu vou descobrir.

— Eu o aguardo na próxima semana.

— Obrigado pela atenção!

— Alô?

— Marcelo!

— Sim, senhor!

— Eu preciso que adiante todas as reuniões que puder para esta semana e compre uma passagem para Los Angeles.

— Sim, senhor!

No dia seguinte, ainda tentando falar com Luiza e ela finalmente atendeu...

— Alô!

— Este celular é de Luiza?

— É sim, eu sou o irmão dela. Quem gostaria?

— Bernardo. Eu preciso muito falar com ela.

— Ah! Bernardo... O maior otário da história.

— Eu gostaria de corrigir o meu erro, será que poderia passar para ela, por favor?

— Deixe a minha irmã em paz!

— Antes preciso pedir perdão!

— Ela está dormindo!

— Pode, por favor, passar o seu endereço?

— Não!

— Por favor, é muito importante, tenho algo dela que preciso devolver, de valor inestimável.

— Sendo assim, vou passar o do trabalho, não quero correr o risco de topar com você aqui na porta da minha casa feito um cachorrinho arrependido. Pensando bem, seria divertido, mas por outro lado não tenho a mínima vontade de olhar pra sua cara.

— Tudo bem! Passe o endereço, por favor!

— Olha, se por acaso for grosso com a minha irmã outra vez, eu quebro a sua cara.

— Não serei! Dou a minha palavra.

— Acho bom! Anote aí... L.A. Corporation, Avenida... E não faça eu me arrepender disso.

— Não vai! Muito obrigado!

— E só para deixar claro, Bernardo.

— Hum?

— Eu odeio você!

Marcelo nunca me viu tão fora do ar quanto naqueles dias, eu já havia realizado mais de 30 ligações para Luiza e ela simplesmente me ignorava. Olhei para o relógio da torre e percebei que o tempo estava passando rápido demais e eu, no entanto, não conseguia resolver nada. Duas noites sem dormir sobre os papéis, no escritório, algumas garrafas de vinho e as velhas músicas para atormentar.

— Senhor, o que houve?

— É sobre o *meu segredo*, Marcelo!

— Eu pude perceber ao longo destes cinco anos que trabalhamos juntos, algo o incomoda profundamente. Tem a ver com aqueles poemas, não é?

— Tem, sim! Uma moça que conheci há 15 anos e o tempo passou, mas eu não deixei de amá-la, então no baile anual...

— Ela voltou? Por acaso era a moça de vermelho!?

— Ela mesma, Luiza, e eu, no entanto, simplesmente fui um babaca. Nunca vou me perdoar por isso e toda essa culpa está acabando comigo.

— Se ama uma moça há 15 anos, então deve lutar por ela.

— Ela não me atende e com toda a razão. Eu disse para ela ficar longe de mim e outras drogas, coisas absurdas. Que loucura!

— A nossa reação é algo imprevisível.

— Realmente! Não sei o que faço para corrigir a minha atrocidade.

— Seja sincero! Diga o que sente.

— Não é fácil, Marcelo.

— Eu sei que não é, mas se não fizer isso vai perdê-la para sempre. E com todo o respeito, senhor, ela é uma moça muito linda, deve ter muitos homens de olho nela.

— Doeu mais que um tapa!

— Desculpe, mas é a verdade.

— Pode ligar do seu celular? Quem sabe ela atenda.

— Posso! Vamos tentar.

— Alô?

— Senhorita Luiza?

— Sim! Quem deseja?

Marcelo arregalou os olhos e sorriu. Bernardo logo compreendeu e tomou o celular das mãos de Marcelo.

— Sou eu! Não desligue, por favor!

— O que quer, Bernardo?

— Pedir perdão, Luiza! Retiro cada palavra que eu disse, estava extremamente preocupado com você e quero que saiba o quanto me sinto aliviado por saber que está viva e bem.

— Se queria pedir desculpas para aliviar a sua consciência já pediu, agora eu tenho que trabalhar.

— Não! Não! Por favor!

— Fale!

— Eu vou até você para que possamos conversar melhor.

— Vem até a mim? Eu deixei o Brasil faz tempo.

— Eu sei!

— Sabe?

— Eu fui ao aeroporto, mas o seu voo tinha acabado de sair.

— Vou desligar agora!

— Los Angeles, voo 284, das 5h30.

— Tá! Não precisa vir, sei o quanto é ocupado, então vou lhe poupar este trabalho. Até porque pude notar o quanto é incômodo para você ficar cara a cara comigo.

Bernardo baixou o tom de voz em 10 níveis, suavemente disse:

— Não é bem assim, Luiza.

— Deixou bem claro para mim.

— Por favor, me perdoe!

— Sabe, eu cheguei a ficar feliz quando soube que criou uma Fundação em homenagem ao seu pai, e senti orgulho do trabalho de caridade que tem feito, fiquei impressionada com a grandiosidade das suas obras e esse era o primeiro assunto que pretendia ter com você. Eu pensei: uau! Que incrível, ele pensa nos outros. Naquele baile eu encontrei um motivo a mais para falar com você, então me expulsou da sua festa e isso me remeteu à seguinte pergunta: por acaso o senhor Bernardo já foi visitar as crianças para as quais a sua fundação jorra tanto dinheiro e para isso realiza bailes extravagantes?

— Não!

— Acho melhor não lhe fazer mais perguntas!

— Por favor, continue, quero ouvir cada frase sua, cada palavra, deixe eu ouvir a sua voz.

— Difícil, quanto mais conversamos percebo que não o conheço e isso é doloroso e extremamente frustrante.

— Perdão! Então apenas fale comigo, eu vou ouvi-la, mas por favor não desligue. Não me orgulho nem um pouco do homem que me tornei.

— Essa foi uma frase e tanto, talvez a melhor que você disse desde então e por causa do impacto dela eu vou continuar a nossa conversa dizendo o seguinte: o mundo pensa o contrário, te admiram porque eles não conheceram o Bernardo que conheci.

— Eu fiquei no chão quando foi embora, a revolta muda um homem.

— Entendo.

— Por favor! Eu quero muito saber por que foi embora. Passei anos com essa interrogação na minha cabeça.

— Disse-me que eu nem deveria ter voltado, não deveria ter ido à sua procura, está muito bem sem mim! E ouvir sua confissão descontruiu em um minuto o que construiu durante anos. Agora te faço a segunda pergunta: alguma vez já estacionou a sua Lamborghini na frente do hospital de câncer que fundou?

— Não!

— Foi o que pensei quando me expulsou do seu baile de caridade.

— Desculpe por não ter sido um homem de quem pode se orgulhar.

— É, Bernardo, não tenho mais perguntas. Vamos falar sobre valores, tempo de qualidade e atenção, a atenção que prestamos a alguém é o que nos faz mensurar a importância que aquela pessoa tem na nossa vida. Eu me senti um lixo, porque você sequer dedicou dois minutos do seu tempo para me ouvir.

— Perdão! Rasguei o meu coração naquele momento por ter dito justamente a você palavras tão duras. Não sei explicar o que aconteceu comigo, eu juro, não era minha intenção machucá-la.

— Uma dica, Bernardo! Devo lembrá-lo, as crianças que você ajuda não têm pais, por isso estão em um orfanato, elas não precisam apenas de roupas, comidas e brinquedos. Eu aposto que adorariam ter atenção, e é isso que nos faz sentirmos importantes para alguém, olhar nos olhos delas e buscar entender as suas dores. Agora vamos falar sobre o hospital, os pacientes que sofrem com o câncer querem ser notados, vistos além de pessoas doentes, eles buscam afeto, carinho e outra vez voltamos a falar sobre atenção, mas para isso é preciso dedicar tempo e pelo que pude entender você não tem tempo para mais ninguém além de você.

— Tem razão, Luiza! Eu me tornei um egoísta.

— Foi frustrante conhecer o famoso senhor Bernardo Duarte de perto, mas foi reconfortante ver que apreendeu a primeira lição, a superação. Enfim, conseguiu fazer bom uso da sua dor, construiu algo que o deixa feliz e ajuda muitas pessoas, devo lhe dar os meus parabéns por isso. Agora vou desligar, não quero tomar muito do seu precioso tempo.

— Por favor, não faça isso! Eu estou ouvindo.

— Ok! Ainda tem mais duas lições valiosas para aprender.

— Quais?

— Ouço um celular tocando, Bernardo, na verdade, dois. Pode atender! Vá resolver suas coisas, é um importante empresário e eu sou apenas a Luiza.

— Luiza, por favor! Eu preciso saber o que aconteceu. Sei que fui um idiota, tenho sido na verdade desde que foi embora, mas, por favor, ponha um fim logo de uma vez a minha angústia. Mesmo que a verdade acabe comigo! Pode me machucar o quanto quiser.

— Nunca iria machucá-lo.

— Então, por favor, eu imploro, conte a verdade.

— O senhor Bernardo está implorando? O homem de diamante!

— Estou!

— Não precisa, não quero diminui-lo, apenas espero que aprenda a ser mais humilde.

— É a segunda lição?

— É!

— Estou ouvindo! Atentamente. Desligue estes malditos celulares, Marcelo, e cancele as minhas reuniões!

— Sim, senhor.

— Olha só! Talvez esteja pronto para me ouvir.

— Estou!

— Pois bem, na manhã seguinte, depois do baile de máscaras...

— Sim! Depois do nosso beijo.

— Deve lembrar.

— É claro! E sobre isso...

— Quer me ouvir, Bernardo?

— Desculpe-me! Por favor, prossiga.

— Então, naquela manhã os meus pais e eu fomos acordados por Kelly. Ela estava na nossa porta aos prantos.

— Kelly?

– Kelly! Assim que abrimos a porta ela me abraçou chorando copiosamente, pedindo desculpas pelo que iria contar, alegou que não podia esconder a verdade de mim. Eu fiquei aflita e os meus pais ainda mais. Então ela contou para eles que nos viu no teatro aos beijos e o meu pai quase surtou. Pode imaginar o tamanho da decepção dele?

– Não acredito que ela fez isso!

– Vem muito mais por aí! Nos disse que se sentia muito triste por descobrir que estávamos envolvidos e que eu seria enganada por você assim como ela foi!

– Mas que história é essa?! Eu não enganei ninguém!

– Ela nos contou que estava esperando um filho seu.

– O quê?! Que absurdo é esse?! Sínica! Luiza, eu nunca encostei um dedo sequer naquela garota, precisa acreditar em mim.

– Naquela altura eu não conseguia pensar em mais nada, todos começaram a recriminá-lo e eu também acreditei nela. Me senti usada e toda aquela admiração e sentimento que guardava por você foram escapando pelos meus dedos.

– Ela te enganou!

– Eu fique em choque e o meu pai me proibiu de sair de casa, ligou para o meu irmão e me mandou para cá. Quando o meu irmão soube dos motivos, ficou arrasado e desde então tornou-se superprotetor. Também não foi fácil conviver com ele.

– Eu quase enlouqueci procurando por você!

– Sinto muito!

– Nem sei o que lhe dizer, mas eu fui tão vítima quando você nesta história, Luiza. Precisa acreditar em mim.

– Eu aprendi a não confiar em mais ninguém, não queria saber ou ver nada sobre você, Bernardo, queria arrancá-lo de mim. Programei toda a minha a vida para não ter tempo de pensar em você.

– Sei bem!

– Eu precisei deixar tudo que mais amava, os meus pais, meus amigos, a minha vida e você.

– Me dói muito ouvir isso!

— Não faz ideia de como me senti!

— Faço, sim! Foi muito traumatizante para mim também. Cheguei a pensar que a dor da sua ausência iria me matar.

Lágrimas escaparam dos olhos de Luiza.

— Mas as respostas vieram com o tempo, Bernardo.

— Como assim?

— A cereja do bolo.

— Tem mais?

— Há dois meses, eu estive no Brasil a trabalho, mais precisamente no aeroporto de Brasília, na companhia do meu chefe, quando avistei uma mulher distinta aproximar-se de mim, mas nunca iria imaginar que seria ela, a Kelly. Ela ficou parada olhando-me como se estivesse perplexa, e segurou a minha mão. O meu chefe ficou sem entender a fixação dela por mim, examinadora. Então perguntou se eu tinha tempo para conversar, nos sentamos e ela contou uma outra versão da história, a qual deixou claro que nunca houve nada entre vocês, era tudo mentira.

— Louca! Eu nunca gostei do jeito dela.

— Uma loucura que custou a minha paz!

— A nossa!

— Ela pediu perdão e disse que eu deveria procurá-lo, também tinha o direito de saber a verdade. Era o justo a fazer.

— Remorso!

— Exatamente, chegou a falar que me procurou por anos e não estaria em paz se não me contasse a verdade.

— Nunca poderia imaginar este desfecho. Passei noites em claro...

— A verdade sempre chega, mais cedo ou mais tarde.

— É tarde demais para você, Luiza?

— Preciso desligar agora!

— Espere! Vou lhe pedir desculpas formalmente.

— O quer dizer com formalmente?

— Pessoalmente!

— Não tem necessidade de vir, já falei tudo que precisava saber.

— Mil desculpas pela forma como eu a recebi, não sei explicar o que deu em mim.

— Tudo bem!

— Então vai me desculpar, Luiza?

— Sim! Também devo desculpas por não ter confiado em você, por acreditar nela.

— E como ficaremos então?

— Ficaremos assim!

— Quer dizer distantes?

— Exatamente!

— Então não me desculpou, Luiza.

— Voltamos a ser o que éramos.

— O quê?

— Amigos, né, Bernardo! Você já me pediu desculpas.

— Amigos?

— Adeus, Bernardo!

Marcelo me deu cobertura enquanto eu fui visitar o meu amigo de longa data, Rafael, afinal de contas precisava despejar todo aquele assunto antes que eu explodisse. A voz de Luiza ficou na minha mente assim como toda a conversa, na qual ela outra vez deixou uma ponta solta, as malditas reticências.

— Quem é vivo sempre aparece!

— Preciso da sua ajuda!

— O grande Bernardo! Qual é o pro?

— Luiza apareceu!

— Como é que é?!

— Foi me ver no baile anual!

— Uau! E como ela está? Conta!

— Linda! Maravilhosa!

— E?

— E eu fui o maior dos babacas com ela.

— Não posso acreditar, cara! A Paula vai te matar Bernardo, se ela não fizer isso eu mesmo faço.

— Não piora a minha fossa!

— Por que fez isso?

— Nem sei explicar! O meu corpo inteiro estremeceu, não soube lidar com as minhas emoções. Eu não deveria ter feito aquilo, fui irracional e agora ela tá magoada comigo.

— Espere ai! Você disse que o seu corpo estremeceu? Não me diga que...

— Eu ainda tenho sentimentos por ela.

— Sentimentos... tipo?

— Não como amigos!

— Ainda ama Luiza?! É isso?

— É!

— Guardou esse segredo de mim?

— Eu não queria aceitar. Era humilhante demais.

— Bernardo, não dá para acreditar. E agora o que vai fazer?

— Preciso voltar atrás e contar tudo para ela, mas não sei como faço.

— Engolir o orgulho é o primeiro passo. Onde ela está que não veio ver a Paula?

— Ela voltou para a Califórnia, eu a expulsei!

— Você o quê? Você deveria ter agarrado ela!

— Não sei dizer o que deu em mim. Acho que me senti impotente, quando vi os olhos dela tive a certeza de que não tenho forças para lutar contra esse sentimento. Depois de tantos anos eu percebi que ela ainda é o meu tudo e isso me deixou extremamente irritado.

— É, meu amigo... Vai ser difícil depois desse papelão, mas a única alternativa é tentar reconquistá-la.

— Como?

— Voltando ao passado. Esse Bernardo em que se transformou não vai levar Luiza para casa nunca. Ela não conheceu o seu lado áspero, ela se encantou por um poeta.

— Tem toda a razão, Rafael! Preciso me dedicar ao máximo.

— Mas não é garantido que ela fique com você, pode ter outro na jogada.

— Outro?

— Luiza se tornou uma mulher muito bonita pelo que disse e imagino que deve ser.

— Uma mulher!

— Claro! Não acha que ela ficou esperando por você, né!? Sozinha! Acorda.

— Não estou gostando do rumo dessa conversa, prefiro não pensar nisso. Vamos às estratégias.

Rafael riu copiosamente e elucidou:

— É um ciumento iludido! Isso é patológico, você tem que ser estudado, riquinho. O seu problema foi ter colocado Luiza em um pedestal, mas não se esqueça de que ela é um ser humano.

Na manhã seguinte a mãe de Bernardo o esperava na empresa para uma reunião, vestia-se elegantemente e olhava para Marcelo de forma insistente. Mas o fiel secretário não mencionou uma palavra sobre os passos do seu estimado patrão, então finalmente Bernardo apareceu na porta.

— Posso saber onde estava?

— Mãe? O que faz aqui?

— Desde o dia do baile tem fugido de mim, então acionei o seu secretário para que possamos conversar.

— Não é para tanto! Eu fui visitar Rafael.

— Ele já tem filhos?

— Não!

— Imagino que o assunto deve ter sido urgente para interromper o casal.

— Foi! É, na verdade.

— E por acaso tem a ver com....

— Pode falar, o Marcelo já sabe.

— O que vai fazer a respeito? Quero dizer... Sei que é adulto e não precisa de mim.

— Isso não é verdade, mãe.

— Mas sabe que, se não consertar as coisas o quanto antes, vai perdê-la outra vez e nós dois sabemos como foi doloroso para você. Na verdade, perder Luiza foi como perder o meu próprio filho, o meu Bernardo sensível e amável. Luiza também roubou isso de mim.

— Desculpe, mãe, por ter me tornado tão egoísta e insensível.

— O que eu quero é simples, que se enxergue dentro do processo. Mesmo que Luiza esteja de casamento marcado, fale a verdade para ela, lute, Bernardo, mesmo que seu esforço seja em vão, mesmo que não fiquem juntos, quando tiver 50 anos vai olhar para trás e pensar o seguinte: eu tentei. É muito melhor um desfecho do que passar uma vida inteira imaginando como teria sido. Meu filho, o arrependimento é um dos piores sentimentos, ele corrói a nossa alma.

— Tem razão! Eu estou disposto a tentar, estou reunindo forças para ir.

— Isso mesmo! Mas vá com a mente aberta de que talvez volte sozinho. Por mais que seja doloroso, precisa ir. A história de vocês merece um final, seja feliz ou triste.

— Senhor, aqui está o anel que me pediu.

— Pretende levar este anel?

— Pretendia, mas sei que Luiza não vai aceitar.

— Ela não vai aceitar um anel de diamante cravejado de rubis búlgaros, avaliado em 350 mil reais?

— Não, Marcelo, a Luiza que eu conheço não vai aceitar e isso torna as coisas bem mais complicadas para mim.

— Não leve, meu filho. O que Luiza quer de um homem tem a ver com valores, os valores que o seu dinheiro não pode pagar.

— Marcelo, eu preciso de Fred agora.

— Ok!

Bernardo deixou a empresa atormentado por inúmeras cobranças, em outras palavras, a sua consciência gritava sobre os valores que as duas mulheres mais importantes da sua vida lhe deixaram como lição. Entrou no carro e seguiu até a sua casa, passos apressados sobre o mármore importado dos degraus da escada até o seu quarto, e desabou na cama por cinco minutos, os quais o fizeram refletir sobre sua trajetória.

— Fred!

— Senhor?

— Apenas dirija, eu preciso pensar.

— Quer ir ao jardim?

— Não!

Dentro do seu carro importado e sobre o seu confortável banco de couro, sentiu-se o menor homem do mundo, o grande Bernardo precisava encontrar-se em meio ao seu império de ouro tão grandioso, que o fez se perder na arrogância.

— Fred! Vamos à fundação Antônio Duarte.

— Devo chamar os seguranças?

— Não! Acho que eu sou o perigo!

Bernardo baixou os vidros e dedicou um tempo para perceber que os muros eram azuis, os portões brancos e existia um enorme campo de futebol e uma quadra. Avistou algumas crianças brincando no parque e sorriu. Algo finalmente o fez sorrir, deu uma volta no quarteirão e lembrou-se de que no dia da inauguração estava em Londres, portanto a sua mãe cortou a fita e ele viu apenas em fotos.

— O senhor vai descer?

— Vou!

Os pequeninos curiosos aproximaram-se de Bernardo e alguns até abraçaram as suas pernas e ele sentiu-se bem mediante o afeto. A diretora aproximou-se impressionada, de braços abertos, e disse:

— Que satisfação recebê-lo aqui, senhor Bernardo!

— O prazer é todo meu, senhora. Desculpe a minha mãe...

— Eu sei, a sua mãe vem sempre aqui, o senhor é um homem muito ocupado. Eu sou Ester.

— Por favor, senhora Ester, me chame apenas de Bernardo.

— Tudo bem, Bernardo! Seja muito bem-vindo ao orfanato da sua Fundação.

— É estranho ouvir isso, como eu nunca vim aqui?

— Nunca é tarde! Finalmente veio ver onde tem empregado o seu dinheiro.

— O dinheiro não importa, eu vim ver as crianças.

— Minha nossa! Que bom ouvir isso, eles vão se sentir tão importantes, o que mais precisam é...

— De atenção!

— Exatamente, Bernardo! Isso me diz muito sobre o seu coração.

— Sobre valores!

— É!

— Vamos conhecer as instalações?

— Eu adoraria!

— Oi, senhor!

— Oi! Qual é o seu nome?

— Mateus!

— Quantos anos tem?

— Nove!

— Sabia que eu comecei a jogar com 9 anos?

— É sério?

— É! Quer jogar comigo?

— O senhor é grandão!

— Lembrou-me de alguém, tinha uma garota que sempre fala isso.

— Sua namorada?

— Que garoto esperto! Vamos jogar?

— Não imagino o senhor nestes trajes na quadra.

— Vamos resolver isso, vou deixar o terno aqui.

Há anos Bernardo não havia tocado em uma bola e rapidamente o seu carisma o fez montar um time. Ele deu boas risadas. Até os meninos conseguiram pregar uma peça e derrubá-lo, sujando toda sua camisa e o deixando feliz.

— Não façam isso com o senhor Bernardo, meninos!

— O senhor é o Bernardo, o dono da fundação?

— É ele!

— Não! Eu não sou o dono, Mateus! Vocês são, nada disso existiria sem crianças.

— É o senhor Bernardo Duarte mesmo!

— Sou o B! Gostaria que me chamassem assim, ok?

— Combinado, B!

— Vamos a mais uma partida?

— Não! O senhor é muito profissional.

— Não sou tão bom, vocês me derrubaram e agora vou precisar de um banho também.

— Se é de água que precisa!

— Não podem fazer isso, meninos! Não podem molhar ele.

— Tudo bem, senhora Ester.

— Esta mangueira é da jardinagem.

— Deixa eles.

— Eles nunca se divertiram tanto, agradeço por isso. Geralmente são mais quietos, estavam eufóricos com a sua presença.

— Eu ganhei muito mais do que eles com esta visita, então agradeço a sua atenção, senhora Ester.

— Nem sei o que dizer, senhor Bernardo.

— Ei! Bernardo, apenas Bernardo.

— Tudo bem, vou precisar me acostumar.

— Tchau, B!

— Tchau, B!

— Até logo, meninos!

— As meninas também vão querer conhecê-lo, mas tenho medo de que se apaixonem.

— Não me faça rir, senhora Ester. Estou em péssimo estado, olhe só as minhas roupas, preciso me trocar para ver as princesas.

— Bobagem! Venha comigo.

— Oi, meninas!

— Oi! Boa tarde!

Bernardo leu algumas histórias para as meninas e tomou chá com bonecas, fez alguns biscoitos e foi o príncipe na peça que ensaiaram. Os olhos daquelas crianças o fizeram entender o que realmente importa, o tempo de qualidade, a atenção que faz o outro sentir-se importante, afeto e carinho. E outras formas de amar.

— Aposto que vai sair daqui outro! Renovado.

— Foi um ganho incomensurável.

— Ah! O príncipe já vai?

— Mas eu vou voltar!

— Que pena que já vai, B.

— Meninas, o Bernardo passou a tarde inteira com vocês e até aprendeu a vestir bonecas.

— Verdade! Eu me esforcei bastante.

— Quando vai voltar, B?

— Em breve, eu preciso resolver umas coisas muito importantes.

— Do seu trabalho?

— Não! Do meu coração!

— Hum!

— Entendi! Então vai, B, seja feliz.

— Obrigada, pequena!

Bernardo entrou no carro com a alma bem mais leve e inevitavelmente lembrou-se de Luiza, do quanto ela tinha a ensiná-lo, então, outra vez, Fred o deixou em casa e ao adentrá-la concluiu que a felicidade não se constrói com uma mansão. Outros passos largos sobre a escada, ele tinha pressa de aproveitar cada segundo do seu dia com qualidade.

— Marcelo!

— O quê?

— Quero que me acompanhe, tenho que visitar um lugar.

— Sim, senhor! Mas a esta hora? Já são 18!

— Tem funcionalmente 24 horas.

— Ok! Onde está agora?

— Em casa! Vou tomar um banho.

— Estarei aí em 20 minutos!

— Perfeito!

Foi a primeira vez que Marcelo entrou na mansão Duarte. Os seus olhos não estavam acostumados a enxergar o seu patrão como alguém íntimo. Bernardo sempre estabeleceu um limite bem delimitado entre o profissional e o pessoal, e naquele momento o poderoso Bernardo apagou a linha e quebrou a parede que o separava dos demais mortais. O orfanato havia lhe ensinado sobre isso.

— Sente-se! Vamos jantar!

— O senhor quer jantar comigo?

— Sim! É meu colega de trabalho há cinco anos e percebi que nunca fizemos uma refeição juntos.

— Somos colegas de trabalho?

— Somos!

— Achei que fosse o meu chefe!

— É de minha extrema confiança e alguém assim deve ser visto como amigo, na verdade.

— Amigo? O senhor sente-se bem?

— Ha há!

— Por que rir? Eu falo sério.

— Estou ótimo! Agora sente-se que a senhora Duarte não gosta de esperar.

— Eu ouvi o meu nome?

— Senhora!

— Marcelo? Não me diga que alguém morreu.

— Viu?!

— Não, mãe! Ele veio jantar conosco.

— Ótimo! Já não era sem tempo.

— Agora sente-se e nos conte: tem namorada? Não olhe assim, eu obviamente não estou lhe dando uma cantada.

135

— Nunca pensaria isso, senhor.

— Bernardo, por favor. Marcelo, estamos em minha casa, me chame de Bernardo.

— Tudo bem!

— Gostei, meu filho.

— Sobre a sua pergunta, Bernardo, eu gosto de uma moça.

— E?

— Acho que ela me acha muito formal.

— Deixe de ser tão formal! Às vezes precisamos mudar para entrar no mundo de alguém.

— Tem razão.

— Fred, lembrei... Vou dar a noite de folga para ele.

— Mas disse que iria sair hoje à noite.

— Vamos apenas nós dois, Marcelo, e eu dirijo.

— Alô! Fred, guarde o Lamborghini. Pode ir para casa, vá jantar com a sua família.

— Sim, senhor! Muito obrigado! É aniversário da minha mulher, ela vai ficar muito feliz.

— Deveria ter me dito, eu lhe daria o dia de folga.

— O senhor nunca dá folgas.

— Eu não dava, mas isso é passado.

— Marcelo, por favor, fale com a Margaret e peça para ela estabelecer um cronograma de folgas mensais à escolha dos funcionários.

— Sim, senhor!

Bernardo desceu as escadas com roupas modestas e Marcelo o olhou impressionado. Foi até a garagem e escolheu o carro mais improvável, pôs um boné azul e fez sinal para Marcelo entrar.

— Sei o que está pensando!

— Eu não disse nada, senhor!

— Nem precisa.

— Aonde vamos?

— Vai saber!

— Não me diga que vai se suicidar!

— Gosto do seu humor ácido, Marcelo, é extremista.

— Aonde vamos? Estou com medo!

— Relaxe!

Marcelo estava atento a cada detalhe do percurso e com o celular pronto para chamadas de urgência, as suas mãos tremiam. E Bernardo não conseguia parar de rir, à medida que se aproximavam do destino, o cenário tornava-se mais dramático.

— Chegamos!

— Vamos visitar alguém?

— É o hospital da Fundação Duarte, veja a placa. O medo o fez dispersar e deixou claro que não confia em mim.

— Nada pessoal, senhor, mas é que o seu comportamento está estranho demais.

— Vamos.

— Eu não me sinto bem! O senhor está vestido...

— Fale, Marcelo!

— Bom, os meus trajes estão superiores aos seus e isso me deixa desconfortável.

— É sério!? E pare de me chamar de senhor.

— Boa noite! Posso ajudá-los!? Ei! Espere! O senhor é quem eu estou pensando?

— Não! Eu sou o motorista dele. — Disse Bernardo sério.

— Senhor Bernardo, que brincadeira é essa? — Questionou Marcelo pálido.

— Ai, meu Deus! Vou chamar a diretora!

— Não tem graça, a moça sabe que eu não sou o senhor.

— Entre na brincadeira. Vai ser divertido, Marcelo.

— É tenso, isso sim!

— Deixe de ser tão formal. Lembra? Depois quero saber quem é a moça que o deixou apaixonado, com a minha mãe na mesa não pude saber os detalhes.

— Seja bem-vindo, senhor Marcelo Ricardo!

— Sabe o meu nome?

— Vi sua foto no jornal em uma matéria sobre o baile anual de caridade.

— Virou celebridade! — Disse Bernardo rindo.

— Eu sou a doutora Mirela e com toda certeza o senhor é Bernardo Duarte.

— Sou, muito prazer!

— O prazer é nosso, sem o senhor nada disso seria possível e aposto que veio ver com os próprios olhos onde anda empregando o seu dinheiro.

— Na verdade não, doutora, eu vim ver os pacientes.

— Ótimo! Eles vão se sentir...

— Importantes!

— Isso!

— É isso que eu quero, fazer as pessoas ao meu redor sentirem-se importantes.

— Muito bonito da sua parte.

— Foi uma amiga que me ensinou isso, é sobre valores.

— Esse tipo de amizade é a que precisamos levar para o resto da vida, são pessoas que sempre devemos manter por perto.

— Gostaria muito de ter esse poder, doutora.

— Vamos conhecer o hospital?

— Com certeza!

Mirela apresentou todas as instalações e suas avaliações sobre estrutura, citou algumas melhorias, as quais Bernardo anotou. E Marcelo, ainda impressionado com o comportamento dele, pensou em Luiza, ela tinha as respostas para repentina mudança.

— Tem três pacientes que quero apresentá-lo.

— Eu adoraria!

— Uma delas está em estágio terminal.

— Meu Deus!

— Talvez seja chocante demais para o senhor.

— Eu quero vê-la!

— Então vamos trocar suas roupas, ponha máscara, gorro e proteja os pés.

— Eu não tenho medo de me contaminar, doutora.

— Senhor Duarte, a doença dela não pode nos ameaçar, mas nós somos uma ameaça para ela.

— Está me dizendo que...

— Ela está em isolamento reverso, por severa debilidade imunológica, ou seja, uma inofensiva infecção pode matá-la em questão de horas.

— Meu Deus! Eu não vou entrar!

— Pode falar com ela pelo vidro, mas antes precisa saber que o rosto dela, bom... uma parte considerável do rosto dela foi removido.

— Um tumor?

— Sim! Então tente não demostrar piedade, ela não se olha no espelho.

— Tudo bem!

— Acha que consegue?

— Sim!

— Oi, Julia!

— Oi, doutora!

— Eu trouxe um príncipe para conhecê-la.

— Oi, Julia!

— Oi!

— Como está?

— Sobrevivendo!

— Quantos anos você tem?

— Doze!

Lembrei de Luiza.

— Uau! Quando eu tinha 15 anos eu me apaixonei por uma garota muito parecida com você, sabia?

— Não minta para mim!

— É sério! Não imagina o quanto é linda e especial.

— Vocês namoraram?

— O que é isso, Julia? A minha paciente está curiosa demais.

— Desculpe, doutora.

— Não tem problema, eu respondo. Eu a beijei uma vez.

— E Então?

— Ela foi embora!

— Que história horrível!

— É! Não foi legal, mas aposto que tem uma história melhor para contar.

— Sem chance!

— Posso fazer um desenho seu?

— Quer me desenhar?

— Mas é claro! Vai ser a minha modelo gráfico.

— O senhor é desenhista?

— Eu sou e dizem que dos bons.

— Ele é o melhor!

— E quem é o senhor?

— Ele é Marcelo, o meu chefe.

— Não sou! É brincadeira dele.

— O que acha, Julia?

— Pelas roupas deve ser verdade.

— Viu, Marcelo?!

— A sua versão humilde está me deixando extremamente preocupado.

— Tire a gravata e sente-se! Relaxe.

Bernardo desenhou o rosto de Julia com um quê de genialidade, fez uma perfeita projeção usando a simetria do lado esquerdo e a transferiu para o lado direito, onde a doutora Mirela havia retirado o tumor, usou todo o seu talento para fazer uma garotinha sentir-se linda e feliz.

— Por favor, seja sincera, Julia!

— Eu era assim!

— Não chore, Julia! Vai me fazer chorar e somente Luiza consegue isso, então pode imaginar o quanto é especial.

— Eu era linda! Você desenhou os meus cabelos, faz dois anos que não tenho cabelos.

— Eu a desenhei da forma que estou vendo, você é linda!

— Namoraria comigo?

— Claro!

— Então vou acreditar!

Marcelo saiu da sala aos prantos, a comoção de Julia deixou todos impressionados, os olhos dela encontraram no desenho um motivo para brilhar.

— Fez boa parte de nós chorarmos, senhor Duarte! Meus parabéns pelo coração que possui.

— Na verdade estou tentando lapidá-lo, o meu coração é um desafio.

— Já tem um grande coração! O que fez com aquela garotinha foi incrível, valeu mais do que todo o dinheiro que investiu naquela "sala--bolha", a qual a mantém viva para que tivesse tempo de ser desenhada.

— Ela vai morrer, doutora?

— Vai, Marcelo! Mas ela vai partir feliz porque um príncipe se "apaixonou" por ela. Agora vamos ver a pequena Eloá?

— Vamos!

— Oi, pequena! Quanto anos você tem?

— Fiz 5 anos.

— Uau! Você é grande para 5 anos!

— Se eu sou grande o senhor é um gigante.

— Esperta!

— Tem filhos?

— Não!

— Quantos anos tem?

— Trinta!

— Você é bem velho!

— Eu sou! Estou ficando preocupado, preciso resolver a minha vida.

— Eu fiz um desenho!

— Que arco-íris lindo! Gostei das nuvens coloridas e você caprichou no céu.

— As nuvens são de algodão-doce e fiz o céu muito azul, porque eu vou pra lá.

Os olhos de Bernardo encheram-se de lágrimas e ele respirou fundo. Com as mãozinhas de ternura, Eloá tocou o rosto dele e sorriu dizendo:

— Não precisa ficar triste, eu ainda tenho um tempo aqui.

— E como sabe sobre tudo isso?

— É *o meu segredo*!

— Me conta, eu sou bom para guardar segredos.

— Eu sei que é! Por isso vou contar: os anjos falam comigo.

— Que incrível! Porque você é uma garotinha muito especial.

— Tenho cinco dias!

Bernardo refletiu no quanto perdeu tempo com coisas banais.

— Cinco dias?

— É! Não posso contar a minha mãe, ela vai ficar muito triste.

— Sim!

— O tempo é precioso! Cada segundo e as pessoas não sabem aproveitar.

— Eloá, o que acha de sair do hospital? De fazer todas as coisas que tem vontade nesses cinco dias.

— Eu posso?

— Se a sua mãe deixar, sim!

— Eu queria ir à praia!

— E o que mais?

— Um vestido de princesa com uma coroa cheia de pedras, igual à dos desenhos.

Em lágrimas Bernardo olhou para Marcelo e balançou a cabeça.

— Podemos fazer isso!

— O que mais?

— Aí não posso mais dizer!

— Pode! Já me contou um segredo e agora somos amigos.

— Tá bom! Eu queria dar uma casa para a minha mãe, mas eu não vou ter tempo.

— Onde está a sua mãe, Eloá?

— Dormindo!

— Vamos acordar a mamãe?

— Sim!

— Fico feliz que esteja disposto a ajudar a pequena Eloá, mas antes que deixe o hospital eu tenho que lhe apresentar o último paciente, prometi três casos.

— Adoraria vê-lo, doutora Mirela.

— Este é o Leo!

— E aí, campeão!

— Oi! Gostei do boné!

— Obrigado! Foi uma amiga que me deu, eu sou Bernardo.

— Pode sentar-se aqui.

— Estes livros são todos seus?

— Sim!

— Nossa! Que impressionante.

— Eu preciso correr para conseguir esgotar a minha lista de livros antes de...

— Quantos anos tem?

— Quinze!

Bernardo lembrou-se da época do colégio, de quando conheceu Luiza e aquela visita ao hospital mais parecia uma viajem ao passado e um teste de autorreflexão.

— E tem quantos livros na sua lista?

— Vinte!

— Ouviu, Marcelo? Vinte!

— Estou esperando alguns chegarem, eu pedi pela internet.

— Espero que consiga ler todos.

— Eu gostaria de ter tempo. Desde que o meu irmão desapareceu, tento ocupar a minha cabeça com os livros e depois veio o câncer.

— O seu irmão desapareceu?

— Faz cinco anos!

— Sinto muito, assim como sinto pela sua condição de saúde.

— Adoraria que o meu irmão voltasse, imagina a felicidade da minha mãe. Ela iria abraçá-lo com toda força e amor do mundo e cobri-lo de beijos.

— Era isso que eu deveria ter feito.

— O que disse, Bernardo?

— Nada, Leo, pensei alto. Tem namorada?

— Não!

— Cara, por que não? Não acredito que não goste de nenhuma garota.

— Eu gosto, mas não tenho tempo.

— Olha para mim, Leo! Nem que seja por um minuto, desde que esteja perto de alguém especial vale a pena. Fale com ela. Sei que o universo dos livros é maravilhoso, eu também adoro, mas precisa ter suas experiências.

— Eu vou!

— Ela é uma paciente?

— É a moça da enfermaria 23.

— Você é um sortudo, cara! Quem me dera que a mulher da minha vida estivesse tão perto de mim agora... Boa sorte com a garota.

— Valeu, Bernardo!

— Marcelo, vamos conversar com a mãe de Eloá. E iremos à praia, mas antes eu preciso que vá até a empresa e traga a réplica da tiara Marselha de Dirceu.

— Senhor, mesmo a réplica é uma fortuna.

— Eu sei quanto vale cada joia que produzo, eu quero a tiara. Aquela garotinha vai ser uma princesa, entendeu, Marcelo? E já chegou a hora de tirar a Marselha da minha sala.

— Sim, senhor! E sobre a praia, não esqueça que o tem um voo às 5h30 da manhã.

— Não vou dormir, vamos aproveitar o mar e quando eu viajar deixe Fred à disposição de Eloá.

— Senhor, eu nem sei como agradecer por tudo que tem feito! Eu nem o conheço.

— Como não, senhora? Eu sou amigo da sua filha. Não é, Eloá?

— É, sim!

— Pronta para se vestir de princesa e ver o mar?

— Sim!

— Boa noite! Eu preciso de um vestido para esta garotinha.

— Rosa?

— Que tal rosa, Eloá?

— Eu quero o azul, da Cinderela.

— Boa escolha, garota! Eu adoro azul.

Eloá saiu do provador com lágrimas nos olhos em seu triunfante vestido de princesa e todos aplaudiram. Bernardo ajoelhou-se e pôs a tiara Marselha sobre a cabeça da garotinha, ela gritou.

— Ah! Que linda!

— Gostou?

— Sim!!! Eu posso ficar com ela?

— Vamos fazer o seguinte, eu vou deixá-la usar somente hoje, eu tenho que devolver para a fada-madrinha, mas pode fazer um pedido que tem quase o valor da tiara. O que acha?

— Aceito!

— Faça o pedido! A fada está aqui.

— Posso falar alto?

— Não precisa, na verdade o mais importante é que peça com muita fé.

— Tudo bem! Já fiz.

Bernardo olhou para Marcelo e piscou, ele iria resolver todos os trâmites sobre a casa.

— Agora, a princesa Eloá de Avela deseja ir à praia?

— Espere! A fada veio falar comigo.

— Foi mesmo? E o que ela disse?

Eloá cochichou no ouvido de Bernardo:

— Não foi a fada! Foi o anjo, fale baixo.

— Hum! Certo. — Sussurrou Bernardo. — E o que ele disse?

— Que ela está esperando pelo garoto.

— Não entendi! Ela quem, Eloá?

— A moça que você ama.

— Como é?

— Você precisa se apressar, Bernardo. O relógio.

O relógio marcava 5h da manhã. Bernardo havia guardado todos os poemas em uma caixa de madeira e durante o voo teria tempo para relê--los com calma, reconectar-se com o antigo Bernardo seria fundamental. Desta vez ele estava usando o boné azul que Luiza havia lhe dado e em sua mala não existiam ternos, tampouco espaço para erros.

— Bom dia, senhorita! Não está me reconhecendo?

— Não!

— Eu sou o cara com quem conversou semana passada. Eu perguntei sobre uma moça, Luiza, se havia embarcado no voo.

— Ah! Sim! Quase não o reconheci. Está muito diferente sem os trajes elegantes.

— É!

— Então vai vê-la?

— Vou! Deseje-me sorte!

— Boa sorte! E um excelente voo.

— Obrigado!

— Senhor, espere!

— Sim!?

— Seja sincero com ela! É isso que as mulheres buscam.

— Serei! Muito obrigado pela força.

No dia seguinte Bernardo sentou-se em um café com fronte à L.A. Corporation, no qual tinha uma vista privilegiada da porta principal. Por trás das suas lentes escuras e com o boné cobrindo boa parte do seu rosto, ele esperava por Luiza pacientemente, a tiracolo o seu laptop. Atendeu algumas ligações sem perder a atenção no movimento nem por um segundo. A princípio não pretendia escrever nenhum poema ou enviar mensagens apaixonadas para ela, talvez tivesse perdido o dom. Bernardo tinha outros planos.

O relógio marcava 8h da manhã quando Bernardo finalmente a viu sair de um carro na companhia de um homem, o qual estendeu a mão para ela descer. O seu coração sentiu um forte impacto, embora houvesse se preparado para possíveis decepções, a verdade é que não estava, mas o **primeiro tsunami** não o derrubou. Ele permaneceu no mesmo lugar, tinha que ser resistente e esperar por ela. Ao meio-dia ele a avistou atravessando a rua e vindo em sua direção na companhia do mesmo homem, eles sentaram-se em uma mesa não tão distante de Bernardo.

Bernardo baixou o boné enquanto tentava ouvir a conversa deles. Os olhos atentos, logo percebeu quando o acompanhante de Luiza segurou a mão dela. O coração de Bernardo reagiu outra vez, **segundo tsunami**, então em resposta ligou para ela, mas a conversa parecia tão empolgante que ela nem sequer percebeu o celular vibrar e isso o deixou irritado.

Eles saíram do restaurante e o corpo de Bernardo recuperava-se das forças avassaladoras daquelas águas túrbidas, as ondas derrubavam-no incansavelmente a cada vez que aquele homem tocava a mão de Luiza. Inconformado, começou a vasculhar tudo sobre a L.A. Corporation, desde os zeladores ao dono da empresa, precisava sondar a vida dela, não somente por uma necessidade quase que vital, e sim por uma questão de honra. Mas hesitou, a verdade o apavorava e saber todos os passos de Luiza poderia ser tão doloroso quanto ser banido do planeta, no fundo entrar no mundo dela tornou-se o seu maior medo.

Já passava das 17h quando Bernardo ficou parado na porta da L.A. com um exagerado buquê de rosas vermelhas, esperando o momento em que Luiza sairia do trabalho. Olhava insistentemente para as grandiosas portas de vidro, as mãos estavam suadas e seus sentimentos nunca estiveram tão claros. Ele ainda a amava intensamente, na verdade, jamais deixou de amá-la.

Luiza desceu do elevador na companhia do homem, que muito provavelmente era seu colega de trabalho, sendo otimista. Quem dera se fosse apenas isso. Julgando pela forma como ele olhava para Luiza, e com base em todas as armas de sedução que usou no café, talvez houvesse algo a mais. Bernardo sentiu-se inseguro, respirou fundo e as elaboradas palavras escaparam da sua mente, será que iria falhar em sua missão?

O distinto homem abriu a porta para Luiza e nessa hora deu de cara com Bernardo. O coração dela deu sinais, desatinou e a cada segundo batia mais descompassadamente, a ponto de paralisá-la. Era algo naturalmente explicável, já que Bernardo estava usando o boné azul e tinha nas mãos suas flores preferidas. Num piscar de olhos ela retrocedeu ao passado quando:

— Oi, Luiza!

Bernardo a acordou do seu transe. Era ele, o garoto que Luiza conheceu.

— Bernardo?! O que faz aqui? Como...?

O breve diálogo fez Marck fechar os punhos e logo veio o **terceiro tsunami.**

— Então você é o Bernardo?

— Sou!

— Tenho algo para você!

Marck deu um soco no perfeito nariz de Bernardo.

— Au!

Luiza pôs a mão no peito de Marck, aflita, tentando impedi-lo, mas foi inevitável, ele possuía ira nos olhos, que na certa conhecia muito bem toda a história.

— Esse foi por mim e este...

— Chega, Marck!

Luiza tentou segurá-lo outra vez, mas foi em vão.

— Ai! Esse foi ainda pior! — Disse Bernardo passivo.

— Marck! Pare, por favor, ele está sangrando.

— Esse foi para que aprenda como tratar uma mulher, por isso caprichei mais.

— Isso doeu!

Luiza esperava uma revanche e na certa Marck poderia parar no hospital, mas para a surpresa dela, Bernardo permaneceu imóvel.

— Nem pense em revidar, eu chamo os seguranças.

— Não vou revidar, eu mereci isso.

— Tá sangrando!

— Não se preocupe com ele não, Luiza, vai passar.

— Eu só preciso de alguns minutos, será que podemos conversar, Luiza?

— Ela não quer ouvi-lo, cara!

— Marck, você bateu nele e agora, no mínimo, eu preciso ajudá-lo.

— É sério?

— Tem um café do outro lado da rua, venha comigo.

— Se por acaso este babaca aprontar com você, me ligue que eu vou te buscar.

— Não se preocupe comigo, pode ir para casa, Marck.

— Tem certeza?

— Tenho!

Bernardo estava a um passo atrás de Luiza e isento de qualquer preocupação com o seu rosto, o sangue escorria do nariz e do supercílio ao ponto de sujar a camisa. Ele parecia atento aos detalhes de Luiza sobre seu salto vermelho.

— Please, girl, two Coffees and two ice cubes.

— Ok!

— Sinto muito pelo Marck. Ele é meio temperamental.

Luiza pegou um guardanapo e entregou a Bernardo e ele tocou a mão dela propositalmente, mas ela a recolheu com pressa.

— Ele é o seu namorado?

— Não!

— Mas ele gosta de você!

— Não sei ao certo.

— Tenho certeza, julgando pela força dos murros.

Luiza analisou o estrago, respirou fundo e Bernardo pôs o exagerado buquê de flores sobre a mesa para lembrá-la dos motivos da sua inesperada visita.

— Deve estar doendo!

— Almoçaram juntos!

— Como sabe?

— Eu os vi aqui.

— Desde que horas está aqui?

— Desde as 7h.

— Passou o dia inteiro aqui?

— Esperando por você, Luiza.

Luiza fitou o buquê de flores sobre a mesa e refletiu. Notou a mancha de sangue em sua camisa branca.

— Por que não me avisou que estava em Los Angeles?

— Eu tentei, mas não atende as minhas ligações.

— Sinto muito! Eu precisava respirar.

— Tudo bem! Eu entendo.

Entreolharam-se e a garçonete chegou com o pedido.

— Your request, madam.

— Thanks!

Luiza aproximou-se de Bernardo, as mãos dela estavam um pouco trêmulas e o coração desenfreado, retirou o boné dele e o entregou.

— Fica quietinho agora, o gelo vai ajudar a amenizar a dor e o inchaço.

Os olhos de Bernardo pousaram em Luiza enquanto ela passava o gelo em seu rosto e desde o último beijo nunca estiveram tão próximos como naquele momento. As palpitações tornaram-se perturbadoras e a temperatura corporal aumentou rapidamente, assim como os níveis de dopamina, diante da irresistível aproximação ele segurou a mão dela e isso lhe chamou a atenção.

— Doeu?

— Doeu muito!

Luiza respirou fundo, repousando seus olhos nos dele.

— Desculpe!

— Não é dessa dor que estou falando. Precisamos conversar, Luiza!

— Eu achei que já tínhamos encerrado o assunto!

— Você disse tudo o que queria, mas e quanto a mim? Eu apenas ouvi e assim que desligou o celular a minha vida virou ao avesso.

— Desculpe, mas não estou conseguindo me concentrar na conversa vendo o seu rosto deste jeito.

— Eu estou bem! E a propósito, as flores são para você.

— Obrigada! Vamos para minha casa, vou fazer um curativo e então podemos conversar. Deve estar cansado, saiu de um voo longo e ficou aqui o dia inteiro.

Bernardo deu um meio sorriso e baixou a cabeça tentando disfarçar o seu contentamento.

— Sempre preocupada!

— Vamos! Eu vou chamar um táxi.

— Não precisa, eu aluguei um carro.

— Sempre astucioso.

Bernardo abriu a porta do carro para Luiza, sentaram-se e rapidamente ele puxou o cinto de segurança do banco dela, aproximando-se do seu rosto propositalmente e o encaixou. Ela ficou tensa, causando-lhe fortes palpitações, logo percebeu que o inesperado visitante tornaria a sua rotina em Los Angeles um tanto desafiadora.

— Finalmente vou descobrir onde mora!

— Não sei nem como conseguiu me encontrar aqui!

— O seu irmão, ele atendeu o seu celular e passou o endereço.

— O meu irmão e a mania dele de se meter na minha vida.

— Senti a sua falta!

— O quê?

— Eu sinto muito a sua falta, Luiza!

Luiza o olhou com estranheza e franziu o cenho.

— É bem contraditório, Bernardo, já que há poucos dias me expulsou da sua festa, da sua vida.

— Perdão! Eu me senti ameaçado por você.

— Não sei como! Sabe por que eu realmente fui à sua procura?

— Fale!

— Eu fui contar a minha versão da história para o Bernardo que eu julguei conhecer. Mas esse milionário aí roubou o meu melhor amigo, o jogador de basquete e por mais que tenha vindo desarmado, sem os seus ternos italianos, e usando o boné que eu te dei, ainda assim não é mais o mesmo. Não é o meu Bernardo.

— Eu te machuquei muito!

— Muito! Não imagina o quanto me dói saber que parte dessa mudança tem a ver comigo. Quando usa a frase "sentiu-se ameaçado", quer dizer que a minha presença o incomoda, o machuca.

— Não! Por favor, não me entenda mal, Luiza. Não foi isso que quis dizer! Precisamos dar um fim a todos os mal-entendidos.

— Olho para você agora e percebo o quanto eu perdi. O destino me tirou a chance de namorar um garoto incrível que escrevia poemas, que jamais seria grosso comigo, que me olhava com ternura. O tempo que perdi foi o mais precioso, confesso que distante de você eu me senti a garota mais infeliz do mundo. Senti na pele o quanto foi devastador para você também, a ponto de transformar o garoto que eu admirava em um homem frio.

— Desculpe, Luiza!

— Foi frustrante voltar ao Brasil e ver que construiu um império, mas deixou de lado o mais importante, o essencial, o seu jeito único de ser, o Bernardo que me amou e o que eu tanto amei. Chegamos!

As confissões de Luiza deixaram Bernardo sem palavras. Ele abriu a porta do carro e notou que uma lágrima escapava do rosto dela, então segurou firme a sua mão e a trouxe para os seus braços, existia muito sentimento envolvido naquele abraço, um misto de medo, tristeza, saudade e sem dúvida ainda existia amor. Ele alisou os seus longos cabelos enquanto a prendia contra o peito na tentativa de fazê-la ouvir o seu coração chamando por ela.

Senti o calor devorar o meu corpo no instante em que a prendi em meus braços, o corpo de Luiza perto do meu foi a sensação mais maravilhosa e abrasadora que experimentei nos últimos anos. E todo aquele louco sentimento voltando com força total, tirando-me completamente da razão com apenas um abraço, era ela a minha pequena, fazendo uso de todo o seu poder.

Nos braços de Bernardo fiz uma viagem no tempo e por mais que eu tentasse negar eu o desejava, mas precisava fugir dele, do calor que tomava o meu corpo, da louca sensação, das mãos que me prenderam com maestria e não poderia demorar mais que dois minutos presa àquele abraço ou não iria resistir à tentação de provar o seu inesquecível beijo outra vez.

Entreolharam-se e, quando Bernardo finalmente iria beijá-la, Luiza baixou a cabeça e deixou os braços dele, mas ele a segurou.

— Não vou suportar vê-la chorar outra vez! Isso fere o meu coração.

— Por que veio? Para me machucar?

— Luiza, quero que me ajude a ser o Bernardo que conheceu!

— Ele não existe mais!

— Talvez a dor tenha o escondido num ato de desespero, mas eu sei que o seu Bernardo ainda existe em algum lugar aqui dentro e abraçar você me fez sentir isso.

Desprendendo-se do caloroso abraço de Bernardo, ela disse:

— Vamos subir! Eu preciso cuidar do seu rosto, tá horrível.

Enquanto o elevador subia, Bernardo não conseguia desviar os olhos de Luiza, a presença dela o enfeitiçava. O tempo havia passado, tudo mudou, inclusive ele. Mas o amor que sentia por ela continuava intacto, então outra vez ele segurou a mão dela e a fitou insistentemente, como se estivesse tentando lhe dizer algo, mas as palavras não saíam.

— Pode entrar!

— Com licença!

— Sente-se. Eu vou buscar a maleta, para fazer um curativo.

Bernardo sentou-se e retirou o boné, ajeitou o cabelo enquanto tentava articular algumas palavras, as suas mãos suavam. Quando Luiza retornou, ele estava de cabeça baixa, logo ficou profundamente preocupada, mas sabia que não poderia se deixar levar pelo momento.

— Pode doer um pouquinho, tá!

— Tudo bem! Vá em frente, uma dor a mais não vai me matar.

Luiza virou a poltrona na direção do sofá e sentou-se em sua frente, cara a cara com Bernardo. Uma coleção rara de sentimentos apossava-se dos dois de forma doce e violenta, com toda a certeza o medo também os confundia. Ela por vezes sentia-se ameaçada pelo seu passado ainda vivo, que tentava dominar o seu corpo.

— Au!

— Desculpe! Falta pouco agora.

Quase sussurrando Bernardo disse:

— Não tem pressa!

As pernas de Luiza tremiam assim como a sua respiração alterava-se bruscamente. O coração a traía sem culpa, ela desejava os lábios dele e a recíproca era verdadeira. Estavam presos por laços poderosos muito além do corpo, imersos em uma troca de olhares que denunciava o quanto se amavam.

A sensação de ver Luiza em sua frente, de sentir o toque das suas mãos em seu rosto era reconfortante, enquanto admirava a sua beleza buscava nos olhos dela o que tanto ansiava, a verdade. O doce toque de Luiza era o estímulo de que tanto precisava para agir, então ele segurou a poltrona e a puxou para mais perto dele, hipnotizada frente à reação de Bernardo, tirou a mão do seu rosto, então ele inclinou-se para ela.

— Eu terminei!

— Já? É! Foi a primeira vez que fez um curativo em mim, era sempre o contrário.

— Vou preparar algo para comer, ainda gosta de massa?

— Você lembrou!

— Os velhos costumes!

Com olhar insistente, Bernardo acrescentou:

— Ainda gosto! Eu gosto muito, na verdade eu ainda amo.

Nervosa, sabendo o teor das palavras de Bernardo, Luiza disse:

— Pode ligar a TV.

— Eu tenho muito a dizer, mas sinto que está fugindo de mim.

— É contraditório ouvir isso de você, senhor indecisão.

— Eu te mandei embora, eu sei, e agora estou aqui mendigando a sua atenção.

— Bem isso! Não soa estranho?

— Foi da boca para fora, Luiza! Nem imagina o quanto foi insuportável, sufocante ficar longe de você e então do nada apareceu e confundiu a minha cabeça, eu não soube lidar com a minha fraqueza porque bastou a ver de novo para eu não resistir. O meu corpo inteiro começou a reagir, eu estava em chamas, mas a minha boca disse coisas completamente contrárias porque andei lutando contra mim num esforço sub-humano, tudo isso para fingir que tinha te esquecido. A verdade é que eu não superei você, eu nunca te esqueci e deixar de amá-la tornou-se impossível desde janeiro de 2008.

Luiza o olhou admirada, respirou fundo e outra vez fitou as flores sobre o sofá.

— Eu vou para a cozinha!

— Vai continuar fugindo de mim?

— Vou fazer a massa!

— Será que eu posso tomar um banho?

— Mas é claro! O banheiro fica no final do corredor.

Enquanto a água caía sobre o corpo em chamas de Bernardo, Luiza não conseguia controlar a emoção, um filme passou diante dos seus olhos e, embora estivessem perto de Hollywood, a confissão que acabara de ouvir não era do tipo que só acontecia nos filmes, foi intensa, emocionante e bem real. O impacto das palavras de Bernardo causou vários efeitos no corpo e na mente de Luiza, a ponto de deixá-la completamente desconcentrada e queimou-se.

— Ai!

Ao ouvir Luiza, Bernardo pegou a toalha, prendeu na cintura e saiu correndo do banheiro. Ao chegar à cozinha, a encontrou chorando. Luiza tomou um susto ao vê-lo, embora aquela visão valesse muito a pena, as gotas escorriam pelo corpo dele e em seu rosto preocupado.

— O que aconteceu?

— Nada! Foi a água quente, eu me distraí.

— Continua distraída.

— É! Sempre!

— Deixe eu ver a sua mão.

— Não foi nada!

— Como não foi nada? Queimou.

— Logo vai passar, tudo passa.

— É melhor pôr em água corrente.

Quarto tsunami

Bernardo segurou a mão de Luiza e abriu a torneira. Enquanto a água escorria, ela tentava não admirar o corpo dele e quanto mais se afastava, mais ele aproximava-se dela, até prendê-la entre os seus fortes braços e a pia, sozinhos frente a frente. Os olhos de Luiza estavam sob o domínio de Bernardo, ele pôs a mão em sua cintura e a puxou para os seus braços outra vez, dois corações, uma história e coisas mal resolvidas eram o tempero que estava faltando para que se rendessem ao amor. Mas Luiza hesitou.

— Mas o que é isso?!

— Lucas!

— Mal chegou do Brasil e já esqueceu as regras da casa, Luiza!

— Desculpe!

— Quantas vezes eu avisei para não trazer namorados para cá?

— Ele não é o meu namorado!

— Agora piorou a situação!

— Lucas, Bernardo!

— Eu ouvi direito? Luiza? É sério que você pretendia beijar esse cara?

— Oi! Tudo bem?

— Não está nada bem! Vista a sua roupa e saia do meu apartamento agora. Luiza, depois de tudo que ele falou para você?

— Olha, se me der um tempo, eu posso explicar!

— Fora daqui, Bernardo!

— Sinto muito!

— Tudo bem! Será que podemos conversar amanhã?

— Não! Luiza não vai mais te ver, pode voltar para a sua vida de luxo, regada a mulheres fáceis. A minha irmã não é uma delas.

— Eu sei disso, nunca pensei que fosse. Quero deixar claro que eu sempre a respeitei.

— Estou vendo como!

— Eu já vou!

— É melhor mesmo!

— Amanhã eu te ligo, Luiza!

— Tá!

Capítulo 5

EVIDÊNCIAS

Era inútil disfarçar as evidências, tentar afastar Luiza da minha vida é como negar a mim mesmo e ignorar o quanto o meu coração clama por ela. Brevemente compreendi no exato momento em que a vi na minha frente que não dava mais para separar as nossas vidas. E no ápice da ilusão de mentir para mim mesmo, tentei anular as aparências, mas a verdade é que eu sou louco por ela.

E cansei de fingir, de mentiras, de usar minhas máscaras douradas, voltei de peito aberto e busco em seus olhos a verdade, que também não me esqueceu, que em seu coração guarda segredos sobre mim. Espero Luiza, ouvir dos seus lábios que tem saudade e que pensa em mim. O que mais anseio, na verdade, é saber que nunca deixou de me amar.

Por mais que se afaste eu serei insistente, e que o medo a apavore, eu vou segurar a sua mão. Podemos enganar o mundo, mas nunca o coração, podemos fechar portas, mas a vida nos abre janelas. E por mais que tente escapar das minhas mãos, o meu coração irá encontrá-la passe o tempo que passar e outra vez eu a esperarei. Ao passo que deixe um punhado de evidências pelo caminho, eu as usarei somente para ouvir o que toca seu coração.

As pálpebras pesadas não me permitem repousar diante da eufórica sensação que Luiza causou no meu corpo, o suor umedece as minhas mãos tão saudosas do seu abraço, o seu irresistível perfume convidava-me de forma impiedosa ao seu encontro, a sentir o sabor da sua boca ao sossegar a minha. Lembrei-me sem muito esforço da sensação inebriante de tê-la ao alcance dos meus olhos e no quanto senti a sua falta.

Quão magnifico foi assistir ao desabrochar de Luiza, uma rosa perfeitamente bela. Os meus olhos tiveram o privilégio de observá-la de perto, cada detalhe do seu rosto, fitar quase que obcessivamente aqueles olhos amendoados outra vez e, como sempre, feito louco desejei seus lábios rosados. Ela ganhou traços de mulher e desmontou o meu lado durão, sinto-me vulnerável e impotente, agora compreendo que estive cego e surdo, em uma bolha de orgulho, porque para alterar os meus sentidos e acessar o melhor que existe em mim apenas Luiza conhece o código, somente ela é capaz de decifrar e me trazer de volta às origens.

Somente ela tem o poder de tornar os dias mais simples momentos memoráveis, passei duas horas ao seu lado desde que cheguei e foram os 120 minutos mais preciosos dos últimos anos. Isso me fez concluir uma tese, a qual venho elaborando ao longo destes últimos 12 anos em que estivemos separados, de que existem pessoas insubstituíveis, e a Luiza é uma das raras pessoas que encontramos apenas uma vez na vida. Mesmo que dê uma volta completa ao mundo e visite os jardins mais bonitos, não encontrarei flor igual. Mesmo que se esforce e consiga se doar para outro alguém, de nada adiantaria, a química do amor não se reproduz em laboratório, não é possível manipular feito um experimento, mesmo que submetido a repetidos testes, altas temperaturas e aos extremos, quase abaixo de zero, somente o verdadeiro amor sobrevive. E não mais é uma hipótese, tornou-se lei, não é possível transformar atração em amor, talvez em paixão, algo frágil e nada comparado à força do amor, ele é indestrutível. É sobre corpos que se buscam com a voz do coração, que se entendem pelo olhar, numa alquimia perfeitamente irreversível, sentimento intenso e dominador que rouba o ar dos pulmões e que faz sufocar, é sobre desejar a morte a não poder tocá-la outra vez, isso traduz uma fração do indecifrável dialeto do amor.

— Chefe, como vão as coisas?

— Oi, Marcelo! Do quente para o gelado!

— Nos extremos! E por quê?

— Tem a ver com aquele jeito doce dela, seus olhos, o perfume e me dá a entender que posso me aproximar e então quando estou quase... Ela foge.

— É porque não se sente segura. Para o senhor é fácil, tem certeza do que quer, do que sente e sabe exatamente o quanto está disposto a fazer para reconquistá-la, mas ela não sabe, ela não tem certeza dos seus sentimentos por ela. E não se esqueça que ela conheceu o seu pior lado, uma fera, e isso com certeza criou um bloqueio, posso dizer que Luiza está com medo de se machucar outra vez.

— Tem toda a razão, Marcelo!

— Imagine a coragem que ela precisou ter para vir ao Brasil e procurá-lo, ela criou expectativas.

— Realmente! Estou me sentindo um lixo, estou sufocando... Arrependido.

— Porque não escreve para ela, como fazia antes?

— Talvez seja isso que esteja faltando.

— As atitudes que tomava no passado podem construir uma ponte entre vocês agora, no presente.

— Eu vou tentar escrever algo, uma mensagem para ela. Até porque eu tenho tanta coisa para dizer e isso pode aliviar as tensões, mesmo frente a todos os obstáculos estou feliz pelo simples fato de ter chegado perto dela, sentir o cheiro dela, o toque sutil de suas mãos foi a sensação mais intensa dos últimos anos.

— Posso imaginar. Depois quero o feedback.

— Com certeza! E Eloá?

— Ela está bem e pergunta pelo senhor! Ficaram muito felizes com a casa.

— Que maravilha!

Bastou um fim de tarde ao lado de Luiza para que eu acordasse inspirado...

Os teus olhos penetram fundo na minha alma, transformam meu coração, este coração que por tantos anos tem procurado o seu. Estive em retiro alto, dentro de um refúgio, onde abandonei os velhos costumes, onde me perdi tentando te encontrar. Eu sonhei por intermináveis noites em claro com o momento em que os meus lábios tocariam os seus e o universo me levou até a hora que tanto sonhei, mas você escapou entre os meus dedos. Talvez se eu a tivesse por um segundo em meus braços poderia resgatar o poeta que há tanto foi enterrado dentro de mim. Se me deixasse entrar no seu mundo, no que construiu longe do meu, quem sabe nos tornaríamos hoje o que um dia fomos.

Insuportáveis dias e noites longe do seu sorriso, buscando o seu abraço e lutando para não enlouquecer. Eu a procurei em todos os lugares, embora não saísse nem por um segundo de dentro de mim, és a dona absoluta do meu coração. Anos podem nos separar, assim como o destino mas nada nem ninguém vai arrancá-la de dentro de mim. A ti todo o meu amor, minha eterna Luiza.

Ouvi sua voz ao telefone, mas isso não ameniza a minha dor. Aonde quer que eu vá, o quer que eu faça, estarei bem aqui esperando por você. Superamos um oceano de distância, anos e corações partidos, seja lá o que for necessário fazer agora, estarei aqui esperando por minha pequena grande notável. Será que teremos mais forças para suportar este romance? Iremos dar risadas juntos ou iremos chorar outra vez? Estou tentando resolver o nosso dilema antes que envelheçamos e tudo perca o sentido, eu quero que seja a garota que canta ao meu ouvido e que eu seja para sempre o seu jogador preferido.

— O que achou? Será que pode ser uma música? E quem sabe um dia você possa contar para mim. Que saudades da sua voz, princesa. Bjs Bernardo – 03h

Luiza respondeu a mensagens às 7h.

— Bom dia, Bernardo! Obrigada pela mensagem, ou seria um poema? Se queria me fazer sorrir não funcionou, mas a boa notícia é que me fez chorar de emoção por ver que voltou a escrever.

Bernardo nunca esteve tão atento aos sinais do seu celular pessoal como nos últimos dias e deixou de lado completamente o profissional. Ansioso, abriu a mensagem imediatamente e pulou da cama. Olhou duas vezes a resposta de Luiza para ter certeza do que havia interpretado, portanto concluiu que ela realmente tinha deixado uma brecha. Embora não pudesse criar muitas expectativas, ele criou.

— Bom dia, Luiza! Tenho uma proposta! – 7h02

— Ai!

— Não vou pegar pesado, eu juro!

— ?

— Quero saber se podemos passar o dia juntos. Eu não conheço Los Angeles e adoraria ter uma guia local. Na verdade, estou te contratando, eu posso apostar que conhece muitos lugares legais.

— Preciso falar com o meu chefe.

— Por acaso é o Marck?

— É!

— Acho que se disser que vai sair comigo ele não vai aceitar.

— kkkkk

— Fico no aguardo!

— Ok! B.

A mensagem de Luiza deixou Bernardo com uma gota de esperança e quase afogando-se em ansiedade. Entrou no chuveiro ainda eufórico, recordando o dia anterior, afinal, por duas vezes quase alcançou os lábios dela, foi por pouco... Por um triz.

— Alô, Rafael!

— Diz, cara!

— Ela me chamou de B, isso quer dizer alguma coisa?

— Como é?

— Eu mandei uma mensagem para Luiza e ela me respondeu com "Ok! B".

— A Luiza te chamava de B antes, embora pode ser apenas uma abreviação ou, com sorte, muita sorte, pode ser um bom sinal. Faz o seguinte...

— Hum!

— Quando estiver com a Luiza, liga para o celular dela só para saber como salvou o seu contato. Isso diz muito.

— Boa ideia!

— Cara, você tá parecendo um adolescente. É uma reprise você tentando conquistá-la.

— Tô desesperado! Tentando recuperar o tempo perdido.

— E se ela não estiver tão a fim de você?

— Não sei o que faço a respeito.

— Mas vamos ser positivos. Ela deu a entender se está namorando alguém?

— Não tive coragem de perguntar.

— Na boa, é melhor saber logo.

— É verdade!

Óculos de sol, boné azul, camisa branca e tênis. Há quanto tempo eu não usava roupas tão confortáveis? A cidade dos anjos e dos sonhos era sem dúvida um lugar incrível para visitar. Andava sozinho pela calçada da fama enquanto saboreava um sorvete de pistache quando o meu celular tocou e, mediante o reflexo, a refrescante bola de sorvete foi ao chão e caiu bem em cima da estrela do Tom Cruise. Era ela.

— Oi, B!

O "B" na voz da minha doce Luiza foi como música para os meus ouvidos cansados das cantadas baratas de mulheres fáceis. Aquela inocente letrinha do alfabeto me fez um homem tão feliz. E com voz de apaixonado respondi:

— Oi, Luizaaa!

— Tenho uma boa notícia!

— Vai sair comigo!?

— Reformulando, vamos visitar os principais pontos turísticos juntos.

— Entendi.

— Tenho cinco dias que não usei das minhas férias, então decidi usufruir esta semana.

Os cinco dias que o fizeram lembrar de Eloá.

— Excelente! Não poderia ter me dado notícia melhor, vou aproveitar cada segundo.

— Você vai amar Los Angeles.

— Eu aposto que sim! E como vou!

— A cidade é realmente encantadora.

— Sem sombra de dúvidas, então a que horas eu posso buscá-la?

— Agora!

"City of Stars"

Era como se estivéssemos em um filme com direito a drama e cenas de romance. Eu a esperava encostado no carro, de braços cruzados e óculos escuros, e Luiza vinha em minha direção usando um vestidinho vermelho floral, cabelos soltos e o sorriso mais encantador nos lábios, ah! Aqueles lábios dos quais eu estava tão saudoso.

— O seu rosto!

— O que tem?

— Está roxo.

Na altura já havia esquecido os hematomas, a endorfina faz isso.

— Ah, é!

— Deixe eu passar uma base. Não se preocupe, ficará discreto.

— Tudo bem, confio em você.

Os dedos de Luiza no meu rosto outra vez era tudo o que mais queria, ela poderia me pintar o quanto quisesse. Quanta delicadeza e dedicação, e os meus olhos buscando os olhos dela, a agitação matinal me fez tocar a sua mão e notei que ela paralisou.

— Doeu?

— Ainda dói muito. Cuida de mim!

— Vamos explorar L.A.?

— Vamos!

Estávamos de férias na Califórnia, e nada poderia ser mais empolgante. Éramos apenas dois adolescentes na cidade das estrelas, Los Angeles, a cidade dos anjos. Saboreando os dias mais incríveis das nossas vidas, eu aproveitei para pôr o meu braço sobre o ombro de Luiza enquanto andávamos na roda gigante do Disneylândia Park e ganhei um beijo no rosto quando consegui a pelúcia que ela tanto queria no tiro ao alvo.

Momentos felizes feito crianças comendo algodão-doce. Enquanto eu a fitava, sem culpa ela sorria para mim, era a minha garota ou talvez somente minha melhor amiga. Era um caso indefinido ainda, mas as férias estavam apenas começando e nos meus planos não deixaria Los Angeles sem antes reconquistar o coração de Luiza.

Andávamos em Malibu com o vento soprando nos nossos rostos e bagunçando os lindos cabelos dela, deixando-me louco para senti-la o mais perto possível e enquanto eu projetava sonhos, Luiza apenas fugia de mim.

— Já passa das 10h e o meu celular irá tocar!

— Seu irmão?

— Ele mesmo!

— Então vamos, eu não quero guerra com ele.

— Já que ganhei um ursinho, eu comprei algo para você enquanto foi buscar o pretzel.

— Algo para mim?

— Yes! Alguém me disse que você gosta.

— Um boné!

— Gostou?

— Adorei! Vou usar amanhã e, por falar em amanhã, qual é a programação?

— City of stars.

— Hollywood!

— Vamos conhecer um estúdio de gravações, assistir a um filme e visitar o letreiro...

— Posso apostar que vai ser um dia e tanto!

— Vai, sim!

— Luiza!

— O quê?

Enquanto eu dirigia, observei Luiza por várias vezes, usando a minha visão periférica. Ela não tirava os olhos de mim, como se estivesse a todo tempo buscando o senhor BCD. Eu a compreendia sem que trocássemos nenhuma palavra. Os laços. Embora tudo em mim a desejasse com força brutal, não poderia acelerar o meu relógio nem por um segundo, tinha consciência de que precisava respeitar o tempo dela. Em resumo, esforço digno de um herói capaz de resistir a tamanha tentação.

— Boa noite! Foi um dia maravilhoso.

— Concordo, senhor Bernardo, então até amanhã.

— Até! Luiza, espere!

— O quê?

— É muito bom dormir quando sei que amanhã vou ver os seus olhos.

Próxima parada, City of stars. Los Angeles é um misto de vida real e aventura, de drama e romance, confesso que caminhar por todos aqueles estúdios foi como entrar em um universo paralelo. Luiza sorriu para mim, usando o seu terceiro sorriso, o largo, enquanto comprávamos pipoca e sem que pudesse perceber eu segurei na cintura dela pela quinta ou sexta vez durante o nosso tour, sempre a protegendo. Os "costumes", e me lembrei de Roberto Carlos.

Ambos com camisas iguais, tênis e calça jeans, qualquer desavisado diria que éramos um casal, na verdade éramos os turistas mais animados da fila e eu estava bem atrás de Luiza, a escoltando. A pipoca estava deliciosa, assim como o perfume de Luiza. Ela virou-se bruscamente enquanto a minha cabeça estava quase debruçada em seus ombros, tentando aproveitar o máximo do seu aroma.

— Quer mais pipoca?

— Com toda a certeza.

Foi então que a "minha pequena" percebeu que não importava o tempo, éramos os mesmos adolescentes de antes numa versão melhorada, já adultos. Ela segurou o meu boné e posicionou o meu rosto para o balde de pipoca e com um belo sorriso nos lábios me fez buscar a concentração em outra coisa que não fosse nela, então sorri.

— Desculpe! Foi o seu perfume!

— Amanhã vou usar outro.

— Terei que pensar em outra desculpa então.

— Bernardo!

— Pra ser mais sincero, é que eu namorei uma garota muito parecida com você.

— Me contratou para ser sua guia. Não está parecendo nada profissional.

— *A culpa é das estrelas!* Estamos em Hollywood, lembra?

— Como eu poderia esquecer!

— Hum!

— Esta fila te fez lembrar de algo?

— Do primeiro filme a que assistimos juntos!

— E qual foi?

— *Crepúsculo*!

— Passou no teste, B!

— Ainda bem que não me perguntou os detalhes. Eu não lembro da história, passei o filme inteiro admirando o seu rosto.

— E foi a primeira vez que segurou a minha mão.

— Algo assim não se esquece.

— É! E por sua causa a trilha sonora do filme me persegue até hoje.

— É uma confissão?

— Um desabafo sobre feridas que não se cauterizaram. Todas as vezes que ouço aquela música eu choro.

— Sinto muito por isso, Luiza! Mas está me instigando.

— Por que tinha que ser tão fofo? Por que tinha que ser tão encantador? E por que segurou a minha mão daquele jeito? Eu adorava *A Thousand Years*, na voz da Christina Perri.

— Porque não soube controlar os meus sentimentos, eram mais fortes do que eu e não vamos falar de sofrimento. Eu poderia escrever um livro sobre como foi a minha vida sem você, Luiza.

— Eu achei que tinha me traído!

— E eu me senti abandonado.

— Temos muitas feridas para curar, Bernardo.

— Temos, mas estamos em Hollywood, aqui tudo por acontecer.

— Não é tão simples assim!

— Eu sei, mas podemos tentar. Deixe eu mostrar para você o que há de mais bonito em mim.

No escuro do cinema, eu entrelacei os meus dedos nos dela, mas desta vez não senti nenhuma resistência, então me aproximei e roubei algumas pipocas. Aproveitei o ensejo para beijar o rosto dela, ela sorriu sem nem olhar para mim, ainda vidrada na tela. Então refleti sobre a letra da música que Luiza havia mencionado e foi o estalo que eu precisava, *A Thousand Years* era a peça que me faltava. Mil anos, eu te amei por mil anos e te amarei por mais mil. O tempo todo eu acreditei que te encontraria, nunca deixei de confiar no destino e ele trouxe o seu coração para mim, embora tenha morrido todos os dias esperando você, o tempo ficou congelado.

Um sopro de esperança atingiu em cheio o meu coração e durante todo o filme eu segurei firme a mão dela, estava disposto a nunca mais a soltar, mesmo diante de uma catástrofe, mesmo diante da mais pura verdade nua e dolorosa ou da mentira mais bem arquitetada para nos separar. Ainda assim estava disposto a enfrentar os seus medos, as inseguranças que distanciam Luiza de mim.

— Como é mesmo o nome do filme que iremos assistir, Luiza?

— *Amigos imaginários*.

O filme acabou e eu não mais soltei a sua mão. Luiza sorriu para mim, a minha Luiza apenas sorriu com os olhos de ternura, e aquele olhar me fez retroceder 15 anos. Eu congelei o tempo naquele exato momento para não perder nenhum sinal do seu doce encanto. Então paramos no semáforo frente ao letreiro mais famoso do mundo e beijei a sua mão, lançando todo o meu charme para ela, feito cena de cinema. Os carros pararam para nós dois.

— *"Luiza, você me deu uma eternidade dentro dos nossos dias contados."*

— Quem me dera que o tempo não tivesse passado, que o destino não tivesse nos separado.

— Não me separei de você nem por um segundo, esteve dentro de mim, no meu coração, nas minhas doces lembranças e nas amargas também, mas sempre esteve comigo, Luiza.

— Quando precisei deixá-lo me dei conta, tudo que vivemos não passou de um sonho, as histórias de amor só existem nos filmes.

— Mas como disse, estamos em Hollywood, e aqui os sonhos tornam-se realidade, então faça um pedido.

— Meu pedido envolveria muitas mudanças e talvez uma viagem ao passado, um retrocesso para resgatar uma pessoa.

— Mesmo assim deve tentar, faça o pedido, Luiza!

— Mesmo sendo impossível?

— Nada é impossível quando existe amor envolvido.

— Está disposto a mudar por mim?

— Eu mudaria o Universo, se preciso for. Estou aberto a qualquer mudança, inclusive deixar tudo que construí no Brasil para ficar aqui e tentar reconquistar você.

— Não pode estar falando sério!

— Basta me pedir!

— Não posso lhe pedir algo desta natureza!

— O que não podemos é passar o resto de nossas vidas culpando o destino ou as estrelas. É da nossa vida que estamos falando, somos os autores dela, Luiza, e por isso estou aqui olhando o letreiro de Hollywood, o mais famoso do mundo, ao seu lado. São escolhas.

Os olhos de Luiza encheram-se de lágrimas e os seus longos cabelos cobriam o seu rosto já cansado de sofrer. Bernardo foi acometido por repentino remorso ao recordar as duras palavras que usou para afastar Luiza da sua vida, então tocou em sua face carinhosamente.

— Você está ainda mais linda do que anos atrás.

— Adoraria lhe dizer o contrário, Bernardo, mas chega a ser irritante o quanto me atrai.

Bernardo aproximou-se de Luiza e, sussurrando ao ouvido dela, disse: *quero ter o poder de manipular o futuro e nele somente existirão você e eu, e em seus braços terei forças para apagar o passado e no presente te prender dentro do beijo mais demorado.* Ele sentiu a respiração de Luiza alterar-se progressivamente e entreolharam-se com emoção, foi quando entendeu que ela não iria fugir, então a prendeu em seus braços e tomou os lábios dela com paixão. Frente ao desejo reprimido, Bernardo buscava os lábios de Luiza com desespero de senti-la outra vez, de amenizar a infinita saudade e, à medida que ela sedia ao seu toque, ele a beijava com mais ardor.

E quando o beijo tornou-se mais brando, por já estarem ofegantes, ele acariciou o rosto dela suavemente, haviam testemunhado a prova do sentimento que por anos guardavam. Entre olhares apaixonados e corações partidos, os lábios dele mais uma vez tocaram os dela, não conseguiam resistir e seus corpos incendiavam. Luiza finalmente deixou uma brecha para que Bernardo entrasse na sua vida outra vez.

O beijo, tudo começa com um beijo e às vezes encerra-se com ele. Mas enquanto estavam nos braços um do outro, não tiveram tempo para pensar no passado, quanto menos no futuro. Era um momento épico, no qual aproveitavam o presente, o agora, o que mais importa na verdade, porque de nada sabemos sobre os mistérios da vida, apenas que precisamos apreciá-la, então que seja de maneira expressiva e intensa como se não houvesse amanhã.

Os meus lábios nos dela, senti cada parte de mim entrar em combustão, o corpo de Luiza agarrado ao meu, o cheiro dela enlouquecendo os meus sentidos, porque tudo nela deixa-me aguçado. O tempo parou para nos observar por alguns minutos e foram os mais intensos desde que ela me deixou. Saudades eu senti e muitas, lembranças nem preciso ser redundante, mas o gosto que Luiza deixou em minha boca foi sem dúvida o mais marcante. Aquele era o combustível de que tanto precisava para lutar por ela, para voltar a acreditar que o amor sobrevive e que não podemos desistir, por mais impossível que pareça.

Por mil anos. Serei seu dentro e fora do meu corpo, na alma, este mesmo corpo que sentiu o frio congelar meu coração quando me deixou e agora em seus braços, em chamas, não quero deixar os seus lábios, meu amor. Prometa que também vai lutar por nós. Eu prometo voltar no tempo e trazer o seu Bernardo de volta antes do entardecer, mas, por favor, não se afaste de mim nem por um segundo, deixe-me guardá-la no meu abraço até o amanhecer.

— Senti tanto a sua falta que pensei que iria morrer.

— Eu "morri" algumas vezes, Luiza, e posso dizer que a dor é insuportável!

— Fomos fortes!

— Sobreviventes!

— Geralmente os que sobrevivem precisam contar a história.

— Então como vamos contar a nossa? Lembrando que o final está nas suas mãos, Luiza...

— O tempo realmente passou?

— Por quê? Já conseguiu me encontrar?

— Acho que sim, acho que acabei de beijar o senhor BCD.

— Deixou um punhado de *evidências* agora.

— Tenho deixado desde que chegou aqui, Bernardo Duarte.

— Vamos tirar uma foto!

— Uma foto?

— Sim! Tipo... bem de turista. Um momento como este precisa ser registrado.

— Tá bom então.

Eles entraram no carro para explorar um pouco mais de L.A. Uma fração de 15 minutos dividiu a vida deles em dois: antes e depois de beijarem-se. Os olhos de Bernardo estavam mais brilhantes, a chama reacendeu assim como o sorriso de Luiza, notadamente radiante, tornou-se desnecessário qualquer explicação. Eram apenas os efeitos do amor agitando corações.

— Por que não tem redes sociais?

— Eu tenho!

— Desde quando?! Eu contratei os melhores detetives e nenhum deles foi capaz de encontrar você.

— Fez isso!?

— Lógico!

— Criei uma conta faz pouco tempo, há um mês na verdade.

— Foi como pensei, não queria ser encontrada.

— Xeque-mate!

Bernardo estendeu a mão e deu o seu celular para Luiza.

— Por favor, entre e me siga.

— Eu?

— Eu estou dirigindo, faça isso por mim. Por favor!

— Quer mesmo que eu mexa no seu celular?

— Sim! E qual o problema?

— Posso ver algo comprometedor, tipo... você sabe... mensagens, fotos de mulheres.

— É ciumenta?

— Talvez!

— Se por acaso ver algo, ignore. Até porque vai perceber que eu também ignorei, não respondo a todas, digo... a todas as mensagens. Apenas as mais importantes.

— Tem certeza de que quer isso?

— Tenho! O máximo que vai descobrir é que amo a minha namorada.

— Hum! Namorada? Está pedindo uma senha!

— Luiza!

— O quê?

— Você perguntou a senha. É a data do seu aniversário, Luiza! Ou será que estávamos definindo o nosso caso?

— A senha do seu celular é o meu aniversário?

— Sempre foi! Você era o meu maior segredo, achei apropriado.

— Não acredito no que acabo de ouvir!

— Surpresa?

— Muito!

— A minha empresa também tem o seu nome!

— Como é que é?!

— Aziul.

— Aziul? Luiza ao contrário... Eu não tinha associado.

— Agora te faço uma pergunta!

— As suas perguntas são extremamente comprometedoras e me deixam nervosa.

— Nervosa, é? Eu vou parar o carro... Quero que olhe nos meus olhos, Luiza.

— Estou ocupada tentando invadir o seu celular, quero saber todos os seus segredos.

— Não existe mais nada que não saiba.

— Olhe para mim, Luiza!

— Fale.

— Acha que cabe sermos somente amigos?

— Nós somos...

— Somos?

— Um caso indefinito!

— Você tem namorado?

— Não, é claro! Não iria beijá-lo se tivesse um namorado.

— Que sorte a minha! Sendo assim, podemos fazer um juramento?

— Outra pergunta perigosa!

— Vamos prometer um ao outro que sempre viajaremos juntos nas férias.

— Combinado!

— Dedinhos?

— Não vale descumprir. É sério!

— Sim, senhor!

— Selado e carimbado.

— Entrei! Agora... Bernardo Duarte está me seguindo.

— Ufa! Finalmente vou poder ver as suas fotos e bisbilhotar a sua vida.

— Olha só! Acho que eu tenho muito mais a descobrir por aqui.

— Eu raramente posto!

— Estou vendo, mas tem muitos seguidores, seguidoras em sua maioria.

— Exagero seu!

— E muitos comentários em suas fotos... Hum! E bem picantes.

— Não dê importância!

— Sei!

— Posso postar a nossa foto, Luiza?

— Quer postar a nossa foto?

— Por que não? Estou de férias na Califórnia com o a minha namo... meu caso indefinido.

Luiza tentou disfarçar o sorriso.

— Justamente por isso, não definimos.

— Para mim está definido, basta você aceitar, princesa.

— Não vai ter legenda, não é?

— Mas que pergunta! Claro que vai!

Luiza franziu o cenho preocupada.

— Vai? E o que pretende escrever?

— Vai saber, porque eu vou lhe marcar.

— Bernardo!

— Prefiro quando me chama de B.

— O que é isso?

— O quê?

— Estas fotos na sua galeria... Por acaso é na Fundação?

— Segui um conselho de uma pessoa especial.

— Fico feliz que tenha ido, que maravilha.

— Adoraria que estivesse lá comigo.

— As fotos ficaram lindas!

— Eu fui ao hospital também, confesso que foi difícil, mas tirei muitas lições sobre...

— Humildade?

— Também, tempo de qualidade e valores. Estou me esforçando para merecer você.

— Aprendeu a segunda lição, B. Falta uma.

— Tem certeza de que não vai me dar uma dica, Luiza?

— Posso dizer que está indo na direção certa.

— Do teatro? Da Terceira lição? Ou do seu coração?

Estávamos próximos ao teatro Pantage para comprar os ingressos do musical mais famoso da Broadway, o imortal *O rei leão*. Cinquenta minutos de pura magia e emoção, não poderíamos perder um clássico. Os olhos de Luiza atentos a cada performance e inundados em lágrimas enquanto questionava-me onde mais existiria outra joia com tanto valor. A minha doce arrebatadora nunca poderia ser comparada com mais ninguém. Enxuguei suas lágrimas com o meu polegar e ela encostou sua cabeça no meu ombro.

— É lindo, não é, Bernardo?

— É muito linda mesmo!

— A música é incrivelmente envolvente.

Bernardo roubou a atenção de Luiza do espetáculo dando-lhe um beijo que aqueceu ainda mais o seu coração.

— É envolvente, extremamente envolvente.

— Nunca os seus diálogos são sobre os espetáculos ou sobre os filmes, não é?

— Finalmente você descobriu isso, Luiza.

Luiza pôs a mão sobre a boca, contendo o riso.

— Eu sempre quis roubar um beijo seu no cinema. Foram tantos planos, sem execução.

— Acabou!

— O quê, Luiza?

— O espetáculo, B, agora temos que correr para não perder o outro.

— Ah?

— Prometo que vai valer a pena.

— Principalmente se eu puder te beijar.

Luiza e eu corremos e a fila já atingia o final do quarteirão, ela segurava os óculos presos à blusa e eu o celular no bolso. A minha flor estava disposta a me mostrar o melhor de Los Angeles, então entramos em mais uma famosa produção da Broadway, a triunfante *Moulin Rouge — Amor em vermelho* e confesso que foi uma experiência sem igual, o jogo de luzes, as coreografias e a música nos levaram à finíssima cultura francesa.

— O que achou?

— Você é a melhor guia e mais linda também, precisamos fechar um contrato vitalício.

Em um restaurante italiano, porque Luiza sabia o quanto eu amava massas, nós saboreamos as especialidades do chef, agnoloti del plin e rigatoni alla carbonare, nada mais apropriado para uma conversa séria. Por vezes perdido nos olhos dela, agonizando à espera de uma resposta positiva, depois de provar dos seus lábios, não me via mais distante, era como um vício, sempre querendo mais.

— Pensativo?

— O que faremos amanhã?

— Temos que visitar o Observatório!

— À noite não seria melhor?

— Nada mal, podemos ver as estrelas.

— É sobre isso!

— Então...

— Tenho uma proposta!

— Que vem sempre seguida de uma pergunta, as quais sempre me deixam nervosa.

— Será que eu sou o vilão?

— É perigoso! Sem dúvida.

— Que tal nos dois dias que nos restam irmos a Vegas?

— Vegas? O meu irmão iria me matar!

— Não se eu me casar com você!

— Como é?

Luiza ajeitou-se na cadeira e respirou fundo.

— Em Vegas, calma! Não é como se fosse um casamento de verdade. Seria apenas um ensaio, vai que gosta da minha companhia e aceita namorar comigo.

— Esse era seu plano desde o início?

— Uma parte dele, na verdade eu quero é roubar você para mim.

— Tipo?

— Quero que volte para o Brasil comigo ou que me peça para ficar com você aqui.

Luiza quase engasgou-se com o rigatoni, deu dois goles na taça com água e perguntou:

— E.... realmente ficaria? Ficaria aqui?

— Sim! Eu disse isso no letreiro.

— Não posso sacrificá-lo, mas podemos ir a Vegas.

— Vai se casar comigo?

— Ah?

— Em Vegas!

— Preciso pensar!

— Eu reservei o Bellagio!

— Sobre isso... Bom...

Bernardo ficou bem interessado na hesitação de Luiza.

— Já entendi, posso pedir camas separadas.

— Mas vai se manter comportado?

— Todo o tempo!

— Posso confiar em você?

— Pode! Até porque quando um não quer, dois não fazem.

— Vamos jurar de dedinho que vai se comportar!

— Dou a minha palavra, mas se por acaso você descumprir o acordo...

— Como assim eu descumprir?

— Não pode me seduzir, Luiza. É terminantemente proibido se aproveitar de mim e me deixar iludido.

— Combinado!

— Sem trapaças?

— Ok!

— Devo frisar que, se jogar seu charme para cima de mim Luiza, quebrou a regra, portanto eu não irei perder a oportunidade. Quero anular as distâncias.

— Nem crie expectativas, Bernardo!

— Que balde de água fria!

— Você que fica flertando comigo o tempo inteiro, não eu.

— A culpa é sua, quem mandou ser irresistível! Se com 12 anos conseguiu me deixar perdidamente apaixonado, agora você me enlouquece, Luiza.

— Então, deixemos as brincadeiras de lado.

— Posso confirmar a reserva do hotel?

— Com toda a certeza, até porque eu nunca fui a Vegas!

— Não posso acreditar!

— O meu irmão é superprotetor.

— Ele vai me odiar ainda mais.

— Pode apostar!

— Tiramisù?

— Por favor!

O Sol escapava das nossas vistas, prestes a se pôr quando cruzamos o parque Griffith, o qual nos transportaria ao gigantesco observatório astronômico. De mãos dadas com Luiza, prestes a admirar as estrelas, a cada ponto turístico abria-se uma porta para entrar no mundo dela, no fascinante mundo de Luiza. O seu sorriso era a razão da minha instantânea felicidade. Subíamos a longa escadaria de degraus brancos com os nossos tênis sujos de adrenalina e fomos até a cúpula de vidro, onde pudemos apreciar uma vista deslumbrante da cidade de Los Angeles. Deitamo-nos sobre o chão daquele lugar para ver a Lua dominar a cena, nunca pensei em fazer algo parecido, mas tudo com Luiza era inédito e inspirador.

— Na certa sairemos imundos daqui.

— Não importa, a minha roupa servirá como prova de que esse dia incrível foi real, o nosso dia.

— Dê-me a sua mão, B.

— Ela é sua, Luiza. Assim como todo o resto.

Ficamos em silêncio de mãos dadas no chão do Observatório e trocando os melhores olhares à espera de não mais culparmos as estrelas, apenas degustando o sabor da doce companhia. Embora estivéssemos a anos-luz de distância de outros planetas, eu tinha o Universo ao meu lado, era ela a minha Vênus, a minha luz mais intensa, a constelação que guardei dentro do meu coração, a minha canção mais bonita, a minha musa, a minha para sempre Luiza.

O céu mudou rapidamente o papel de parede, deixando para trás os tons róseo-azulados e agora destacava as estrelas entre o escuro da noite. Luiza me puxou até o gigantesco telescópio e pôs-se a admirar o céu. Quanto a mim, ao seu lado anotando cada detalhe do seu lindo sorriso. Naquela hora eu ouvi Roupa Nova cantando *Meu universo é você.*

— Veja, B.

— Sim! Deve ser a Ursa Maior.

— Certamente, é incrível, não é?

— É incrível! Incomparável. Espere!

— O que foi?

— Vejo outra à esquerda de brilho muito intenso.

— Deixe eu ver!

— Venha!

— Não consigo ver.

— Como não?

Bernardo pôs os braços entre Luiza para ajudá-la a posicionar o telescópio.

— Bem ali!

— Onde, B?

— Um astrólogo muito esperto deu o nome de Rosa do Destino.

— Ainda não consigo vê-la.

Bernardo a abraçou por trás e beijou o seu rosto curioso dizendo:

— Ela caiu, e por sorte veio parar nos meus braços outra vez.

— Engraçadinho!

— Falo sério, a minha vida sem você, Luiza, foram eternas noites de tormenta, de um céu sem estrelas, sem Lua, apenas escuridão.

Luiza rapidamente perdeu o interesse no Universo e abraçou-me, nos meus braços ela permaneceu em silêncio por um certo tempo, que, para mim, não passou de um minuto apreciando o calor do seu corpo. A ampulheta virou e beijamo-nos intensamente sob o céu estrelado.

— Tenho mesmo que levá-la para casa?

— Sim!

— Será que um dia vamos quebrar as regras? A cada encontro torna-se mais insuportável ficar longe de você.

— Boa noite, B!

— Boa noite, minha Vênus.

Luiza entrou em casa e eu fiquei na companhia dos meus pensamentos, movido pelos planos que fiz para Vegas, e nas nuvens por tê-la beijado finalmente, uma recompensa por tanta devoção. O relógio de Bernardo marcava 23h15, e já tinha feito todas as ligações importantes, mas precisava fazer um registro muito especial antes que o dia acabasse. E logo o celular de Luiza recebeu uma notificação, ela foi marcada em uma foto, algumas curtidas e uma mensagem dele. A mão já trêmula deixou cair o celular diante do susto que tomou.

— Ele não fez isso!

Bernardo postou a foto que tirou com Luiza no letreio de Hollywood. O memorável registro, afinal marcou o dia do tão esperado beijo, e usou a seguinte legenda: *De férias com o amor da minha vida*. Os olhos de Luiza encheram-se de lágrimas, ele havia escancarado para o mundo. Ela curtiu a foto e comentou com dois corações azuis, em seguida abriu a mensagem dele que dizia:

— Que aventura mais empolgante foi invadir o seu perfil, princesa. Foi difícil escolher a foto mais bonita, por isso curti todas e agora estou com sérios problemas com a penúltima, acho que é no seu quarto... Por acaso estava usando uma camisola? Bjs BD. – 23:20h.

— Isso é sério? Sherlock Holmes, como percebeu? Eu cortei a foto praticamente toda, só aparecia um pedacinho minúsculo da renda, da parte superior da camisola... sem contar que também está desfocada.

— Acertei! Eu percebo tudo que diz respeito a você e agora não vou conseguir dormir, estou imaginando na íntegra... Me enlouquece.

— Estou vendo as suas fotos também... Que gato!

— Obrigado! Nunca me disse isso antes.

— Achei que era óbvio. E como todo gato... Já tem muitas gatas comentando a sua foto.

— A nossa foto, não esqueça que você está nela.

— Boa estratégia para me impressionar, assim como a legenda.

— Eu preciso ser esperto, ou então vou te perder e sei bem quanto dói.

— Ôh!

— *Amor da minha vida*!

— Conquistei um jogador de basquete muito cobiçado.

— E um empresário durão, meus parabéns, linda.

— Preciso arrumar a minha mala.

— Não põe a camisola preta não, aí enfraquece o homem.

— Vai ser vermelha!

— Aí você me mata de vez!

— Brincadeirinha!

— E agora?

— ?

— Eu vou ficar imaginado você na sua cor preferida... Que contraste maravilhoso!!!

— KKKK. Vai dormir, B!

Sol, malas e Vegas. Luiza apareceu na minha frente com macacão preto de zíper dourado frontal, o qual baixou até a altura do colo, e os meus olhos ficaram divididos entre os olhos dela, seus lábios rosados e o coque no cabelo, que deixou ainda mais evidente o seu lindo colo. Claro que ela queria chamar a minha atenção para o colar, o mesmo que dei anos atrás.

— Bom dia, princesa!

— Bom dia, B!

— Dois corações azuis?

— Achei apropriado comentar a nossa foto.

— Não tive um minuto de paz desde que postei. Perguntas, muitas perguntas.

— Inclusive, vi que Paula comentou e agora a solicitei. Quanta saudade!

— Eu tenho o número de Rafael. Eles se casaram.

— Paula e Rafael se casaram?

— Sim! Há cinco anos.

— Minha nossa! Que coisa boa, eu preciso falar com eles.

— Vou fazer a ponte. O casamento deles foi lindo, ao entardecer, numa fazenda.

— Adoraria ter ido!

— Eu esperava que fosse, criei muitas expectativas e outra vez você não apareceu.

— Sinto muito!

— É passado. E por falar em passado, este colar que está usando é de algum designer famoso?

— É! Ele fez especialmente para mim, achei justo ter sido com ele o meu primeiro beijo.

— Que sortudo! Não é para qualquer um encontrar tamanha raridade.

— Mas não usava o colar há anos.

— Sei bem o porquê! Então algo me diz que devo me sentir lisonjeado.

— O seu celular, B.

— Atende, por favor.

— Eu?

— Tem carta branca, Luiza! Estou dando sinais...

— No viva-voz?

— Sim!

— Alô?

— Alô! Tudo bem?

— Tudo!

— Deve ser a senhorita Luiza.

— Sou! Bernardo está dirigindo.

— Mas estou ouvindo, Marcelo.

— Senhor Bernardo, posso confirmar o seu voo para domingo?

— O tempo voou, então...

— O senhor precisa voltar. Não querendo ser inconveniente, mas houve mais duas invasões ao sistema de segurança, duas na fábrica e outra na empresa.

— E o TI?

— Detectou uma chave, mas ainda indecifrável.

— Entendi!

— E a senhorita Rebeca, a sua cliente...

— Sei!

— Ela me ligou mais de 10 vezes porque o senhor não atende as ligações dela.

— Eu mandei o portfólio por e-mail. Basta ela escolher.

— Pelo que entendi ela quer ouvir a sua opinião sobre uma dúvida que surgiu.

— Vou ligar para ela agora.

— Ok!

— E domingo?

— Ele vai voltar, Marcelo!

— Está me expulsando, Luiza?

— Não é claro, mas sei que precisa voltar. O futuro de muitas pessoas dependem de você.

Vegas estava fervendo como sempre, a cidade inspira energia, alto-astral e muita diversão. Já de cara compramos ingressos para dois shows e visitamos alguns cassinos antes mesmo de deixar as malas no Bellagio, um dos hotéis mais luxuosos de Vegas.

— Luiza, eu preciso fazer uma ligação e volto em cinco minutos.

— Tudo bem!

— Por favor, não saia do meu campo de visão.

— Ok, jogador!

Minutos depois Bernardo retornou, segurou a mão de Luiza e a conduziu até a porta, onde uma limusine estava estacionada, as portas se abriram e ele sorriu.

— Entre!

— É sério?

— Seríssimo!

— E você, não vai entrar, B?

— Eu te vejo em uma hora!

— Como assim?

— Logo vai entender!

Assim que adentrou a limusine, Luiza foi surpreendida por duas mulheres de sorriso radiante, uma delas com um embrulho e sapatos nas mãos e a outra com pincéis.

— O que está acontecendo?

— Nem imagina, baby?

— Não!

— Só uma dica, ele quer vê-la de branco.

— Não é o que estou pensando, é?

— Bem-vinda a Vegas!

Gel fixador, pó, blush e cílios, não faltava mais que o vestido para Luiza ficar pronta. Olhou-se no espelho para examinar o tom do batom quando ouviu o celular e rapidamente pensou em Bernardo, por entre as janelas avistou um jardim florido e uma passarela com arcos.

— Chegamos, e agora vamos ao vestido!

— Um vestido de noiva!

— Ele está te esperando no altar!

— É algum tipo de brincadeira?

— Não!

— Vou buscar o buquê, baby.

— Ai, meu Deus!

— Está linda neste vestido sereia que o noivo escolheu.

— E agora não chore, entre lá. Ele preparou tudo com tanto carinho.

Rosas vermelhas e um vestido branco perfeitamente ajustado ao corpo como se fosse costurado sobre as curvas dela. Luiza tentava esconder o quanto estava nervosa, afinal ela era a noiva e isso nunca muda mesmo que em uma capela, num casamento de faz de contas em Vegas. O sorriso do noivo, que milagrosamente usava um terno preto, era o que mais roubava a atenção da noiva, ele de fato pensou em cada detalhe.

Éramos em sete pessoas e ainda assim foi mágico andar pela passarela de flores rumo ao altar e ficar pertinho de Elvis.

— Eis a minha musa!

— Por essa eu não esperava, B!

— Estamos aqui reunidos para celebrar o enlace deste casal, o grande Bernardo e a pequena Luiza, que não é mais tão pequena assim, lembrando que foi o noivo quem escreveu: não sei se lembra, Luiza, mas certa vez você fez a seguinte pergunta, "B, quando eu chegar no seu ombro, você namora comigo?". Devo frisar que o tempo passou e você ultrapassou o meu ombro, portanto já pode se casar comigo.

— Você lembra!? — Disse Luiza rindo.

— Claro! Eu lembro de tudo, cada detalhe.

— Luiza, aceita Bernardo como seu legítimo esposo? Lembrando que o cara tem argumentos e atitude.

— Vou considerar o SIM, mesmo estando de salto.

— Ufa!

— Bernardo, aceita Luiza como a sua esposa?

— Aceito! É tudo que mais quero. Luiza, eu não tive dinheiro para comprar as alianças por isso vou amarrar uma fita vermelha no seu dedo para que não esqueça de mim.

— É impossível esquecê-lo!

— Agora pode beijar a noiva... Espere! Para tudo... O noivo vai falar...

— *Luiza, todos os dias sem você foram cinza, perdido eu apenas rabiscava o seu delicado rosto numa folha de papel e assim admirava o seu sorriso, buscava a luz que só exista em seus olhos. Eu perdi o chão, e os sentidos, eu morri aos poucos por não mais ouvir o som da sua voz. Mas você chegou e está aqui e o meu coração está dançando, você está linda, Luiza, eu sou o seu maior fã. Oceanos de distância nos separaram, mas agora nos unem outra vez e desta vez eu não vou te perder, jamais a deixarei partir. Vou segurar a sua mão e te roubar para mim.*

— Que lindo, B! Ele sabe como acabar com a minha maquiagem.

— Agora pode beijar a noiva e tirar todo o batom.

Os braços de Bernardo pareciam mais fortes envolvendo Luiza com paixão. Nada mais era do que uma estratégia para que ela não pudesse escapar, não obstante seus lábios estivessem copilados a um SIM mais eterno do que aquele casamento de mentirinha, os sentimentos eram reais.

A limusine esperava os noivos em clima festivo, e mesmo em trajes de gala seguiram a programação, que nada mais era do que explorar Vegas. Foram aos badalados hotéis, que traziam um pedacinho dos lugares mais famosos do mundo. Embarcaram numa romântica experiência de Gôndola, no Venetian, andaram na roda-gigante do New York, New York, almoçaram no restaurante da Torre Eiffel, no hotel Paris, e se conectaram ao Egito no excêntrico hotel Luxor.

— Sensacional!

O jogo de luzes começava a fascinar já ao entardecer e em cada passo nos sentíamos mais pertencentes. Eu dei um beijo no rosto dela enquanto tirávamos algumas fotos de casal. Não existia uma gota de álcool no meu corpo, mas a minha gravata já estava sobre a testa e o rosto dela coberto pelas rosas vermelhas do seu buquê, um álbum como aquele era digno de um Oscar.

Eu via as luzes da fonte do Bellagio através dos olhos amendoados de Luiza, era vibrante e apreciador assistir a ela em estado de alegria como uma criança descobrindo o mundo. O melhor conto de fadas já escrito não poderia se comparar ao que estávamos vivendo ali. Contos não passam de imaginação transcrita em palavras, mas nós estávamos saboreando momentos incríveis.

Dois hot dogs gigantescos e limonadas, ainda tivemos tempo para beliscar alguns sushis no caminho para o Cirque du Soleil. O relógio não quebrou desde então, embora eu já tivesse feito alguns planos para a noite. E no final do espetáculo entramos na The Sphere para curtir o show de Celine Dion, no qual certamente a minha Luiza iria chorar ao ouvir "Because you loved me". Já passava das 22h quando saímos da casa de espetáculos, a esfera mais impressionante. Ela me abraçou forte e pude sentir o pulsar do seu coração.

— Feliz?

— Muito!

— Ainda tem mais, prepare-se.

— Ai, meu Deus!

A limusine esteve à nossa disposição, passávamos pela Strip de braços erguidos sentindo o vento tocar os nossos rostos felizes, abraçados no teto solar e corações a mil por hora. Olhávamo-nos com paixão, típico dos recém-casados, quando Luiza tocou o meu rosto e fez um biquinho, eu não resisti à tentação então a puxei para dentro da limusine e nos beijamos.

— Você está incrível nesse vestido! De tirar o fôlego.

— Tem bom gosto, é realmente lindo, mas não sei como você acertou as medidas.

— Eu analisei enquanto a abraçava.

— Astuto!

Os meus olhos não mais a enxergavam como a menina de anos atrás, eu havia perdido a inocência e buscava levá-la comigo no mesmo caminho, mas Luiza sempre escapava dos meus planos maduros. Os meus dedos estavam sobre o zíper do seu vestido, e já havia abandonado o terno fazia tempo, notei alguns pontos de glitter espalhados pelo seu rosto, a prova de que ela havia chorado, então tentei removê-los dedicando-me com carinho.

— Chegamos!

— Aonde vamos agora?

— Suspense no ar!

— Uma dica?

— Me inspirei em um filme!

— Qual?

— Baseado em um best-seller. Você é romântica, não vai demorar muito para entender, acho que o mundo inteiro viu aquela cena.

— Não faço ideia! Mas estou gostando!

Bernardo a tirou da limusine com ar de suspense e andaram por um luxuoso hotel arrancando muitos olhares, afinal formavam um belo casal. Tomaram o elevador até o 30º andar, quando ele se aproximou do ouvido dela e disse:

— Espere aqui, Ana!

— Ana?

Cinco minutos me distanciaram do meu jogador de basquete preferido, os quais me fizeram olhar para a sacada daquele hotel sem conseguir processar o dia que estava vivendo, o quão intenso e quase inacreditável. Será que eu iria acordar justo naquela hora? Por favor, Universo, me deixe sonhar mais um pouco.

— Senhora Duarte?

— Eu sou a senhora Duarte?

— O seu esposo pediu que me acompanhasse.

— Meu esposo, é? Ele está levando isso muito a sério mesmo. Chega a me preocupar.

Subi alguns degraus e senti um forte vento arruinar o fixador do meu cabelo. Enquanto tentava ajeitar a minha imagem de noiva em fim de festa, ouvi um barulho bem conhecido e comum nos filmes, mas para mim não passava da primeira vez. Embaixo das hélices, estendeu-me a mão destilando o seu sorriso mais encantador, e só então consegui compreender o porquê do "Ana". Nada mais empolgante do que um voo noturno a bordo de um helicóptero com ele, o meu BCD na versão mais poética de *50 tons de cinza*.

— Boa noite, Anastácia!

Ele tinha que ser tão irresistível quanto o Christian Grey? Aquele era o verdadeiro perigo.

— É você quem vai pilotar?

— Sim! Mas não vamos a Siato. Vamos sobrevoar por Vegas.

Nada como ser autêntico na hora de copiar, aquilo foi realmente sexy. Bernardo não perdeu a chance de ajustar o meu cinto e me provocar mordendo os lábios com seu olhar 43, mas logo voltou a ser o "meu B" ao beijar a minha testa fazendo-me sorrir.

— Agora você tá presa!

— Mesmo quando estive "solta", ainda assim conseguiu me prender, B.

Não saberia dizer qual me empolgava mais, se o frio na barriga ou a altitude em que estávamos. Não, não, talvez o meu maior desafio fosse resistir ao charme do piloto. Tentei por várias vezes não pensar no tempo, mas já passavam das 23h e logo o nosso "casamento" iria acabar. Bernardo era a minha eternidade dentro das horas contadas que nos restavam e tinha medo de que ele não soubesse disso.

O jogo de luzes me iludiu mais um pouco e comecei a enxergar por outro ângulo como seria não precisar mais despedir-se dos beijos dele e nada me desafiou tanto. Foi como andar sobre uma corda-bamba na completa escuridão, os dias cinza que o meu noivo citou durante os votos na capela eu conhecia bem.

O oceano ao qual fez alusão por vezes já tinha me afogado tentando buscar o sorriso dele em outros, mesmo sabendo que não existia ninguém como o meu jogador preferido. Não houve poemas ou beijos tão ardentes, não houve rosas vermelhas ou um aroma como o dele. Embora talvez houvesse, sim, e os meus sentidos não conseguiram percebê-los, a minha sensibilidade falhou e passei a ser uma garota comum e cheia de medos.

— Por várias vezes pensei em te dizer!

— O quê, Luiza?

— Eu amo você!

— Por que será que senti uma dor no peito agora?

— Não fale mais nada!

— Você está lindo neste terno preto. Nunca vou esquecer este dia.

— Não pode ser uma despedida!?

— Vamos pensar nisso amanhã.

Vegas, do alto, é um universo estrelado. À medida que as hélices tornavam-se silenciosas, compreendemos que não era justo, as horas estavam voando entre consertos e defeitos, logo precisávamos ajustar os ponteiros. Então Bernardo me trouxe para o Bellagio, antes que os meus sapatos de couro tocassem o carpete vermelho ele me arrebatou com os olhos e me segurou nos braços, pude testemunhar um dos seus melhores sorrisos.

Os lábios dele repousaram nos meus lábios e sabia bem onde toda aquela empolgante cena iria nos levar, assisti a isso várias vezes nos filmes e na vida real fugi em semelhante proporção.

— B...

— Hum?

— Preciso lhe falar!

— O quê?

— Sobre tudo isso! O dia de hoje.

— Fale, Luiza.

— Foi... Tipo... Perfeito. Literalmente arquitetado pelo meu BCD. Eu vi o Bernardo de hoje se transformar no Bernardo que me conquistou lá atrás, o poeta, e foi lindo, juro que foi e está sendo na verdade.

— Esse tom... Eu conheço bem e não estou gostando nenhum pouco.

— Não podemos dar este passo!

— Nos casamos, então estou levando a minha esposa para o nosso quarto.

— Em menos de 12 horas vamos nos separar!

Quinto tsunami

— Não precisa ser assim, Luiza, basta me fazer um simples pedido! Porque não posso ficar em Los Angeles sem que me queira aqui.

— Não posso sacrificá-lo, construiu uma vida lá, assim como não posso voltar para o Brasil com você.

— Por que não? Não acha que foi injusto termos sofrido tanto por causa de uma mentira? Não acha que deveríamos ficar juntos? Se temos apenas uma noite, horas contadas, então por que não aproveitar? Tudo que mais quero é apreciar você por inteiro, me deixe amar você, sentir você. Eu respiro você, Luiza.

— É tão difícil responder a essas perguntas...

— Não tem as respostas!

— Eu tenho!

— Vá em frente.

— Porque... Eu vou ficar destruída quando partir, porque eu nunca superei o nosso primeiro beijo, então imagina uma noite de amor com você. Não me perguntou como foram os meus últimos anos, como foi perder o meu melhor amigo e o meu primeiro amor, na verdade o meu único.

— Desculpe se fui egoísta e planejei um dia perfeito sem te consultar, mas achei que era a única maneira de convencê-la a ficar comigo. Não é do tipo que se conquista com diamantes, porque aí seria fácil para mim. Mas sabe por que não perguntei?

— Por quê?

— Porque imaginei que não tenha sido nada fácil e se tem algo insuportável para mim é vê-la sofrer. Mas, por favor, conte-me.

— Preciso desabafar isso... Eu o procurei entre os seus poemas e deve ter percebido que muitos estavam borrados.

— Notei!

— Foram as minhas lágrimas enquanto os relia por incontáveis vezes, mas mantive o seu boné do basquete intacto, como eu iria usá-lo? E dormi abraçada a ele várias vezes, principalmente depois de alguns encontros desastrosos.

— Ah, tá!

— Também o odeio nas minhas TPMs, porque você me deixou mimada com os bolos e os chocolates e seu encantador olhar preocupado. Era irritantemente fofo o jeito como ajeitava o meu cabelo, tinha uma fórmula mágica, única de fazer aquilo e colocá-lo por trás da minha orelha para ver o meu rosto e os aniversários surpresa... A sua maneira de agradar me fez sentir-se especial. Odiei perder tudo isso.

— Sinto muito!

— Eu me dediquei à Matemática, decidi fazer Música e Administração.

— Fez Música e Administração?

— Fiz! E não pude dividir os meus avanços com você, naturalmente nem os meus dias ruins. Sentia o seu perfume e me perguntava se estava ficando louca. E outra vez um cara me ligava e eu chorava em braços estranhos, mas com toda a certeza não vai querer saber sobre ele.

— Não quero!

— Quando as suas mãos seguravam as minhas eu sentia que as coisas iriam ficar bem, tem um poder fora do normal. Existe algo grandioso em seus olhos, no seu sorriso, no seu rosto, no seu corpo, em tudo que possui. Eu amo tudo em você, B.

— Realmente não esperava por isso!

Os olhos de Luiza transbordaram.

— Eu repeti aquela cena do teatro milhões de vezes, os seus olhos nos meus, seus lábios nos meus dentro de um abraço apertado, achando que conseguiria senti-lo na minha ilusão. Por que o seu beijo tinha que ter sido tão incrível? Por que tem que ser tão lindo e especial? Eu odiei a sua perfeição. Até me senti aliviada quando me expulsou da sua festa, afinal pretendia usar a sua pior versão, até então desconhecida, só para fazer o meu coração parar de amar você.

— Perdão! Ainda me sinto muito mal por isso, nunca mais vai se repetir! Se for preciso, vou te pedir perdão pelos próximos 12 anos, pelo mesmo tempo em que estivemos distantes.

— Já conversamos sobre isso! O que estou tentando dizer é que tenho medo de sofrer, me tornei insegura, tanto que desisti de cantar. Eu também não fui a mesma longe dos seus olhos, perto de você fui a minha melhor versão, Bernardo.

— Não podemos consertar o passado, Luiza, é imutável. Tenho uma verdadeira obsessão pelo tempo, depois de você, Luiza, eu aprendi o que realmente importa, que não é o dinheiro, o poder ou qualquer coisa que move um mortal. Na verdade, nada disso faz sentido algum quando não se tem quem ama por perto. Olhe para mim! Não quero vê-la chorar, é um dia feliz e podemos construir uma nova versão da nossa história, basta confiar em mim. Segure na minha mão outra vez.

— B!

— Não vou exigir muito, apenas que dance comigo!

— Dançar?

— Vamos dançar a noite inteira! Afinal de contas, eu preciso liberar toda esta energia de alguma maneira e assimilar tudo que acabou de me falar.

— Sinto muito por estragar os seus planos!

— Não estragou! Continua nos meus braços, lógico que não do jeito que eu imaginei, mas ainda assim vamos dormir juntos.

— Hein!?

— Vamos ficar acordados, então! Assim não perderemos tempo. Mas se adormecer, não se preocupe, eu ficarei apenas te olhando e posso até fazer um desenho seu.

— Chateado?

— *És a minha raridade dentro da coleção mais valiosa que existe no meu universo.* Aposto que isso responde à sua pergunta.

— Você nunca foi rejeitado, não é?

— Não! Mas ficou bem claro agora que tenho andado com bijuterias.

— Hum!

— Isso só eleva o seu patamar. É resistente feito um diamante e pura como um cristal. Você é o meu cristal, Luiza.

Dançamos noite adentro, já descalça e com os cabelos bem bagunçados, não mais que duas taças de champanhe para me deixar leve e puxá-lo pela gravata. O meu noivo fictício estava ainda mais atraente quando o calor do momento o fez tirar a camisa e confundiu as minhas ideias já não tão claras naquele momento.

— Não pode fazer isso, senhor BCD!

— Neste momento tô mais para o empresário durão e sedutor!

— Gato!

— Não vale quebrar as regras, pequena grande notável, lembra?

— Do quê?

— Que me deu um fora em plena lua de mel!

— Como eu consegui? Hein?

— Não sei ao certo. Fiquei me perguntando também... já que eu elaborei um plano e tanto para levá-la para a cama, na verdade esta seria a primeira vez que iria fazer amor.

— Hilário! Contraditório, você me disse que nunca foi rejeitado.

— É a pura verdade, as outras vezes foram apenas por prazer, mas com você seria completamente diferente, é por amor. Mas é uma moça muito difícil e agora vou ficar imaginando como seria a plenitude desse momento, de finalmente ter você em meus braços. O que sinto agora está estupidamente distante de ser algo apenas para satisfazer o meu corpo, Luiza, na verdade ter você é uma necessidade de acalmar a minha alma.

— Acabo de concluir que eu não sou nada fácil mesmo! Não foi apenas ao seu charme que eu resisti, mas sim a toda a verdade que enxergo nos seus olhos.

— Ainda assim vai me dizer não?

— Então... Vista essa camisa! Não pode ficar dançando assim.

— Estou com calor!

— Eu também!

— Vamos tomar um banho?

— Não!

— Um minuto nos seus braços, Luiza, era tudo que eu mais queria, seriam os 60 segundos mais felizes da minha vida.

— Não!

— Que resposta mais previsível. Então quer dormir? Deve estar cansada.

— Quero te beijar!

— Vai me seduzir e depois que eu estiver bem iludido dizer não, né?

— Só me beija!

Bernardo segurou-me em seus braços e fomos até um confortável sofá na sala privativa da boate, e de repente estava sentada sobre a perna dele. Logo cravou os seus olhos na fenda do meu vestido.

— Uau!

A gravata foi uma excelente aliada, então a usei e o puxei para mais perto de mim. Bernardo não parava de rir, percebendo que aquele não era o meu normal. O mínimo nível de álcool que corria nas minhas veias me conferiu uma confiança sem igual, lembro-me vagamente de duas mordidinhas de leve nos lábios dele e um beijo no meu pescoço, um tanto provocante.

— Por acaso foi a primeira vez que você bebeu?

— Sim!

— Suspeitei! Ei, mocinha! Não pode roubar os morangos da minha bebida.

— Agora é tarde, já está na minha boca.

— Hum! Eu quero de volta.

Bernardo deu um beijo sequestrador e resgatou o morango.

— Você não fez isso!

— Foi delicioso, e se quiser de volta vai ter de roubar da minha boca.

— Vamos ser presos.

— Notas: você roubou o meu coração. Você, senhorita Luiza, roubou a minha paz quando foi embora e agora roubou os morangos da minha bebida, eu apenas peguei de volta.

— Sinto muito, B, por ter feito você sofrer.

Os meus lábios nos dele e os nossos corpos incendiando, ele soltou todo o meu cabelo e tocou no zíper outra vez, mas hesitou, respirou fundo e beijou-me com certo desespero tinha um quê de desejo e afiliação, eu pude sentir. Ao passo que nos beijávamos loucamente, algumas lágrimas rolavam dos nossos rostos tão colados, era uma despedida e tanto.

Ele sussurrou ao meu ouvido: *quero que me enxergue além dos poemas, além das belas escritas, quero que me veja, Luiza, como o homem da sua vida.*

Quatro da manhã, depois de alguns beijos provocantes, ele me carregou para o quarto e no trajeto eu adormeci em seus braços.

— Você foi esperta em beber, hein, princesa? E assim me deixou sem mais munição para conquistá-la.

Enquanto a minha esposa dormia, eu tocava de forma quase imperceptível o seu lindo rosto cansado e mesmo sem querer Luiza adormeceu nos meus braços.

— A noiva mais linda!

Sem que o sono a deixasse ouvir, disse-lhe: *vista-se de coragem para entrar no meu mundo e então provar esse amor que é toda seu. Quero desenhar o seu rosto no entardecer mais bonito, depois de ter tocado todo o seu corpo e esculpir cada detalhe do seu sorriso no instante em que tenha sentido dos meus lábios um terço do meu amor escondido. Quero ter o poder de voltar no tempo e resgatá-la dentro do meu poema mais bonito para senti-la além da vida, e no futuro eternizá-la ao meu lado. E fazê-la provar todo o prazer que tanto tem evitado, entre as juras de amor e nossos corpos entrelaçados.*

O dia, depois do dia mais incrível das nossas vidas. Senti o perfume dele e, ao abrir os olhos, fui agraciada com uma visão privilegiada do meu lindo "B" de roupão, cabelos molhados e ao meu redor um suntuoso quarto na cobertura do Bellagio. Inebriada por aquele aroma fixado em mim, compreendi que não foi um sonho, as evidências da noite anterior deixaram claro que aquele milionário era alguém com quem valia muito a pena estar.

— Bom dia, senhora Duarte!

— Senhora Duarte?

— Não houve uma consumação, nós sabemos... Mas houve um SIM, então está valendo para mim.

— Realmente levou a sério essa coisa do casamento, eu achei fofo.

— Levei! A fita vermelha ainda está no seu dedo, é um compromisso.

— É verdade, ela está no meu dedo. Preciso me levantar. Ai!

— O que foi?

— A minha cabeça está doendo um pouco!

— Chama-se ressaca.

— Mas só tomei duas taças.

— Sinal de que não pode beber! Tome esse comprimido, vai se sentir melhor. Ah! Eu trouxe café da manhã para você.

— Obrigada, B! Preciso tomar um banho, será que poderia me ajudar com o vestido?

Sexto tsunami

Bernardo engoliu a saliva, respirou fundo e segurou o zíper, descendo lentamente até o meio das costas de Luiza. Depositou um beijo suave no pescoço dela e sorriu enquanto analisava as suas curvas. Era um teste de resistência, certamente estava preparado para enfrentar uma guerra.

— Agora não pode dizer que não tirou o meu vestido!

— Apenas ajudei com o zíper, isso não conta. — Sussurrando, disse: — Tinha planos bem mais maduros.

— Sobre as suas expectativas... Sinto muito.

— Na verdade você me iludiu só um pouquinho. Não sei se atribuo a culpa ao SIM que me deu diante do Elvis ou aos beijos quentes que trocamos na boate. Ah! Também disse que me amava no helicóptero.

— Eita! Eu quebrei algumas regras!

— Com toda a certeza, passou a noite inteira me dando sinais, flertando comigo.

— Perdoe-me, B!

— Quem sabe se repetirmos o último beijo de ontem eu possa pensar em um perdão. Na verdade, o beijo foi hoje, às 3h30 da manhã, e eu nunca vou esquecer.

— Aquilo, bom... foi perigoso. Eu não vou mais beber.

— Seus beijos ardentes são o tipo de perigo que adoraria correr outra vez. O único problema foi que depois você adormeceu.

Horas depois estávamos a caminho de Los Angeles, um tanto calados, com a mente mais voltada ao retrovisor que nos remetia a Vegas do que à vista na nossa frente, que nos levaria à realidade, ao aeroporto, à despedida. Eu segurei a mão do meu B e entrelaçamos os nossos dedos com força, ele beijou a minha mão demoradamente.

— Estamos nos despedindo, não é?

— É!

— Tem certeza, Luiza? Podemos resolver a nossa situação, definir o nosso caso de uma vez.

— Preciso de um tempo para pensar, para me curar. Espero que entenda.

— Estou tentando compreender, eu juro!

— Ontem foi um sonho... Digno de um livro com direito a dedicatória e quem sabe um filme com uma bela trilha sonora, mas...

— Mas?

— A vida real é bem diferente, B!

— Tem a ver com a forma como lhe tratei no baile?

— Também!

— Se precisa de um tempo eu te darei, embora ache que perdemos tempo demais longe um do outro, respeito a sua decisão. Ficou claro que não confia mais em mim.

— Estou tentando confiar!

— E como ficamos? Como um caso indefinido?

— Não! Sou a sua namorada!

— Um avanço!

— E vou morrer de saudades!

— Vamos nos falar todos os dias?

— Todos!

— O aeroporto!

Pensativo, Bernardo olhou para Luiza e disse:

— Vai postar uma foto comigo?

— Vou!

— Acho bom! Para que saibam que você tem dono, não está disponível.

— Nossa! Que possessivo.

— Preciso me agarrar a alguma coisa.

— É tão inseguro quanto eu.

— Como me despedir de você, Luiza?

— Vai mesmo voltar?

— Lógico! Eu nem iria se você me quisesse, então quando menos esperar estarei de volta.

— Quando? Quero uma data.

— Não vou avisar, mas trarei flores e vou usar o boné que me deu, o do Walt Disney.

— Vou viver para esperar!

— Tem uma coisa para você!

— Já sei que vou chorar.

— Uma pequena lembrança de Vegas.

Bernardo entregou-me um envelope e o seu sorriso mais encantador.

— Abra!

As minhas mãos estavam trêmulas e ele sem dúvida tornou-se especialista em palpitar meu coração.

— Não posso acreditar!

— Gostou?

— Fidedigno! Simplesmente perfeito.

— Traduzindo em palavras, fica linda enquanto dorme, é uma musa.

— Você realmente não dormiu!

— Não poderia perder tempo, eu queria aproveitar o máximo de você e eternizar a nossa noite em Vegas assim.... Com um desenho seu.

— Impressionante! Agora ficou ainda mais difícil lhe dizer adeus.

— Adoraria anular as distâncias e nunca mais dizermos adeus! Também escrevi este poema enquanto dormia, quero que leia e reflita, mas vou lhe dar uma dica: preciso que me enxergue além dos poemas, eu sou um homem real que deseja você. Pode confiar em mim.

Bernardo a segurou firme e a beijou com emoção, tocou o rosto de Luiza e despediu-se dos braços dela. Embora com muita tristeza, sentia-se orgulhoso por ter tentado conquistá-la até o último minuto.

Outra vez estou aqui, sentada, borrando os votos de casamento dele com as minhas lágrimas. Sempre no presente, olhando para o passado, mas a dor parece-me um pouco mais amena porque nos falamos pelo telefone, sabemos um do outro, embora ainda separados trocamos mensagens apaixonadas.

— Que linda a sua foto usando o boné do basquete, Luiza!

— Sei bem por que tocou no assunto. Ligado nas redes sociais...

— Passei a ser por sua causa.

— Eu recebi as nossas fotos de Vegas, ficaram lindas.

— E não postou nenhuma? Realmente quer me manter em segredo, isso é preocupante.

— Ainda não estou pronta para assumi-lo publicamente.

— Por acaso encontrou um paquera?

— Não, né, Bernardo!!!

— Epa! Ficou irritada, desculpe!

— Estou na TPM!

— Mudou o seu ciclo? Era entre o dia 7 e 12 de cada mês.

— Sabia os dias exatos do meu ciclo menstrual?!

— Eu percebia! E depois você passou a reclamar de alguns sintomas, então fiz a associação.

— E você lembra!?

— De tudo!

— Como superar você?

— Não vai encontrar outro que a conheça tanto quanto eu, que a ame sem limites. Então eu sugiro que considere ser minha Luiza.

— Seus argumentos são bons!

— Houve um equívoco aí, não são argumentos, são sentimentos. Não deixe o medo a afastar de mim, está colocando obstáculos, paredes. Eu não vou machucá-la, por favor, precisa acreditar em mim.

— Estou tentando!

Capítulo 6

ENDLESS LOVE

Quarenta e cinco dias sem que eu pudesse olhar para o meu irresistível Bernardo. Mas numa sexta-feira, saindo do trabalho, eu o vi entre as rosas vermelhas que quase cobriam o seu rosto, mais precisamente 45 botões, um para cada dia em que me fez esperar por ele. De camisa branca e usando o boné do Walt Disney, sem pensar nas consequências, corri para seus braços mesmo sabendo que existiam muitas câmeras de segurança para registrar o nosso reencontro. Ele realmente voltou para mim.

— Luiza!

Bernardo a abraçou e o relógio quebrou, o tempo parou para que se beijassem demoradamente e Luiza retirou o boné de Bernardo entrelaçando os dedos nos cabelos dele. Ele a apertava contra o peito tentando compensar a falta que sentia dela.

— B, eu senti tanta saudade!

— Não mais do que eu!

— Durou apenas cinco dias o nosso último encontro e veja só o resultado... Quarenta e cinco dias de pura ansiedade.

— É muito bom viver para ouvir isso. Mas eu quis levá-la comigo.

— Vejo que não mentiu sobre as flores e o boné.

— Eu não minto, quando vai entender isso?

— Quero que veja uma coisa.

Luiza exibiu o celular dela para Bernardo e sorriu diante da impressionante coincidência.

— Postou as nossas fotos em Hollywood!!!

— Yes! Acabei de postar e aí você chegou.

— Foi um sinal!

— Engraçadinho!

— Deixe eu ver a legenda: *Meu jogador de basquete preferido*. E dois corações azuis...

— É, eu gostei, ficou autêntico.

— Ufa! Fiquei tensa, por um minuto pensei que não estivesse à altura da sua legenda.

— Está além! Mas é curioso, sempre fala sobre eu ser o seu jogador preferido e raramente ia à quadra me ver.

— Sabe por que, Bernardo?! Eu odiava ouvir as meninas gritarem o seu nome!

— Adorei saber disso!

— Escondia-se por trás do seu boné, era o seu escudo, mas isso não o impediu de achar um caminho para o meu coração.

— Por isso voltei a usar bonés! Eu reservei um restaurante italiano.

— Ótimo!

— Então, senhorita, eu a espero às 20h sem falta!

— Ok!

— Luiza...

— Oi, B?

— Só por curiosidade... Como salvou o meu contato no seu celular?

— Meu B.

— E dois corações azuis?

— Acertou!

— Por acaso aquele vestido que usou no baile de máscaras no colegial...

— Foi proposital. Eu usei azul porque é a sua cor preferida, só para chamar a sua atenção.

— Mas que bobinha! Como se eu enxergasse mais alguém além de você. Eu a quero!

— Então... Eu preciso contar uma coisa.

— Sempre muda de assunto também quando as coisas podem esquentar.

— Os meus pais estão aqui em L.A.

— Os seus pais?

— É! E contei para eles sobre o nosso namoro e também ao meu irmão.

— E?

— O Lucas ficou furioso.

— Posso imaginar!

— E o meu pai também!

— Tão previsível!

— Mas a boa notícia é que a minha mãe aceitou numa boa.

— Nem tudo está perdido!

— E eles querem ver você!

— É mesmo?

— É!

— Eu tenho alguma chance de sobreviver?

— Precisava, ainda temos que nos...

— Nos? Nos... Casarmos?

— Acho que vai chover!

— É! Eu tô achando que vou ser um solteirão, né!? E o pior é que a minha mãe está me cobrando um neto e não vou ter um filho se não for com você.

— Hein?

— Me enxergue, Luiza! Além dos poemas, eu sou real. Só preciso de uma chance para ser feliz e ela está nas suas mãos.

Assim que Luiza abriu a porta do apartamento todos estavam sentados no sofá e pelas expressões o clima era pouco festivo. Embora não fosse novidade, Luiza havia preparado Bernardo. Mesmo os termômetros de Los Angeles marcando 30 graus, ele estava congelando por dentro e suando.

— Boa tarde!

— Boa tarde, Bernardo!

— Sente-se, eu vou buscar uma água.

— Obrigado, Luiza! Então, como vão os senhores?

— Estamos bem!

— E você, Bernardo?

— Estou bem!

— Parece tenso! — Disse Lucas.

— É o calor!

— Quer dizer que você e Luiza estão namorando?

— Sim, senhora Lucia!

— E desde quando?

— Bom, senhor Rogerio...

— Faz pouco tempo, pai.

— Já tinha me dito isso, Luiza, mas quero saber quando.

— Começamos a namorar no dia 15 do mês retrasado.

— Dia 15? – Questionou Bernardo.

— É, meu amor, o dia que tiramos a foto em Hollywood.

— Achei que tivesse sido no dia 17, no aeroporto.

— Não! Não gosto de despedidas, não são dias felizes.

Coragem, confiança e maturidade. Enquanto Luiza respondia, Bernardo a olhava impressionado. Luiza marcou o dia do beijo em Hollywood como o início do namoro, embora na altura tivesse dito a Bernardo que eles eram apenas um caso indefinido e ainda dispôs de coragem para chamá-lo de amor na frente dos pais. A "pequena Luiza" finalmente havia crescido. "O que aconteceu a ela nos últimos cinco minutos em que cruzou a porta?", pensou Bernardo.

— É! Parece que ninguém foge do destino.

— É, Lucas! É inútil tentar fugir.

Luiza segurou a mão de Bernardo e entreolharam-se com paixão.

— Olhe só para vocês, estou ficando enjoado.

— Lucas, por favor.

— Bernardo, só não o atiro pela janela porque tenho certeza de que a minha irmã vai chorar.

— Meu filho!

— Às vezes penso que você tem cinco anos, Lucas.

— E como vai ser esse namoro? Luiza aqui e você lá no Brasil.

— Bom, eu...

— Pai, o senhor não precisa perguntar os detalhes.

— Luiza tem razão, Rogerio, deixem eles em paz.

— Obrigada, mãe!

— Não pense que vai dormir aqui, mauricinho.

— Lucas!

— Só deixando claro, irmãzinha.

— Não se preocupe, Lucas, eu reservei um hotel.

— E a senhora Luiza não vai dormir lá com ele.

— Lucas!

— Luiza não é mais uma criança. — Disse a mãe

— Mas é lógico que ela é! É muito sensível. — Disse o pai

— Bernardo e eu estamos juntos! Então cabe a nós dois decidirmos como vai ser a nossa relação. E chega de perguntas.

— Calma, Luizinha!

— Lucas, por favor, eu estou farta das suas... ironias. E tem mais, eu quero que respeite o Bernardo, não tem motivos para ser hostil com ele.

— Tá bom! O que fez com a minha irmã, riquinho?

— Eu disse chega! Agora eu vou me arrumar, temos um compromisso e o Bernardo está cansado, veio direto do aeroporto para cá.

— Hum!

— Vamos, B, eu vou levá-lo até a porta.

— Com licença!

— Toda, cunhadinho!

— Eu mando um táxi!

— Não precisa, amor, eu vou com o carro do meu irmão.

— Eu venho te buscar, é melhor, amor.

— Não! Descanse um pouco.

— Tem certeza?

— Tenho! Às 20h eu estarei lá.

— Eu serei o de preto.

Luiza usava um elegante vestido marsala, o qual desenhava perfeitamente o seu corpo e nos lábios um batom vermelho, perfume marcante e o famoso colar com pingente de coração, em um salto 15, ela entrou pela enorme porta do restaurante e sorriu para o elegante homem de preto que se sentava ao piano. Foi conduzida até a mesa mais próxima do surpreendente pianista, que a fitava de forma arrebatadora, mas algo dentro dela dava sinais, e as palpitações alteraram-se rapidamente quando o elegante pianista lhe estendeu a mão.

— Venha comigo!

O distinto cavalheiro segurou a mão de Luiza, subiram dois degraus e ele lhe induziu a sentar-se sobre a cauda do piano enquanto jogava todo o seu charme para ela. A plateia esperava um desfecho à altura daquele belo casal, mas Luiza não sabia que iria participar de um "encontro musical". E para a surpresa dela, o lindo pianista arrancou algumas notas.

— Aprendeu a tocar!?

— Não ria de mim, andei me esforçando bastante para merecer um cristal.

— Isso é sério?

Então ele repetiu as notas.

— Conheço essa música!

— É claro que sim, é um clássico.

— Não me diga que vai...

— Luiza, *my endless love,* por que acha que demorei tanto para voltar?

— Vai mesmo cantar?

— *My love, there's only you in my life...* Meu amor, só existe você na minha vida, a única coisa certa...

Bernardo sem dúvida sabe bem como agitar o meu coração, mas cantar realmente foi o golpe mais certeiro e inesperado que ele poderia usar para me conquistar, os clientes do restaurante nos observam com agitação. Não mais que uma frase da canção saindo dos lábios dele para que enchesse os meus olhos de lágrimas.

— Sem acreditar ainda!

— Por favor, me acompanhe Luiza, eu quero ouvir a sua voz.

O som da voz de Bernardo fez o meu corpo arrepiar por inteiro. Respirei fundo e descruzei as minhas pernas, eu realmente estava muito nervosa, mas busquei forças, inclinei o meu corpo na direção dele sorrindo e soltei a minha voz:

— *My first love*... Meu primeiro amor...

Os clientes gritaram e Bernardo continuou a cantar a sua parte do refrão que dizia: quero compartilhar do meu amor com você, ninguém mais serve.

— Uhuu!

Eu transbordava de emoção ao ouvir o meu B demostrar todo o seu amor por mim em forma de canção e também desabafei em estrofes. Fizemos um dueto e tanto, as pessoas aplaudiam-nos calorosamente e por fim ele me abraçou, aquela foi sem dúvida a declaração mais linda que Bernardo já fez, ele invadiu o meu mundo e roubou o meu coração. Mas não parou por aí.

— Quer ser para sempre minha, Luiza?

O senhor BCD tinha um plano, um par de alianças e quase me fez sufocar, através dos seus olhos ele deixou evidente o tamanho da emoção que estava sentindo e eu, no entanto, desejava congelar o tempo por alguns minutos. Foi sublime.

— Depois de cantar *Endless love*, eu serei sua, Bernardo!

— Yes! Yes!

Obviamente Bernardo tirou todo o meu batom assim que pôs a aliança no meu dedo, na qual gravou: *"Que eu seja sempre o seu B"*. E outra vez fomos aplaudidos.

— Não poderia ter escolhido música melhor, tem tudo a ver com a nossa história.

— Confesso que quase me perdi nas notas. Foi um desafio e tanto manter-me concentrado com você neste vestido!

— Devo reconhecer que se esforçou bastante. Ah! O preto lhe cai muito bem, ficou um gato de gravata borboleta.

— É bom saber que a minha noiva curte o estilo.

— Do elegante ao esportivo eu aprecio todas as suas versões.

— Pensando bem... Não pode dizer que aprecia de todas, tem uma que você ainda não conheceu.

— É? E qual seria?

— A sem roupa!

— Fiquei ainda mais nervosa agora!

— Relaxe! Você não leu o meu poema? Eu aposto que vai apreciar também.

— Precisamos falar sério.

— Mas eu falei sério, sempre levo você a sério. Sinto muito pelos 45 dias, mas precisava me empenhar para reconquistá-la. Muitas aulas de música... E as alianças eu as fiz, jamais iria delegar.

— Poeta, cantor, pianista e um ourives e tanto, as alianças ficaram lindas! É incrível, como acertou a medida do meu dedo?

— Eu medi com a fita vermelha do casamento em Vegas. Eu roubei a fita do seu dedo.

— Astuto!

No dia seguinte, enquanto visitavam Santa Monica, Bernardo disse:

— Tenho uma proposta, Luiza.

— Que vem seguida de uma pergunta, a qual me deixa nervosa.

— Quer trabalhar comigo?

— Hum?

— É administradora, formaremos uma dupla e tanto. Algo me diz que vai continuar me enrolando, sempre foge de mim e quem sabe as relações trabalhistas possam nos aproximar.

— Eu não posso deixar o Marck.

— Eu ouvi mesmo isso?!

— Entenda, Bernardo, eu sou para o Marck o que o Marcelo é para você, o braço-direito, na verdade ele me instituiu há pouco tempo como a chefe de administração da empresa dele.

— Que cara esperto! Eu pago o triplo do seu salário, cubro qualquer proposta dele, monto uma sala enorme de frente para a minha para que eu possa olhar para você todos os minutos, todas as manhãs terá uma rosa sobre a sua mesa, iremos almoçar juntos, e na minha agenda sempre existirão jantares de negócios com você, nos quais vou te beijar.

— Proposta tentadora! Mas ele ficaria arrasado. Imagine com seria perder o Marcelo.

— O problema, Luiza, é que existe uma diferença muito grande entre o Marck e o Marcelo. Eu não desejo o Marcelo, mas o Marck deseja você e ficou bem claro que ele quer prendê-la aqui em Los Angeles.

— Sinto muito, Bernardo, eu construí uma vida aqui.

Sétimo tsunami

— Eu não queria ter ouvido isso. Fiquei pensativo... Você já teve algum rolo com esse cara? Não! Não responda! A única coisa que espero é ter você para mim e perto de mim.

— Eu nunca fiquei com o Mark, a nossa relação é profissional, mas ele é um grande amigo.

— Nós também éramos amigos, ficou claro que confia muito mais nele do que em mim.

— Eu estou tentando confiar em você, Bernardo, até aceitei uma aliança.

— Por favor, não me iluda! Eu não vou suportar, Luiza.

Um mês depois... No Brasil.

— O senhor tem uma visita!

— Felipe!?

— Quanto tempo, Bernardo.

— Realmente! Não esperava uma visita sua, mas estou muito feliz que tenha vindo à minha casa.

— Eu vim por um motivo especial.

— Pois me conte!

— Vou me casar e quero que seja o meu padrinho.

— Meus parabéns, Felipe! É uma honra ser o seu padrinho. Agora conta, quem é a felizarda?

— É a Maitê, uma moça muito bonita, gentil e romântica, nunca estive tão apaixonado.

— Que maravilha!

— Vejo que também está comprometido! Uma aliança e tanto no seu dedo.

— Achei que soubesse, o Rafael não comentou?

— Não!

— Luiza e eu estamos juntos.

— É, meu amigo, não poderia ser diferente, nasceram um para o outro e ninguém tinha o direito de entrar no meio dessa história. É tão comprovado que conseguiram consertar as coisas. Saiba que estou muito feliz por vocês.

— Muito obrigado, amigo!

— Então, eu passo todos os detalhes, o endereço e tudo que precisa saber por e-mail. Apenas posso lhe adiantar a data, vai ser dia 22 de setembro. Logo mando o convite.

— Primavera!

— Isso! Ah! Leve Luiza, seria ótimo ver todos os meus amigos reunidos.

— Com toda a certeza!

O convite de Felipe deixou Bernardo pensativo, então ligou para Marcelo para definir o presente. E aquela era uma boa oportunidade para trazer Luiza de voltar ao Brasil.

— Alô, B!

— Luiza, eu tenho uma novidade.

— Conte!

— O Felipe vai se casar, acredita? E nos convidou para sermos os padrinhos.

— Que ótima notícia! Fico feliz por ele. E qual é a data?

— Dia 22, em 30 dias.

— Oh, B! Infelizmente eu não posso, eu tenho uma viagem a trabalho nessa data para Nova York e já faz tempo que o meu chefe marcou.

— Mas, Luiza, é o casamento do nosso amigo.

— Sinto muito! O Marck e eu vamos precisar passar alguns dias por lá.

— Vai me trocar por uma viagem para Nova York com o seu chefe? O mesmo que é apaixonado por você.

— Bernardo, não é uma troca, é trabalho!

— Que raiva eu tenho daquele cara! Vou pegar um voo para L.A. no domingo.

— Não! Não. É que estou atolada de trabalho e vou substituir o Marck em uma conferência, não estarei na cidade, não vou ter tempo para lhe dar atenção. Sinto muito, B.

— Isso é sério, Luiza!? E o tempo de qualidade?

— Infelizmente é.

— E quando vamos nos ver?

— Em breve!

— Respostas vagas não me satisfazem.

— O seu lado durão tem um certo charme.

— Anda me evitando! E sabe bem disso.

— Não sei, não! E agora eu preciso desligar.

— Espere! Ela desligou! É especialista, sabe bem como me tirar do sério.

— Quem, meu filho?

— A Luiza, quem mais? Ela nasceu com um dom, pronta para me enlouquecer.

— Namoro a distância é sempre muito difícil. Tenha paciência.

— Paciência? Eu sou o cara mais paciente do mundo, ela vive fugindo de mim, de todas as maneiras, de todas... até das inimagináveis.

— Exagerado!

Vinte e dois de setembro de 2024

O fraque preto com corte italiano devidamente alinhado ao meu corpo seguiram as instruções da cerimonialista de Felipe e Maitê, as abotoadoras eram douradas e foram de minha autoria. Ouvi batinas na porta e curiosamente era o Marcelo.

— Senhor!

— Oi, Marcelo.

— Está muito elegante!

— Obrigado! Mas ainda falta o perfume.

— O motorista está esperando.

— Eu vou dirigindo!

— Não acho apropriado.

— E por quê?

— Talvez queira beber, pelo que fui informado será uma grandiosa festa.

— Hum! Tem razão.

Bernardo olhou-se no espelho e disse:

— Apesar de estar tudo em ordem, falta alguma coisa.

— Devo fazer um adendo, até o cabelo está impecável.

— Obrigado, Marcelo!

— É impressão minha ou está irritado?

— Estou e muito! E o motivo da minha chateação chama-se LUIZA! É isso! Falta ela.

— Os reverses do amor?

— Ela vive me evitando e isso está me tirando do sério!

— Por que acha que a senhorita Luiza está evitando o senhor?

— Não atende boa parte das minhas ligações! Ultimamente tem dado muitas desculpas para eu não ir visitá-la e quando, por um milagre, conseguimos ficar juntos ela nunca me deixa tocá-la, é uma doce tortura. É a pior parte.

— Imagino!

— Faz dois meses que não consigo ver A MINHA NOIVA!

— É, talvez ela esteja realmente o evitando.

— E onde Luiza está agora?

— Onde?

— Em Nova York com o Marck.

— Minha nossa! Acho que a senhorita Luiza realmente pisou na bola.

— Eu vou matar aquele cara!

— Violência não vai resolver, senhor.

— Eu a amo tanto! Eu só quero os lábios dela nos meus, sentir o cheiro dela.

— E ela também ama o senhor.

— Não estou tão certo!

— Talvez seja uma pequena vingança depois do que fez ela passar no baile anual.

— Então acha mesmo que a minha Luiza é do tipo vingativa?

— Já está na hora de ir, senhor.

— Realmente está na hora! E o presente de Felipe, já enviou?

— Certamente, senhor! Devo dizer que foi muito generoso.

— Somos amigos! E eu já dei um soco nele por causa de Luiza, então quis recompensá-lo.

— Entendi!

A grandiosidade da cerimônia impressionou os olhos de Bernardo, a escadaria coberta por flores surpreendeu-o ainda mais pela quantidade de rostos conhecidos, mas, afinal, Felipe e ele tinham muitos amigos em comum. Adentrou o salão de baile e seguiu até o campo onde seria a cerimônia. A céu aberto e em meio ao exuberante jardim, existia uma passarela coberta por arcos de flores e um altar com vista para o mar.

Bernardo portava-se elegantemente com as mãos para trás e olhar examinador. Ele buscava Felipe, o noivo, então se dispersou ao notar um grupo de músicos em cima do palco e, pela variedade de instrumentos, era uma pequena orquestra com 15 músicos. Os convidados sentaram-se e logo a cerimonialista foi em sua direção.

— É o Bernardo?

— Sou!

— Muito prazer, sou a Marta!

— A cerimonialista!

— Isso mesmo, nos falamos muito pelo telefone nos últimos dias, não foi? Espero que não tenha sido muito chata!

— De maneira alguma! E com quem vou entrar?

— Com a senhorita Bárbara, fique bem aqui. Eu vou buscá-la.

— Tá!

O noivo estava posicionado no altar e ao lado dele Rafael, Junior e eu, também Paula, Vivi e Bárbara e, assim como Felipe, todos nós estávamos ansiosos pela entrada da Maitê, a noiva, afinal elas sempre brilham intensamente, são as joias preciosas da cerimônia.

Ao entardecer ouviram-se as vozes mais límpidas, eram do coral e pudemos sentir a vibração com tamanha harmonia ao ponto de nos causar comoção, os nossos olhos estavam atentos a cada detalhe. Foi quando uma flecha certeira atingiu o meu coração. Ela usava branco, um esplendoroso vestido branco, tinha os cabelos presos a uma tiara que com toda a certeza era de brilhantes e seus lábios rosados condizentemente me sorriam, mais linda não poderia existir, a melodia mudou rapidamente e não contive a emoção.

— Luiza!?

Ela entrou ao som de "Con te Partirò" (Andrea Bocelli) e roubou meu ar por alguns segundos, o meu corpo inteiro estremeceu, à medida que vinha ao meu encontro senti as lágrimas escorrerem pelo meu rosto, pensei que o meu coração não fosse capaz de suportar. Era o sonho de uma vida, a "minha pequena", com quem sempre sonhei, meu amor sem fim. Felipe puxou o meu braço e trocou de lugar comigo, afinal eu era o noivo.

Pude sentir o cheiro das rosas por todos os lugares daquele jardim a céu aberto, por uma passarela com arcos cobertos de flores em tons rosa e marsala, arrastei a longa cauda do meu vestido até o altar adornado com ramos de jardim de Madagascar e, é obvio, onde me espera o noivo mais lindo em frente ao mar.

Ele vestido em elegante fraque preto, cabelos perfeitamente alinhados e destilando todo o seu charme e ar de imponência, mãos para trás como um verdadeiro cavalheiro, olhava-me com ternura enquanto tentava controlar a emoção e não chorar por ter finalmente conseguido a minha mão. Porque ele também me esperou por todos estes anos, por 12 primaveras, também desafiou o tempo e o oceano para pôr uma aliança no meu dedo.

Os meus sapatos caminhavam sobre o tapete de pétalas vermelhas que contrastavam com o meu vestido branco de renda francesa em corte princesa, e em minhas mãos o tão sonhado buquê de rosas e copos de leite em tom cherry red enchendo os meus olhos com as cores da paixão. O meu perfume marcante será sentido pelo mais apurado olfato, o dele.

Sétimo tsunami

A cada passo sentia-me mais próximo da felicidade e Bernardo chorava enquanto admirava-me dos pés à cabeça, paralisou os seus olhos nos meus lábios e mordeu os dele discretamente, aposto que nem percebeu. Eu sorria para ele sem desviar um segundo dos encantos daquele olhar inundado em lágrimas, o meu coração seguia o ritmo da canção de Bocelli, a qual sempre sonhei para o grande dia. Quando cheguei ao altar, de frente ao perfeito mar azul, Bernardo respirou fundo, segurou a minha mão e eu toquei o seu rosto molhado, ele beijou-me a testa e pude notar suas mãos trêmulas.

— Ôh! Não chora, amor.

— Está magnifica, Luiza! Quase morri quando te vi!

— Eu prometi que seria sua, Bernardo, e aqui estou.

Luiza tocou o meu rosto e suas mãos estavam geladas, logo compreendi que era real, então beijei a testa dela. O poeta havia sito tocado profundamente da mesma forma que as notas daquela canção escolhida por Luiza. O passado e o presente alinharam-se numa perfeita sintonia para unir dois seres que se amavam. A orquestra silenciou-se e nossos corações permaneceram embalados a emoção.

— Vamos dar início à cerimônia! Sempre sou questionado sobre a existência de casais que nasceram para ficar juntos e aqui está a prova, o amor que venceu o tempo. A história deste casal é um verdadeiro exemplo de superação, de amor e amizade. Estiveram separados por muitos anos e agora estão aqui diante de todos nós para fazer um juramento. Por muitas vezes perguntaram-se sobre o porquê da injusta separação, e vos respondo o seguinte: aquele não era o momento certo, *o relógio* de vocês precisava ajustar-se ao de Deus e aqui estão Bernardo e Luiza, mais maduros para que um complete o outro em sagrado matrimônio. "O tempo de Deus é diferente do nosso e no tempo dele tudo é mais perfeito". Somente o grande arquiteto do Universo detém todas as respostas.

— Luiza de Alcântara Martins, aceita Bernardo Campos Duarte como o seu legítimo esposo?

— Aceito!

— Bernardo Campos Duarte, aceita Luiza de Alcântara Martins como sua legítima esposa?

— Aceito!

Bernardo mal conseguia concentrar-se em outra pessoa que não fosse eu. Então o olhava e sorria, eu o compreendi, nós nos falávamos através do olhar. Trocamos alianças em meio a juras de amor, as quais sabemos que iremos cumprir, e naquele momento notei os escritos que Bernardo gravou na aliança dele: *2008 & para sempre Luiza.*

— Pode beijar a noiva!

Eu era dele e ele meu e ao som dos violinistas nos beijamos na frente de todas aquelas pessoas, da nossa família, dos nossos amigos, os que acompanharam a nossa história de amor e dor, de encontro e desencontro e reencontro. Dissemos sim e atestamos naquele momento o quanto acreditamos na força do amor.

Luiza parou por 10 minutos sobre a sacada do salão de baile e deslumbrava-se com a decoração, as flores entre tons de rosa e vermelho assim como o seu buquê, que ainda segurava em suas delicadas mãos já cansadas. Tudo havia saído exatamente como ela planejou. Subi as escadas, Luiza de costas para mim, pude concluir que não existia zíper em seu vestido, apenas botões, muitos botões e, enquanto a examinava com calma, ela continuava admirando as flores do alto. Aproximei-me em silêncio e beijei o seu delicado pescoço.

— Luiza!

— Oi, príncipe! Está especialmente lindo.

— Estava morrendo de saudade! Quase sufocando.

— Eu também, amor, mas tive que fingir, fugir de você e peço desculpas por isso, eu...

Antes que Luiza pudesse completar a sua frase, Bernardo a calou com um beijo e a prendeu em um abraço forte, enquanto os seus corações aceleravam, eles tentavam matar um pouco da saudade e não mais desejavam parar. Em uma pausa sussurrando Bernardo disse:

— Não me deve desculpas e toda vez que fizer isso vou silenciá-la com um beijo.

— Eu queria mesmo os seus lábios nos meus, Bernardo. Também estava com muita saudade do seu cheiro, do seu abraço, do calor do seu corpo.

— E pensar que eu estava inseguro, descrente dos seus sentimentos por mim e então aparece assim, pronta para me enlouquecer, e me fez acreditar na força do nosso amor.

— Aprendeu sobre a terceira lição, B, *a força do amor*. E para que você aprendesse, eu também precisei aprender a confiar em você e ter coragem para vir aqui e lhe entregar o meu coração.

— Nos completamos.

— Ficou claro agora, nada como o tempo. *O relógio.*

— Que sorte a minha o Marck ter perdido a chefe de ADM. Eu juro que cheguei a pensar que iria me trocar por ele.

— Que empresário mais lindo e inseguro você é! Será que eu faço o tipo dos milionários?

— Com toda a certeza! Uma joia como você é para os mais aprimorados.

— Você é insubstituível, Bernardo! É um poeta, o Marck não é você. Se quer saber, faz dois anos que sou chefe de ADM da empresa dele, na verdade foi tudo uma mentirinha para lhe deixar preocupado e não ter tempo para desconfiar da surpresa, amor. Eu tinha planos, faz 30 dias que estou aqui no Brasil e você me ligando querendo ir a Los Angeles, então usei a desculpa que estava em Nova York. Você cobrando atitudes minhas sobre o nosso relacionamento e eu, aflita.

— Dei muito trabalho para você.

— Tudo valeu a pena para estar aqui agora e ver esse sorriso lindo dos seus lábios, B, estar nos seus braços.

— Ainda sem acreditar que você está aqui, Luiza.

— Claro, Bernardo! Quando vai entender que eu quero você além dos poemas?

— Talvez quando tocar em mim.

— Boa cantada, eu farei isso.

— É sério?

— É o jogador de basquete mais gato e inseguro que conheço, já parou para pensar que talvez eu tenha sonhado com tudo isso? Um casamento lindo com o homem da minha vida... por isso caprichei tanto na cerimônia.

— Isso é música para os meus ouvidos, Luiza, está me fazendo muito feliz.

— É só o começo, B, lembro de ter mencionado em Vegas algo sobre "um minuto nos seus braços, Luiza, era tudo que eu o mais queria, seriam os 60 segundos mais felizes da minha vida".

— Olha! Você tinha bebido, achei que não iria lembrar.

— Eu o ouvi atentamente e lembro de tudo que me falou naquela noite, agora posso dizer que não será apenas por um minuto, serei sua por toda uma vida.

— Eu a quero, Luiza!

— Essa é uma pendência que precisamos resolver. Como foi mesmo o termo que usou? Sobre ter elaborado planos?

— Elaborei muito planos sem execução.

— Pois é! Agora vamos executar todos os planos que fez pensando em mim, Bernardo.

Bernardo puxou-a gentilmente pela cintura e encostou os seus lábios nos de Luiza, não tardou em deslizar os dedos pelas costas dela até sentir os botões do vestido.

— Uhm! Desculpe atrapalhar o casal, será que eu posso tirá-la dos seus braços só por um minuto?

— Mas acabamos de nos casar, senhora Marta!

— Sinto muito, noivo, é só um minuto! Preciso ajeitar o batom e aqui no cabelo. O fotógrafo está esperando vocês, logo em seguida temos a valsa e o brinde.

— Isso significa que não posso beijá-la?

— Bernardo!

— Entendi!

O noivo desafiava-me com o seu olhar e jogando todo o seu charme pôs as mãos na minha cintura no meio do salão. Quase nos beijamos, mas tínhamos muitos convidados e uma festa para aproveitar. Então dançamos sobre um piso xadrez e matamos os outros casais de inveja, afinal tínhamos tudo que muitos nunca terão, era o amor verdadeiro.

— Não consigo parar de admirar você, princesa, esse seu perfume domina o meu corpo.

— Lembrei do nosso primeiro baile, você de Fantasma da Ópera e eu de Cinderela.

— Eu a segurei em meus braços para que não caísse e o meu coração acelerado.

— E em profundo silêncio olhava-me e não o compreendia, comecei a pensar...

— Cada silêncio meu era um eu te amo, mas se pudesse lhe dizer sabe que não seria tão resumido assim.

— Adoraria que tivesse dito ao menos um eu te amo naquela noite, fui dormir sonhando com isso.

— Mil vezes eu te amo, Luiza, e ainda é pouco! Desculpe ter feito você esperar por isso. Dentro do meu silêncio existia uma imensidão de sentimentos que não podia lhe dizer. Eu tinha medo de que não compreendesse a minha devoção e se afastasse de mim, a sua pouca idade e o meu excesso de sentimentos, de desejos.

— É eu tinha 13 anos, mas se pudesse dizer, o que me diria? Eu quero muito ouvir.

— Diria, Luiza, cada silêncio era o meu coração escrevendo um poema para você, para traduzir os sentimentos que se apossavam de mim e dominavam o meu corpo, e resumir algo tão grandioso tornou-se impossível, por isso desabafava um pouco em forma de rimas. Dentro do meu silêncio existia a Luiza controlando os meus pensamentos 24 horas do meu dia, existia a Luiza fazendo um garoto desejar ser um herói para protegê-la, existia a Luiza lapidando um brutamontes e o tornando um ser sensível, existia dentro de mim a Luiza causando efeitos alucinantes e orquestrando todo o meu ser com apenas um sorriso e fazendo-me sentir culpado por desejar tirar a inocência dos seus lábios, por não conseguir controlar os meus desejos, existia a Luiza me fazendo trocar o rock por Djavan, existia a Luiza me fazendo planejar um futuro para nós dois desde o primeiro dia que a ouvi cantar, existia a Luiza fazendo um garoto comum escrever poemas porque ela não o ensinou a dizer eu te amo, era pouco demais diante da imensidão dos sentimentos que você, Luiza, despertou em mim.

— Bernardo você é um diamante! É incrível e sendo assim apenas você para me fazer desejar voltar no tempo. Queria muito ter ouvido tudo isso naquela noite.

— Tem muitas coisas que eu gostaria de ter feito diferente.

— Naquela hora em seus braços eu fiquei nervosa, imagina se eu tivesse ouvido tudo isso.

— Você não estava pronta!

— Talvez sim, mas achei que iria me beijar.

— Eu adoraria! Mas eu precisava esperar por você, o seu tempo.

— Foi um cavalheiro e tanto para um fantasma.

— O amor tem dessas coisas até os vilões tornam-se mocinhos.

— Mas agora eu tenho idade para que me beije o quanto quiser. Me beije, Bernardo!

Beijaram-se ardentemente sobre o piso xadrez e os convidados ficaram abismados.

— Essa foi a contrapartida do tempo que tanto esperei, que passasse e que você crescesse e entregasse o seu coração para mim... Se eu soubesse que estava aqui no Brasil....

— Foi um sufoco ficar aqui longe de você, B.

— Eu sei! Também sofri, posso saber onde esteve escondida nesses 30 dias?

— Na casa da Paula, nos esforçamos bastante... E a propósito, deve ter percebido que eu peguei a tiara emprestada da sua coleção, o Marcelo pegou, a sua mãe deu a ideia.

— A tiara é sua, meu amor! Assim como tudo que tenho, mas sei que não adianta lhe dizer isso, não vai aceitar ficar com ela.

— Casar com o melhor amigo tem dessas coisas, me conhece bem.

— Pelo que entendi teve muitos cúmplices.

— Muitos, Marcelo e todos os nossos amigos ajudaram. O Felipe é o único solteiro, então bolei um casamento fictício para ele, foram os meus soldadinhos de chumbo, sem a ajuda deles não iria conseguir enganar o meu marido, ele é um homem extremamente perspicaz. O astuto jogador de basquete.

— Gostei muito da parte que me chamou de marido.

— Já incorporei a nova realidade!

— Agora é para valer!

— Agora, sim! Vegas foi um bom ensaio.

— Mas diferente de Vegas, desta vez não vai escapar de mim, senhora Duarte.

— Não tenho intenção nenhuma de fugir dos seus braços, B.

O buffet estava incrível e o bolo dava até pena de cortar de tão lindo, cinco andares de pura gostosura, era algo fino, lemon curd e lavanda inglesa com creme de manteiga earl grey. E o noivo amou, o saboreava com afinco enquanto fitava-me dos pés à cabeça e deslizava as mãos discretamente pelos botões do meu vestido.

Entreolhavam-se por várias vezes durante a festa e Bernardo parecia um tanto impaciente e sempre cercava Luiza. Segurou a taça de champanhe entre as mãos dela e a roubou com um sorrisinho discreto e olhar perspicaz, enquanto saboreava o seu bolo de casamento.

— Não!

— Vai ser do tipo controlador?

— Cuidadoso! — Sussurrou ao ouvido: — Eu a quero sóbria.

— Assim eu apaixono!

— Bolo?

— Eu quero! Julgando pela forma como o saboreia, imagino que deve estar delicioso.

— O fato é que estou tentando me concentrar em outra coisa que não envolva tirar o seu vestido. Eu realmente adoraria fazer isso.

— *No entardecer mais bonito, depois de tocar todo o meu corpo e esculpir cada detalhe do meu sorriso?*

— Estudou o meu poema!?

Oitavo tsunami

— Você me deu uma dica, então me vesti de coragem. *Visita-se de coragem para entrar no meu mundo e então provar esse amor que é toda seu.* Aqui estou eu, meu amor, vestida de noiva e usando a aliança que você fez. Será que eu quero ser sua, Bernardo?

— Nossa! Aí você me enlouquece, Luiza.

— *Quero ter o poder de voltar no tempo e resgatá-la dentro do meu poema mais bonito para senti-la além da vida, e no futuro eternizá-la ao meu lado.* É tudo que eu mais quero.

— Você é o meu poema mais bonito, Luiza.

— *E fazê-la provar todo o prazer que tanto tem evitado.* Eu não vou evitar, Bernardo, quero sentir tudo com você.

— Luiza, *espero que a sua alma acalme a sede de tê-la em meus braços até que as estrelas deixem o céu para cobrir o seu corpo cansado. E na plenitude dessa hora me fará o homem mais realizado.*

— *Quero desenhar o seu rosto...* O seu rosto é lindo, Bernardo, é uma pena que não sei desenhá-lo, mas posso acariciá-lo e beijá-lo. *Tocar todo o seu corpo e esculpir cada detalhe do seu sorriso...* Quero sentir as suas mãos em mim, Bernardo, e aposto que isso é um bom motivo para sorrir. *E então provar esse amor que é todo seu...* Estou ansiosa por isso. *Quero desenhar o seu rosto no entardecer mais bonito...* Não precisa mais viver de imaginação, de desenhos meus, eu saí do papel para que me veja todos os dias ao vivo. *Depois de ter tocado todo o meu corpo...* Vou ficar arrepiada, Bernardo, mas por favor, meu amor, seja paciente comigo, vai ser a minha primeira vez.

— Nem precisa pedir, princesa, eu serei. Não se esqueça de que é o meu cristal.

— *Cada detalhe do seu sorriso...* O meu sorriso é mais feliz contigo, Bernardo.

— *No instante em que tenha sentido dos meus lábios um terço...* O seu beijo foi o mais incrível que já provei. Incomparável. *Do meu amor escondido...* Eu sonhei por anos para que se mostrasse, mas eu era a menina que já te amava e você o cavalheiro que me esperou. *Quero ter o poder de voltar no tempo...* Eu desejei ter esse poder também, mas como não o tinha, eu guardei as lembranças do BCD dentro de mim, cada detalhe seu. *Dentro do meu poema mais bonito,* existiram sempre o Bernardo e a Luiza, porque agora eu serei sua para toda uma vida. *Para senti-la além da vida...* Sempre serei lembrada porque um poeta me amou. *E no futuro eternizá-la ao meu lado...* No futuro seremos você e eu, por isso disse um SIM no altar com vista para o mar, estarei sempre ao seu lado segurando a sua mão. *E fazé-la provar todo o prazer que tanto tem evitado, entre as juras de amor e nossos corpos entrelaçados.* Quero provar todo o prazer que tem a me oferecer e, quando me fizer mulher, vou me arrepender de ter evitado você.

Impressionado, Bernardo disse:

— Nossa, Luiza!!! Como não amar você?!

— Quero mais bolo, ele realmente está delicioso!

— Luiza me beije com gosto de bolo e me toque! Eu preciso entender que é real.

— Depois, B, temos uma festa!

— É sério?

— É, amor! Vamos dançar? Por acaso lembrei de Vegas.

— Só me deixou mais ansioso, em delírio.

— Temos uma vida juntos pela frente.

Logo depois da valsa, Bernardo já havia abandonado o terno e quase desfazia-se da gravata quando Luiza aproximou-se dele sorrindo e beijou o seu rosto. Os seus amigos de longa data reuniram-se para o brinde e alguns registros fotográficos com o belo casal.

— Finalmente esses dois vão unir as escovas de dente.

— Ufa! Nem me fale, Rafael. Foi um sufoco.

— Luiza precisa saber como foi a sua vida, cara, longe dela.

— Conte, Rafa! Eu quero saber tudo.

— Não! O meu amigo não pode me trair.

Luiza olhou para Paula e ela sorriu.

— Amiga, gostaria muito de contar, mas infelizmente o Rafael não me fala nada.

— Poxa! Que tipo de casal é este? Rafael, Junior, Felipe? Alguém? Eu quero saber.

— O cara enlouquece! Até apanhei dele.

— Bernardo?!

— Não precisava me dedurar, Felipe.

— Achei justo ele ter contado, porque me deu trabalho. Eu precisei fazer a sutura.

— Junior? Velho! Cadê o sigilo profissional?

— Desculpe, Bernardo! Mas a Luiza tem que saber com quem trocou alianças.

— Bernardo, é sério? Junior, é brincadeira, não é?

— Infelizmente é verdade, Luiza, o Felipe chegou no meu consultório com o rosto horrível.

— O olhar fulminante da noiva para o noivo arrependido foi o melhor. O primeiro conflito.

— Princesa, eu achei que o Felipe sabia onde você estava e não queria me contar.

— Por aí vocês tirem a fragilidade da nossa amizade, pessoal. O cara achou que eu seria capaz de esconder algo tão sério.

— Sinto muito, Felipe!

— Cadê a advogada de defesa, Vivi?

— Foi um surto de amor! Não podemos julgá-lo, tenho atestados da psicóloga Paula.

— Boa! Eu não atestei nada, não, mas tudo bem.

— Agora vamos fazer um brinde aos noivos e à nossa amizade.

— Um brinde!

— Viva aos noivos e que a minha amiga linda seja muito feliz.

— E eu, Paula?

— A minha esposa ainda está meio ressentida com você, Bernardo.

— Para, Rafa! Não tô, não. O Bernardo se redimiu e trouxe Luiza de volta.

— Sendo assim, lembrando os velhos tempos... Abraço coletivo!

— Abraço coletivo! — Gritaram em coro.

— Cadê o Marcelo?

— Aqui, chefe!

— Venha participar do abraço coletivo. Nem me olhe assim, venha logo.

— Vem, Marcelo! Sem você o casamento surpresa estaria em perigo.

— E por isso vou lhe dar um apartamento.

— É sério, chefe?

— É sério, Marcelo! Você me ajudou a casar com a Luiza, entende isso? E por falar nisso, minha gente, a Maitê existe? Existe, Felipe? Vocês fizeram um convite com o nome dela.

— Não existe! A minha namorada é Flavia, e ela não veio porque mora no Texas.

— Cara, que destino cruel, os EUA nos perseguem.

— Não quero atrapalhar a reunião do grupo, mas será que eu posso dar um abraço na noiva?

— Senhora Marilia! A senhora nunca atrapalha, venha participar do brinde.

— Quero desejar uma vida feliz ao lado do meu filho lindo e quero lembrá-los também sobre os netos.

— Mãe, a senhora vai assustar a Luiza.

Luiza sorriu.

— Quero agradecer a senhora por tudo.

— Eu que agradeço por ter trazido o meu Bernardo de volta, Luiza.

— Agora eu sou o Bernardo dela, mãe. O B.

— Bernardo.

— Oi, Lucas!

— Então, seja bem-vindo à família.

— Obrigado.

— Você sabe que o meu pai ainda não está contente, né?

— Lucas! Deixe de ser chato! Já disse para não perturbar o Bernardo.

— Minha filha, está tão linda.

— Mãe! Não chore. Vamos brindar.

— Será que eu posso dançar com a noiva?

— Claro, pai!

A festa os prendeu até altas horas, mas o relógio de pulso de Bernardo não estava quebrado. Havia chegada o momento mais esperado, o de raptar a noiva, uma mudança de vida rumo à fase mais empolgante. Ele a esperava aos pés da escada, mãos no bolso, examinou o relógio e a fitou com olhos de desejo. Luiza sorriu e ele a puxou para um dos quartos.

— Nos casamos e por que ter um minuto a sós é tão difícil?

— Quero muito resolver isso, Bernardo, mas não pode ser em 60 segundos.

Bernardo a beijou com volúpia enquanto a prendia em seus braços e contra a parede, os lábios dele deslizavam pelo delicado pescoço de Luiza até o seu busto. Ela o abraçava com mesmo empenho e então entreolharam-se ardentemente quando Bernardo segurou a mão de Luiza e pôs sobre os botões da sua camisa.

— Então, B, vamos falar sobre o vestido?

— Finalmente!!!

— Será que pode me ajudar com estes intermináveis botões?

— Tem algo de errado! Eu já vi esse filme antes e foi em Vegas.

— Desculpe, amor!

— Isso é sério, Luiza?

— Eu adoraria tirar a sua camisa, prometo que vou recompensá-lo.

— Vou cobrar em dobro.

— Fechado!

Algumas horas de voo ainda afastavam os dois, Luiza notava os olhares indiscretos do seu marido e sorria. Bernardo mordia copiosamente os lábios enquanto repousava a mão sobre a coxa dela. Dando-lhe suaves apertões, também sussurrava ao seu ouvido e garantia alguns beijos roubados. Os botões do vestido de Luiza o deixaram mais atiçado.

Luiza mantinha-se em autocontrole julgando pela forma como Bernardo a seduzia, o senhor BCD evoluiu rapidamente neste aspecto e tornou-se um excelente galanteador.

— Faltam quantas horas de voo?

— Muitas eu suponho!

— Por que vamos tão longe!?

— Não me culpe! Foi presente da sua mãe.

— O que me conforta é saber que ficaremos sozinhos, completamente isolados do mundo, em um bangalô no meio do mar. Pensando bem, vai ser bem interessante.

— É Maldivas!

— É! A sós em uma ilha com a Luiza, com a minha Luiza.

— Executar os planos maduros?

— Realizar os meus sonhos, todos eles com você, princesa,

— B...

— Hum?

— Por acaso lembrei das nossas aulas de Matemática.

— Nostalgia?

— Talvez, mas o fato é que preciso ter aulas com você outra vez, Bernardo.

— É sempre um desafio lhe dar aulas, Luiza, mas vale a pena. E o que vai ser?

Nono tsunami

— Preciso que me ensine.

Bernardo lançou um olhar penetrante e disse:

— Luiza, fiquei sem ar!

— Desculpe, é que...

Bernardo calou Luiza com um beijo ardente.

— Já lhe disse para não pedir desculpas, era tudo que eu queria ouvir.

— Sua perna está tremendo, Bernardo.

— Tem a ver com a noiva, é impressionante que até sua sutileza me enlouquece. Agora são seus lábios que estão tremendo, Luiza, eu devo acalmá-los.

As belezas naturais da república das Maldivas eram de tirar o fôlego, as límpidas águas do Índico emoldurando todo aquele deslumbrante cenário tropical que encantava os olhos de qualquer mortal. Mas os olhos de Bernardo estavam concentrados em outra beleza, a da sua esposa.

— Que lugar lindo!

— Linda mesmo! Você é linda!

O tempo parou para que pudesse examiná-la com calma. Enquanto prendia o cabelo, Luiza entrou no banho e minutos depois apareceu vestida em um confortável roupão e logo lembrei de Vegas, os papéis inverteram-se. O perfume dela inebriava-me, então a beijei. Também entrei no banho e, apesar de o meu banho não ter sido demorado, a encontrei deitada sobre a cama já adormecida, parecia um anjo. Embora a desejasse assim como o ar, eu não ousaria acordá-la, apenas me deitei ao seu lado e aproximei o meu rosto para observá-la em silêncio.

Nos meus sonhos Bernardo estava em meus braços e numa fração de segundos pude sentir a sua respiração profunda ao meu ouvido, assim como o seu irresistível perfume possuindo o meu corpo e então despertei.

— Bernardo!

— Luiza!

Os nossos olhos encontraram-se e desta vez estávamos ainda mais conectados, era reconfortante ter a certeza de que não haveria mais despedidas. Éramos pertencentes, ele aproximou-se de mim e tocou o meu rosto, enquanto segurei a sua mão quente e sorri para ele.

Estive por anos ignorando a fantasia de ter Luiza em meus braços, tentando fugir das armadilhas da ilusão, o que diria? Como reagiria ao meu toque? Qual seria a sensação ao acordarmos depois de uma noite de amor? Mas o destino me sorriu, é chegada a hora de conhecer todos os passos.

Os lábios dele tocaram os meus e antes que eu mencionasse meias palavras, as quais ele já sabia, o seu corpo veio de encontro ao meu e o medo não mais existia. Eu queria ser dele.

Quantas vezes eu beijasse Luiza ainda não seriam o bastante para saciar o meu desejo e todo o amor que tenho reprimido, o meu corpo estava sobre o dela, com ela no meu mundo e desta vez para sempre. Ousei beijá-la por inteiro e suavemente, não obstante outrora estivesse com toda a pressa do mundo, naquele instante eu a amava de forma lenta e poética. Assim como uma musa deve ser apreciada.

Cada toque de Bernardo era como acender pequenas fagulhas dentro de mim. Os olhos dele estavam nos meus no instante em que desfez o nó do meu roupão e tornou a beijar o meu rosto feliz. Não tardou muito para que estivéssemos completamente envolvidos na onda de excitação que move os casais apaixonados, sem peças de roupa. Sem pressa, ele sussurrou belas frases ao meu ouvido e não esperava menos de um poeta.

Ela me inspirava, cada parte dela era como uma linda estrofe que compõe uma perfeita canção. Deslizei as minhas mãos ousadas pelo seu corpo completamente despido, quando então ela fechou os olhos e a minha imaginação foi além.

Décimo tsunami

O corpo de Luiza estava ligado ao meu com o laço mais firme que pode existir, conferindo um desejo por ela ainda indescritível, sem limites, assim como o amor que tanto tenho guardado em mim. Os meus mais profundos sentimentos estava dividindo com ela em cada toque.

Foram longos minutos de pura apreciação, ainda sentindo os lábios dele percorrendo o meu corpo, sem culpa. Eu era dele. O tum-tum do meu coração aumentava à medida que o corpo dele aproximava-se do meu, enquanto me dominava, os meus ouvidos eram agraciados com as mais belas canções de harpas, de anjos, era o céu.

No instante em que os nossos corpos se encontraram, uma explosão de sensações dominaram todo o meu ser, não poderia comparar tal experiência com nenhuma outra. Amar Luiza era fogo entre as águas mais calmas de um profundo sentimento que venceu o tempo.

O tempo... O tempo parou para nós dois e agora eu a tenho no meu mais íntimo, a nossa história era como um ciclo que precisava fechar e fechamos entre os lençóis. Ter Luiza em meus braços não era apenas desfrutar do ápice do prazer, mas sim um encontro de almas. Sentimo-nos plenos, embora insaciáveis, não mais seria possível nos afastarmos, pertencentes e em absoluto êxtase. Não mais poderia enxergá-la como aquela garota de anos atrás, a qual conhecia bem, muito em nós havia mudado e agora éramos marido e mulher.

Adormecemos, afinal aquela tinha sido uma emocionante e longa viagem até o céu, e no dia seguinte acordei com Bernardo preso ao meu abraço, senti o calor do seu corpo e compreendi que não foi um sonho, havia sido real. Ele era tudo que eu mais queria ter, poder tocá-lo e senti-lo perto de mim.

Quando despertei fui presenteado com os lindos olhos de Luiza nos meus e então ela sorriu e disse:

— Foi lindo!

— Pra nunca esquecer!

— Em minha breve vida de casada, aprendi uma coisa.

— O quê?

— Você é viciante, senhor BCD, seria insuportável lidar com a distância.

— Diz isso porque não sabe a minha versão da história, senhora Duarte.

— Então conte!

— *Você é a chama mais intensa que arde dentro de mim, me entorpece e me faz enxergar a vida da forma mais bonita. É minha inspiração, meu delírio. Sentir você foi a concretização de um sonho e adormeci pelo cansaço, embora tivesse medo de acordar e descobrir que não passava de ilusão,*

— *Foi real! Você no meu mundo, Bernardo, é pura emoção.* Eu era a garota com fones no ouvido, reclusa ao meu mundo e que não encarava os garotos bonitos da escola com medo de me apaixonar, de amar outra vez. Mantinha os cabelos sempre presos, também desci do salto para ficar fora de perigo, longe dos olhares insistentes. Porque estive esperando no meu âmago por você, meu B.

Olhando para o céu, tudo parecia tão distante de nós, é fácil perceber o quanto somos pequenos, mas em meu pequeno mundo existe um garoto que me conquistou e por esse mesmo garoto tenho um amor imenso. Assim como o meu sentimento, o dele resistiu a todas as estações, as primaveras. Fomos dois rios por muitos anos, ele mergulhado em sua dor e eu na minha, mas vencemos o Universo, cansamos o tempo e ficamos juntos, afinal, somos "um" agora, vencendo oceanos, dois corpos unidos pelo amor.

Quando o corpo dele encontrou o meu, entendi que nunca deveríamos ter nos separado. Senti em seu abraço o lugar mais seguro, onde ninguém mais pudesse me machucar, ouvir a sua voz sussurrando ao meu ouvido era a mais bela canção embalando o meu ser.

Amar você, sentir você é tão profundo e intenso quanto o oceano e mais vibrante do que o mais belo poema por você declamado, meu B. As mil sensações dentro e fora do meu corpo serviram como resposta para tantas perguntas e se eu não fosse sua, Bernardo, de quem mais seria? Eu nasci para amar você.

O teu olhar de ternura permanece ainda fascinado por mim, mesmo depois de ter quebrado toda e qualquer inocência ainda adormecida, porque estive à sua espera, Bernardo. Por quantos anos podemos nos amar entre os lençóis? Mesmo que não saiba responder, eu lhe direi, meu amor, que seja eterno.

Agora encontro-me sem ar, sob intensas palpitações. Enquanto aprecio os efeitos que me causou passearem sem pressa pelo meu corpo cansado, eu o prendo em meus abraços. Eu me guardei, sim, por todos estes anos e esperaria o dobro para sentir tudo com você outra vez.

Por algumas vezes disse-me para ser sua, mas não imaginaria que ser sua fossem 30 minutos que valeriam por uma eternidade no céu, no seu glorioso céu azul. Meu doce B, quero provar dos seus beijos até desfalecer em seus braços, quero sentir as suas mãos até que a morte nos separe e ainda assim, em algum lugar do Universo, espero encontrá-lo, em outras vidas ser a sua melhor amiga e de novo a sua mulher.

Ao meu lado meu grande amor não mais se sentirá sozinho, serei a que sempre segura a sua mão. Quero os costumes dos casais comuns, prometo espalhar as nossas fotos em porta-retratos pela casa, andar de mãos dadas até o café da esquina, rir das suas piadas, prometo fazer o seu prato favorito e dançar com você na chuva, sei que você ama dançar.

Temos que conhecer Paris e comer sushi em Seul, não vamos esquecer as suas massas, então iremos à Itália, é claro, ouvir Andréa Bocelli ao vivo. Com você vou a qualquer lugar, Bernardo. Meu amor, os nossos aniversários de casamento serão celebrados, deve ter bolo e presentes, quero assistir a *Crepúsculo* outra vez e ao seu lado nada será difícil. Prometo cantar no chuveiro e nunca sairmos de casa sem antes trocarmos um beijo, à noite iremos conversar sobre como foi o nosso dia enquanto eu lhe faço cafuné no sofá.

Agora posso viciar em seus beijos, assim como no seu corpo, porque não mais ficaremos distantes. O seu perfume não virá em forma de lembranças, as quais tanto perturbaram a minha paz, eu o sentirei todas as manhãs ao acordar. Posso ser romântica, B, mas você é quem é o meu poeta, o homem que me apresentou o mundo do amor.

Vendo você agora outra vez sobre o meu corpo não saberia dizer de que maneira consegui resistir ao seu charme e à força desse amor que me fez hoje entregar-me sem medo. Estive no escuro por todos esses anos, agora tão perto acendeu em mim as luzes mais intensas e vibrantes, abriu as portas do paraíso e me convidou a entrar de mãos dadas com você. No meu silêncio existe o Bernardo enxergando nos meus olhos o quanto me faz feliz, sentindo nos meus beijos o quanto o amo, nos meus abraços e na entrega absoluta.

— Podemos pensar finalmente em um futuro e fazer planos para os próximos 10 anos.

— Vou beijá-lo todas as manhãs assim que for acordada pelo seu perfume.

— Teremos filhos? Sem pressão, Luiza, é apenas uma pergunta.

— Teremos!

— Precisamos elaborar uma lista das nossas próximas viagens.

— Sim! Sim!

— E em hipótese alguma abandonaremos as nossas alianças! Eu passei dias para fazê-las.

— Jamais! E por falar nisso, eu não serei ciumenta.

— Eu serei! Quero dizer, cuidadoso!

— Sei! Tem seu certo charme.

— É que a minha mulher é linda. Ela é única.

— Vamos tomar café da manhã juntos, na varanda.

— Pode apostar! Precisamos comprar uma casa.

— A da sua mãe é enorme.

— Mas ela está lá, e isso nos impossibilita de fazermos uma visita panorâmica, digo, de apreciar os cômodos.

— Hum!

— Na bancada da mesa da varanda gourmet, no escritório, na sala, enfim, tem muito a ser explorado, vai ser divertido.

— É sério?

— Não será nada entediante conviver comigo, eu garanto.

— Aposto a minha vida que não!

— Tive uma inspiração! De uma joia, eu preciso desenhar.

— Eu sempre quis ver você desenhando. Concentrado, lápis na boca. Deve ser sexy.

— Tem grande chance de que eu faça isso com você sentada sobre a minha perna.

— Aí eu te beijo e pode borrar o seu desenho.

— Já vi que essa vai ser a minha melhor coleção, uma obra-prima. Venha! E por falar nisso, tenho bons desenhos seus no meu quarto.

— Adoraria ver.

— Assim que retornarmos lhe apresento o meu museu.

— Por falar nisso, eu quero os seus poemas de volta.

— Foi incoerente agora, eles nunca foram meus, sem você não existiram poemas. Não existe poeta sem musa, sem a fonte de toda a inspiração. Todas as vezes que eu precisava criar ia ao jardim, aquele jardim onde você me apresentou o seu mundo encantador, de flores e sonhos, para criar as minhas joias atrasava o relógio até o passado onde eu guardei você, cada detalhe seu Luiza.

— Que incrível, B! Me beije!

Cinco dias isolados do mundo. Via-me apreciando aquele mar absurdamente azul. Bernardo abraçou-me enquanto estava de costas para ele, beijou o meu rosto e sussurrou ao meu ouvido, então virei-me, incapaz de resistir aos seus encantos, e o beijei. Ele deslizou as suas mãos pela minha camisola de renda e agarrou-me com volúpia. De olhos fechados, apenas sentindo os lábios dele percorrerem o meu corpo já ardente, minhas mãos sobre o seu pescoço o trazendo para mim.

Tão envolvidos que não percebemos o quanto estávamos próximos da piscina privativa, então caímos, emergimos ofegantes e em fração de segundos eu beijei uma sereia.

Enquanto saboreavam beijos molhados, os seus corpos queimavam feito brasas. Um encontro por anos esperado, os lábios não mais falavam, eles apenas desejavam o silêncio de um beijo, as mãos de Bernardo passeavam pelo corpo de Luiza instintivamente e ela cedia aos seus encantos.

Bernardo a segurou pela cintura e a tirou da piscina, o corpo dela estava trêmulo, então a segurou nos braços e a levou para a cama. Os olhos dele buscavam os dela e outra vez beijaram-se ardentemente, seus corpos frios ficaram em chamas. Abraços envolventes, corpos colados, nada mais os impedia de ultrapassar todos os limites. O amor que existia entre eles foi maior do que tudo, venceu o tempo, a distância e todas as barreiras.

— Eu a quero, Luiza!

— Sou sua, Bernardo!

— A viagem mais empolgante é sentir o seu corpo no meu, agora entendo o significado de fazer amor, é algo sublime e completamente diferente do que tenha vivido. É a paz em meio à guerra, é levitar e visitar o paraíso sem sair do seu corpo, Luiza,

Eu toco o seu corpo todas as manhãs e não somente porque o desejo me faz buscá-la, é por medo de que não seja real.

Então a toco com toda a força de um amor quase brutal para me dizer que nunca estive preso a uma fantasia.

E na loucura da minha sede eu tomo o seu corpo com devoção.

E como resposta você me deixa levá-la ao céu.

Sem que tenhamos saído dos nossos lençóis.

E um suspiro seu me faz sentir-me grandioso por ser um poeta que pode tocar o instrumento de toda minha inspiração e mergulhar profundo no fogo da paixão.

E em seu corpo exploro outros planetas,

Nos quais a dor não mais existe, nem um traço de solidão.

Onde eu a venero sem limites e habito o seu coração.

— Depois de ouvir os seus poemas, Bernardo, dizer **eu te amo** tornou-se uma frase simples, então prefiro demostrar... em atos...

Não poderíamos esperar menos de um Poeta do que mais uma romântica noite de Amor. Toda a gentileza e o cavalheirismo de Um homem que ama verdadeiramente uma mulher agraciaram Luiza. Mas eles precisavam deixar o quarto, afinal aquele era O quinto dia trocando adoráveis carícias.

A noite estava estrelada e uma flor embelezava os meus cabelos negros que dançavam com o vento. Bernardo não tirava a mão da minha cintura, embalados à música local, com os pés na areia da praia, dançamos e a cada passo ele olhava-me ainda mais sedutor, eu conseguia ler seus pensamentos, levou-me a um lugar mais reservado e repetiu a cena de Vegas, os EUA foram de fato um excelente treino. Desta vez mais intenso, no colo dele trocando beijos delirantes com sabor de morangos depois de roubá-los da sua bebida.

Olhos penetrantes e as mãos de Bernardo passeavam por baixo do meu vestido, ainda não havíamos ultrapassado os limites, mas mesmo assim fazia-me suspirar. Depositei um beijo em seu pescoço, logo me agarrou com firmeza, como se eu fosse capaz de escapar, ele tem o dom de me prender.

— Que tal voltarmos para o quarto?

— Mas já?

— Tenho uma certa necessidade conjugal para resolver.

— Entendo bem!

— Vamos!

— Mas espere um pouco!

— Não seja maldosa! Eu já esperei demais, não acha?

— Esse seu charme... Ah! Não posso esquecer de mencionar que as suas mãos adquiriram uma nova habilidade.

— Qual?

— A de me tocar com maestria.

O barulho do mar convidava-me a recordar uma música, *"Chama"* (Roupa Nova), ela corre o mundo todo azul, o mundo dele. Naquela tarde exploramos a ilha sobre duas rodas, na companhia de gaivotas testemunhamos o pôr-do-sol mais lindo que nossos olhos puderam contemplar. Enquanto passeávamos pela praia, Bernardo molhou o meu rosto e revidei, mas logo nos beijamos diante da imensidão daquele mar azul que fascinava os nossos olhos.

Lentamente o corpo dele encontrava-se com o meu e os nossos olhos encheram-se de lágrimas a cada toque, na suavidade e intensa sensação de sentir o corpo dele no meu. Foi como tocar o céu sem sair do epicentro, entre o prazer e a canção, a satisfação e a poesia, o desejo e a paz. Chamas e nossos corpos suados, ele tocava-me com emoção como se estivesse escrevendo o seu melhor poema para mim e em mim.

E mais um dia sentindo a brisa acariciar os nossos rostos felizes, ele me carregou em seus braços enquanto gargalhávamos por termos perdido os chinelos entre as ondas do mar. E o meu B pousou o seu olhar arrebatador sobre mim, já rendida nos amamos sobre os lençóis. O Sol aqueceu nossos corpos despidos ainda da noite anterior e ele me trouxe café na cama com um bilhete.

És o meu motivo para sorrir todas as manhãs.

És a musa à qual escrevi tantos anos e desenhei o seu rosto para poder tocá-lo quando não a tinha ao alcance das minhas mãos.

Mas hoje sou o mais sortudo dos mortais por ter a mulher que tanto sonhei ao meu lado.

Por mais que tenhamos que enfrentar grandes tempestades, eu me sentirei seguro por estar ao seu lado e segurar a minha mão.

Por mais que o tempo passe e eu esteja com setenta anos, ainda assim terei forças para amar você.

O Sol se rendeu à sua beleza assim como a noite ficou tímida ao te ver e me pediu para mais uma vez amar você.

Sob o meu corpo estará protegida e no meu coração será mantida.

Seu B. (dois corações vermelhos)

— Não vale chorar, não!

— Eu estou feliz! Nunca pensei que seria tão feliz, me diga que é verdade, B.

— É verdade! Eu também custei a acreditar, mas já se passaram 12 dias, não pode ser ilusão.

— E me sinto culpada por tê-lo feito esperar tanto por isso.

— Não! Tornou-se memorável. Venha comigo!

— Para onde?

— Vamos explorar a ilha.

— Em cinco minutos você me pega nos braços e me traz de volta.

Ele gargalhou.

— A culpa é sua, quem mandou ser irresistível!

— Vamos tentar, quem sabe desta vez... talvez, se eu não beijar você, funcione.

— Péssima ideia! Não sobrevivo mais sem os seus beijos.

— Também não vou resistir. Talvez... se não tirar a camisa.

— Descobri o seu ponto fraco?!

Luiza sorriu.

— Você é meu ponto fraco, Bernardo, por inteiro. Quando vai entender isso?

— Acho que você precisa me tocar milhares de vezes para que eu entenda isso.

— Astuto!

As pegadas que construímos na areia foram apagadas pelas ondas do mar, mas jamais escaparão das memórias que construímos durante a nossa lua de mel nas Maldivas.

Um ano depois...

A mobília da nossa casa ficou impecável e, como prometido, tem fotos de nós dois por toda a parte e um jardim enorme, repleto de roseiras, ao qual tenho me dedicado com afinco. A massa estava quase pronta e enquanto salteava os camarões arrisquei dançar ao som de Adele, "Set fire to the rain", vestida na minha camisola de renda preferida, que ele também adora. Tamanha distração não me fez perceber que o meu marido estava assistindo a todo o show. Quando finalmente o notei, uma das mãos estava no bolso da sua calça azul-marinho e a outra mantinha ocupada em promover sucessivas mordidas cada vez mais violentas e provocantes em uma maçã. Bernardo parecia realmente faminto.

— Bem interessante!

— Que susto!

— Onde está a cozinheira?

— Dei folga, na verdade estou fazendo um jantar romântico. Era para ser surpresa...

— Hum! Desse jeito vai me conquistar também pela barriga.

— Engraçadinho!

— É massa?

— Claro!

— Estou faminto!

— Só mais 15 minutos!

— É muito tempo!

— Mantenha-se aí! Não pode me distrair agora.

— Então deveria estar usando algo menos provocante, não acha?

— O que faço com você, senhor B?

— Você sabe o quê! Eu te ensinei...

— Chegou mais cedo.

— Estava com muita sede!

— Também? Vou pegar água.

— Não precisa, fique paradinha bem aí! Tenho sede dos seus beijos, por isso vim até você.

— Hum!

— Pode me ajudar com isso?

— Com toda a certeza! Deve estar cansado também, vou ajudá-lo com a gravata.

Luiza puxou Bernardo pela gravata e o beijou.

— Estava mesmo quase sufocando.

— Pronto, meu amor, já tirei a gravata.

— Tantas reuniões chatas, então olhei a sua foto sobre a mesa do meu escritório.

— Deve estar cansado também, posso te ajudar com os botões da camisa.

— Excelente ideia, estou mesmo com muito calor.

— Vou desligar o fogo para não perder o ponto.

— Acho melhor!

— Quer saber!

— O quê, amor?

— Que se dane a cozinha, vamos tomar um banho, eu também estou com calor.

— Eu realmente preciso de um banho, foi um dia muito estressante.

— Aposto que sim!

— Quebrei alguns lápis.

— É sério?

— Saudades suas, na verdade acho que estou viciando no seu corpo.

— Quer saber?

— Fale, Luiza!

— Me distraia o quanto quiser.

Antes do jantar trocamos alguns beijos na bancada da cozinha e embaixo do chuveiro, era uma ótima maneira de equilibrar as variações térmicas dos nossos corpos, quando de repente o celular dele caiu da pia do banheiro. Rimos alto pelo susto, sempre muito distraídos ou concentrados demais um no outro.

— Era Marcelo que estava ligando!

— Ah! Amanhã eu começo as minhas aulas de tênis.

— Que ótimo!

— Quero que veja o uniforme.

— Que saia mais minúscula!

— Não achei.

— Hum! E quem vai lhe dar aulas, Luiza?

— O Murilo, é ex-jogador de tênis.

— Eu vou acompanhá-la.

— Você vai fazer tênis!? Não acredito!

— Pra quem jogava basquete, uma bolinha de tênis não vai me intimidar.

— Sei! Fala sério, Bernardo.

— Prefiro quando me chama de B.

Setembro de 2025, primeiro ano de casados. Luiza ainda indecisa sobre quais vestidos levar e Bernardo rindo das dúvidas dela sentado sobre a cama. Um tanto impaciente ela fez um biquinho e ele a puxou pelo laço do roupão. E entre as suas pernas a abraçou enquanto bagunçava o seu cabelo ainda molhado.

— Qualquer vestido que levar vai ficar perfeito em você, senhora Duarte.

— Os homens não entendem muito sobre vestidos.

— Discordo, eu sei tirá-los como ninguém.

— Realmente, tem uma habilidade incontestável.

Bernardo abraçou Luiza com força e beijando-a puxou-a para cama.

— Não está me ajudando! Eu tenho que terminar de arrumar a mala.

— Antes tenho que lhe mostrar a minha nova coleção. Surpresa! O fruto das Maldivas.

— Que lindo, B! Ficou perfeita, o meu marido realmente é incrível com as mãos.

— Também gostei muito. A simetria do diamante e a disposição dos rubis, exatamente do jeito que desenhei. Analise estas bordas, livres, simetricamente boleadas. E o cravejado sem nenhuma irregularidade, a constelação perfeita.

— Meus parabéns! É impressionante, B.

— Dei o seu nome para essa coleção.

— O meu nome?

— É claro! Por isso usei rubis, você gosta de vermelho, e os boleados lembram-me as suas curvas.

Luiza deitou-se sobre Bernardo na ânsia de beijá-lo enquanto brigava com os botões de sua camisa, e ele já havia tirado o seu roupão. Somente depois da eufórica entrega deram-se conta do tempo, do horário.

Do alto da torre era possível ver toda a beleza de Paris, e as suas incomparáveis luzes que fascinavam os nossos olhos. Bernardo sorria-me encantadoramente no nosso primeiro aniversário de casamento, segurou a minha mão fria e a encostou em seu peito tentando aquecê-la com o calor do seu corpo, como sempre um cavalheiro.

— Como havia dito, tá linda, Luiza.

— Eu tenho algo para você!

— Eu também tenho!

— Posso?

— Vá em frente, sei que vou gostar.

— Quero que olhe com carinho, embora espere as críticas. A sua opinião é incontestavelmente importante para mim.

— Fiquei curioso!

— Abra!

— É um manuscrito!? É isso mesmo?

— Exatamente!

— **"O poeta que me amou"**, de Luiza Duarte. Eu sou o poeta e é você quem escreve um livro? Estou muito impressionado, Luiza.

— O que achou do título?

— Perfeito! Fiquei emocionado.

— Devo avisar que roubei os seus poemas, mas por favor não me cobre direitos autorais.

— Inacreditável! Estou ansioso para ler.

— Não há nada que não conheça aí, é a nossa história de amor, B.

— É incomparável Luiza! Agora é a minha vez, por favor, abra.

— Uma chave?!

— Achei que gostasse de música... Então resolvi montar um espaço para você!

— Jura?

— Nada mais justo do que trabalhar com aquilo que tanto ama: a música.

— Por quantas coisas tivemos que passar para chegarmos até aqui, Bernardo.

— Não importa o quanto foi difícil, mas sim que conseguimos ficar juntos e agora até o fim.

— *My endless love!*

— *My endless love!*

FIM!

O POETA QUE ME AMOU

Em uma folha de papel borrada por algumas lágrimas eu escrevi coisas sobre você, o poeta que me amou... Quero provar para o mundo que existe um amor assim, de uma mulher que foi tocada por um artista, pelo poeta.

Aguardem *O poeta que me amou*. Sob as lentes de Luiza, ela conta com detalhes o que realmente aconteceu nos 12 anos em que estiveram separados e como foi a experiência de amar Bernardo e ser a musa de um poeta.

Andréa Santana, 18 de janeiro de 2024
Itabaiana, Sergipe, Brasil
andreasantana.escritora@gmail.com
andreasantana.escritora – Instagram